新潮文庫

なりたい

畠中恵著

新潮社版

10825

目次

序 …… 7
妖になりたい …… 17
人になりたい …… 85
猫になりたい …… 149
親になりたい …… 215
りっぱになりたい …… 279
終 …… 341

解説　東　雅夫
挿画　柴田ゆう

なりたい

序

「きゅわきゅわきゅわきゅわ……」

明るい鳴家《やなり》達の声が、廻船問屋《かいせんどんや》兼薬種問屋《やくしゅ》、長崎屋《ながさきや》の離れの中を、行ったり来たりしている。横では若だんなの一太郎《いちたろう》が熱を出し、今日も、またもや寝付いていた。

もっとも麻疹《はしか》やコロリ、痘瘡《とうそう》などの重い病ではなかったから、いつも看病をしてきた兄《にい》や達、仁吉《にきち》と佐助《さすけ》は共に落ちついていた。ただの風邪なのに、一月も寝こんでいるとはいえ、若だんなにしてみれば、珍しくもなかったからだ。

よって、悪くともあと半月程あれば治るだろうと、離れの皆は話していた。長崎屋に縁《ゆかり》の妖《あやかし》達も慣れており、いつも離れにいる鳴家や屛風《びょうぶ》のぞき、金次《きんじ》やおしろ、場久《ばきゅう》などは、床上げの祝いに何を食べるか、早くも話しだしていたのだ。

ところが。

若だんなが寝こむ少し前に、近所で似た年頃の若者が亡《な》くなった。それで今回は主《あるじ》の藤兵衛《とうべえ》が、何時《いつ》になく気を立てたのだ。

「仁吉、佐助、一太郎が早く良くなるよう、庭のお稲荷《いなり》様に、お供えを欠かさないでおくれ。それと、あちこちの寺社への寄進や供え物も、忘れてはいけないよ」

「はい、承知いたしました」

勿論《もちろん》兄や達は、江戸で一番の大事は、若だんなの事だと思っているから、主の言葉に、素直に頷《うなず》いた。ただ、兄や達が供え物を持って寺社へ向かうと、若だんなの側《そば》に居られない。それは困ると思ったようなのだ。

だから。二人は離れで寝ている若だんなの側で、大胆な話し合いを始めた。

「ならば、神様方の方から、来ていただいてはどうかな」

仁吉が躊躇《ためら》いもせずに言うと、佐助ときたら、それを止めず、あっさりと頷いてしまう。

「それはうまい考えだ。お供え物の神饌《しんせん》も、いつもの品と変えられる。温かい料理や刺身《さしみ》なども、出せるぞ」

「……けほっ、神様に来いと言うなんて、たいがい……げふっ、図々しいんじゃないかい？」

若だんなは寝床の内から、真剣に言ってみた。しかし兄や達は、いつも若だんなを真ん中にして物事を考えるものだから、分かってもらえない。よって二人が、神様方へ声を掛けると決めてしまうと、今度は貧乏神の金次が、一緒に暴走を始めた。

「神様を呼ぶのかい？　いいんじゃないか。ひゃひゃひゃ、この貧乏神だって、こうして長崎屋の離れに来てるんだからさ」

なに、手分けして声を掛ければ、顔を見せる神様もいようと、金次は気軽に事を進めたのだ。

「あの、その、大丈夫なのかい？」

心配しているのは、若だんな一人。神様がおいでになるとしたら、揃《そろ》える料理もお菓子も、気合い入りの品になる。妖達も楽しみ始め、若だんなの布団《ふとん》の横で、離れは一気に沸き立ち始めた。

「料理だが、刺身、鯛《たい》の塩焼き、卵焼き、南蛮汁《なんばんじる》、甘煮《うまに》はどうだ？」

佐助が言えば、庭の稲荷に巣くう妖狐《ようこ》達が顔を出し、己《おのれ》達もと、あれこれ言い足してくる。

「それと勿論、やなりいなりです。苞豆腐《つとどうふ》、田楽《でんがく》、浅漬《あさづ》けも要りますね」

「きゅわ、加須底羅《かすていら》、くず餅《もち》、汁粉《しるこ》、団子」

すると、お菓子ばかり言うなと、金次が鳴家をつまみ上げる。

「甘いものより、とにかく酒を抜かしちゃ駄目だな。天狗《てんぐ》の銘酒がいい」

「おしろは、酢の物や和《あ》え物も欲しいです」

　料理は山のように増えていったが、今回は主の命で供え物をするのだから、皆、遠慮もない。若だんなが呆然《ぼうぜん》としている間に、寝間と隣の間の境、襖《ふすま》が取り払われ、妖達はどんどん料理を作り始めた。

　すると。

「狐《きつね》達から聞いた。あれこれお供え物を用意したので、おいで頂きたいと言われたのだ」

　一番に顔を出してきた神様は、庭に祀《まつ》られている稲荷神であった。若だんなが慌《あわ》てて身を起こし、咳《せき》をしつつ頭を下げると、稲荷神は笑った。そしてなんと、若だんなの背を叩《たた》き、咳を止めて下さった。

「これは、ありがとうございます」

　兄や達の機嫌が一気に良くなった所へ、鳴家や貧乏神が、他の神様を連れて現れる。

「ちゅー、根棲《ねずみ》は鳴家に呼ばれました。大黒天《だいこくてん》様を、お連れしました」

　鼠《ねずみ》の御使いは、大きな袋を担《かつ》いだ神様を、離れへと案内してきた。すると続いて貧乏神が生目《いきめ》神《がみ》と、比売《ひめ》神《がみ》の市杵《いちき》嶋比《しまひ》売命《めのみこと》、それに橋姫を伴って現れる。

「おや、これは珍かな神饌が、並んでおることだ」

生目神が目を見張り、先に来ていた二柱《ふたはしら》と挨拶《あいさつ》を交わす。鳴家達が、やなりいなりに己の顔を海苔《のり》で描き始めると、妖らも揃い、離れの皆は、まず五柱《いつはしら》へ頭を下げる。

「今日は若だんなの風邪が良くなるよう、祈願として、五柱にお供え物をいたしたいと存じます。お出《い》で頂き、ありがたき事で」

仁吉がきちんと挨拶をした横で、若だんなも畳へ着くほど頭を下げた。先程、稲荷神に咳を止めて貰《もら》ったので、随分と調子が良くなっているのに驚いた。

「こうなりゃ、後は食べて飲んで、治すのが一番！」

金次が、諸事分かっているかのような顔で言い、離れは宴会のような具合になった。

「おや、我らは食べていればよいのか？　これは済まぬのう」

妖らが我先にと酒を注ぎ、料理を差し出すので、神達は機嫌良くもてなされている。その内酔っ払った神達は、若だんなの肩へ手を置いた。そしてまず大黒天が、今、何か思い煩《わずら》っていることはないかと、優しく問うてきたのだ。

「思い煩う、ですか」

勿論若だんなは、またまた寝こみ、その事にはうんざりしていた。だが病に慣れてもいたので、心に掛かっていた別の話を、何気なく口にした。

「最近、近くの店の跡取りで、万之助さんという方が亡くなりました。その件からこっち、考えている事がありまして」

万之助は、自分が来世、何になりたいかを考えていた。その望みを夢枕《ゆめまくら》で親に告げ、安心させてから成仏したいと思っていたのだ。それを見た若だんなも、同じ事を考えてみたのだが……答えが未《いま》だに見つかっていないのだ。

「おやおや」

五人の神様は、顔を見合わせる。

「しかし若だんなは、この大店《おおだな》の跡取りだろうが。長崎屋の主になりたくないのか？」

生目神が聞いたので、勿論、長崎屋は継ぎたいと、若だんなは答える。ただ。

「そのお人が悩んでいたのは、来世の事だったのです。亡くなった所だったので」

そして来世、若だんながまた長崎屋に生まれる事など、まずはないと思われた。ならば。

「私は何になればいいのか。未だ、答えが出ていないのです」

佐助が渡してくれた、朱漆《しゅうるし》の綺《き》麗《れい》な酒杯を手に、若だんなは正直に言った。もし、何にでも成れるとしたら、人はどんなものに成ろうとするのだろうか。余程、凄《すご》い先々を望む者もいるだろう。だが、そういう身になるには、それなりの代償、努力が必要に違いなかった。

「次に生まれた時、どう生きるか、という悩みかもしれません」

すると。神達は酒を飲み、心づくしの品々を食べつつ、それはにこやかな顔で、若だんなへ言ったのだ。

「今回我らは、このようにもてなされておる」

なのに稲荷神が、軽く若だんなの咳を止めたくらいで、本当に大した返礼をしていない。

「いや、誠に申し訳ない気がするのぉ」

大黒天が笑った。

だから。何もしなかった事の代わりに、神達は一つ、若だんなへ約束をしてやろうと、そう言い始めたのだ。

「神様の約束、ですか」

一見、誠にありがたい話のように思えるのに、長崎屋の離れはここで、見事に静まった。日《ひ》の本《もと》の神というものが、ただ優しいだけの御方々ではないことくらい、人ならぬ者達は、皆、承知しているからだ。

神とは、人を喰らいかねない者であった。

町ごと、ひっくり返しかねない方々であった。

そして、言いかけた事を、途中で止《や》めにする方々とも思えない。若だんなは真《ま》っ直《す》ぐに神々を見つめると、何を約してくださるのかと、静かに問うた。

生目神が、若だんなを見つめてくる。

「若だんな、我らが帰るまでに、来世何になりたいのか、答えを口にしなさい」

それが神達の気に入ったら、若だんなの望む先の世を、引き寄せてやろうという。何しろ皆は神であるし、今日、このように呼びつけられ、歓待されているのだから。

「おやま、呼びつけたと思っておいでか」

ここで貧乏神が、すっと目を細めた。

「嫌なら来ぬということも、神ならば、簡単に出来た筈《はず》だがねえ」

「ふふ、皆、この成り行きを、面白がっているのですよ。きっと」

ここで橋姫が、にこやかに笑った。人が神と知り合うこと。それが良い事なのか、危うい事なのか。

「多分、どちらも正しい気がしますね」

つまり人ならぬ者を見る若だんなは、その恩恵を受け、かつまた、その厄災《やくさい》をも引き寄せてしまう訳だ。今日は離れに、神が五柱訪れた。故《ゆえ》に、もたらされる夢も悪夢も、数倍であった。

「心して返答なさいまし」

比売神が柔らかく言った。

妖になりたい

1

ああ、寂しい。

とても、とても、毎日寂しい。

いつも側《そば》にいた者が、いなくなったのだ。

生まれ育った地から去ったあいつとて、きっと今頃、それは寂しい思いをしているだろう。元の地に、戻りたいと願っているに違いない。うん、きっとそうだ。

そして。

残された我もまた、生まれたいつもの地が、別の場所に思える程に、寂しいのだ。

山や川は同じだ。空も、月も、昨日と一緒の筈《はず》だ。なのに、同じ場所に留まった方までも、涙がこぼれ落ちるのは、何故《なぜ》なのだろう。ずっと同じ様に過ぎて行くと思っていた日々が、馴染《なじ》みの顔が消えて、変わってしまった。

周りが勝手に、変わったのだ。

何故だ？　どうしてだ？

この気持ち、持てあましているのに、薄れても去ってもくれない。誰かが我に掛けた呪《のろい》かと思ったが、呪った者など思い浮かばない。

いや。

いやまて。

いるではないかと、思いついた。

我をこんな気持ちにしたのは、そうだ、長崎屋《ながさきや》だ。あの店の若だんなだ。

ああ、絶対にそうだ。

ならば長崎屋には、思い知って貰《もら》わねばならない。若だんなには我と同じ、苦い思いを抱かせねばならない。

そうでなければ、余りにも不公平だ。

きっときっと、泣いて貰わねばならない。我は、そう決めた。

ああ、息が詰まる。

どうしてこうも、毎日息が詰まるのだろう。

おれの周りは、昨日も今日も、多分明日も、全く変わらないのだ。

長く、生まれ育った地から、出た事がなかった。だが一度遠い地へ行ったら、大きく息が吸えた。涙がこぼれる程、嬉《うれ》しかった。

だが共に出た者は、遠い所は凄《すご》いが、やはり馴染まぬと言う。元の地に、早く戻りたいと言う。

空も月も人も、昨日と一緒でなければ、心許《こころもと》ないとも言うのだ。ずっと同じだと思っていた日々が、変わってしまっては、恐《こわ》いという言葉も聞いた。

でも、おれはそんな風に思えないのだ。つまりそんなおれは、皆とは違う者らしい。己《おのれ》でも変わっていると承知しているから、気持ちを口に出せない。出せないから、更に息が詰まる。生まれた地が嫌いなのではない。人を厭《いと》うているのではない。

でも……。空を飛びたい。鯨の背に乗りたい。おお、妖《あやかし》にだってなってみたい。

何故だ？　どうしておれは違うのだ？

この気持ち、持てあましているのに、薄れても去ってもくれない。誰かが我に掛けた呪かと思ったが、呪った者など思い浮かばない。

いや。

いやまて。

いるではないかと、思いついた。

おれにこの気持ちを気づかせたのは、長崎屋だ。おれに余所《よそ》の国の話をした、あの手代《てだい》がいる店だ。つまり、そこの若だんなだ。

ならば長崎屋に、行かねばならない。今度こそ若だんなに、この気持ちを晴らして貰わねばならないと思う。

そうでなければ、余りにも苦しい。今は涙すら、出てはくれないのだ。

2

江戸でも繁華な大通り沿い、通町《とおりちょう》にある長崎屋は、廻船問屋《かいせんどんや》兼薬種問屋《やくしゅどんや》の大店《おおだな》だ。

そして先だってのこと、長崎屋の若だんなは、深川にある材木問屋、中屋《なかや》の娘於《お》りんと、先々縁組みする事に決まった。

すると若だんなは、この時とばかりに、もっと仕事を覚えたいと言いだしたのだ。

「勿論《もちろん》、気持ちは分かりますが」

ただ周りの者達は、眉尻《まゆじり》を下げてしまう。若だんなは人並み外れて、体が弱い。何と、江戸の神社におわす神々も承知されている程、ひ弱だ。だから息子に甘い両の親と兄《にい》や達は、若だんなが働くと、大嵐《おおあらし》や大地震が起きた時より、狼狽《うろた》えてしまうのだ。

「でもおとっつぁん、兄や達。一人前になるために、私だっていつかは、商いを覚えなきゃ。ねえ、そうでしょう？」

若だんなが、とても一所懸命言うと、父の藤兵衛《とうべえ》が苦笑を浮かべた。

「世間じゃ、親が子に働けと、言い聞かせているらしいんだが」

「で、でも旦那《だんな》様。若だんなはまだ、丈夫になっちゃいませんよ」

二人の兄やは、今日も止めて下さいと藤兵衛へ願う。だが父親は珍しくも、少し働いてみるのもいいかなと、息子へ言ったのだ。

若だんなも、大きくなってきたし。

当人は真剣で真面目《まじめ》だし。

何より、許嫁《いいなずけ》だとて決まった事だし。

「同じ年頃の皆は、とうにせっせと働いて、己の食い扶持《ぶち》を稼いでる。一太郎《いちたろう》もそうなりたいと思うのは、当たり前だからね」

「おとっつぁん、ありがとうございます。跡取りとして頑張ります」

若だんなは、それはそれは張り切った。

よって。

「三日、でしたか」

若だんなが店表へ出て三日目、仁吉《にきち》が溜息《ためいき》を漏らした。薬種問屋長崎屋で働きはじめた若だんなは、店表を天狗《てんぐ》がうろついているのに驚き、畳の上で転んでしまった。そして、あっという間にまた、寝こんだのだ。

兄や二人は「やはり」と言って、若だんなを離れで布団《ふとん》に埋めた。すると、長崎屋に居ついている妖の面々が現れ、兄や達が店表にいる間、いつものように看病を引き受けた。

先代の妻おぎんが大妖《たいよう》であったから、長崎屋には数多《あまた》の妖が住み着いている。若だんなは妖達と、すっかり馴染んでいるのだ。

「けほっ……毎回これじゃ、嫌なんだ。何とか今度こそって、思ったのに」

暖かい寝間で、いつもの皆に囲まれ寝ているのに、若だんなは半泣きでつぶやく。

鈴の付喪神《つくもがみ》である鈴彦姫《すずひこひめ》が、絞った手拭《てぬぐ》いを若だんなの額に乗せ、優しく慰めた。

「若だんな、お客の天狗は、人に化けてたとか。他のお客が気がつかなかったなら、気にしなくても良かったんですよ」

屛風《びょうぶ》のぞきが隣から、したり顔で口にする。

「転んだだけで、寝こんだんだ。若だんな、三日働いたんで、疲れてたんだろうよ」

家を軋《きし》ませる小鬼《こおに》、鳴家《やなり》達は、病はお菓子が足りなかったせいだと言い立てた。

「きゅい、若だんな、店表に菓子鉢が無かったからですよぅ。若だんなはお腹《なか》が空《す》いて、転んだんだ」

「きゅわ、今日も菓子《かし》鉢の中、空っぽ」

鳴家達は木鉢を揺らし、首を傾げている。すると看病はそっちのけ、布団の横で、猫又《ねこまた》のおしろに碁の相手をさせていた金次《きんじ》が、恐いような笑みを浮かべた。貧乏神は身の丈数寸の小鬼へ、さっきまで山と入っていた煎餅《せんべい》を、食べたのは誰かと聞いたのだ。

鳴家達は、揃《そろ》って小さな手を上げた。

「鳴家、食べた。でも、もう一枚食べられる」

「きゅんい、二枚だって大丈夫」

「そうかい、そうかい。じゃあ、俺達が暮らしてる一軒家の米を、そっくり食べちまったのも、鳴家達かなぁ」

おしろ、金次、それに獏《ばく》の場久《ばきゅう》は、少し前から、近くの一軒家で暮らし始めていた。

すると最近、台所の食べ物が、消え続けているのだ。小鬼達は、明るい声で返事をした。

「それ、鳴家じゃない。炊《た》いてないお米、堅くて嫌い」

だが、一軒家で寝泊まりしている鳴家達によると、そうは思わない妖もいるらしい。時々腹を減らした河童《かっぱ》やのっぺらぼう、天狗などがやってきて、一軒家の米や味噌《みそ》を、拝借していくというのだ。

「はあ？　余所の妖が、うちの食い物を食べてたのか？」

その事は知らなかったのか、金次とおしろが、目を丸くする。長崎屋の離れと違い、長屋の隣に立つ一軒家は、強い妖である仁吉や佐助《さすけ》が、守っていない。おまけに金次達は、留守にしている事も多かったから、その間に台所の品が消えていたのだ。

若だんなが布団の中で、苦笑を浮かべた。

「あれまあ、妖、増えたみたいだね。一軒家に三人が移ったら、妖達の姿を見る事が減って、寂しいかなと思ってたけど」

横で金次が目を三角にし、おしろが溜息をついている。

「味噌もお米も、無くなるわけです。これじゃ、いくらご飯を炊いても足りませんよ」

そういえば最近、手荒れになったと、おしろはこぼす。若だんなは、一軒家に置いておけないものは、離れの納戸《なんど》に入れなと、寝床の中から声をかけた。

「けほっ、でもねえ、たまにお饅頭《まんじゅう》くらい取られても、見逃しておやりよ。こほっ、きっと、お腹が空いた妖が来てるんだよ」

すると金次は渋い顔で、布団に埋もれた若だんなを見おろした。

「若だんな、饅頭だって、ただじゃないんだ」

一軒家に住む金次、場久、おしろは、人の様にお足を稼ぎはする。

「でも、だ。大勢の妖達が押しかけてきたら、米なんて、直《す》ぐに消えちまうんだぞ」

「きゅい、金次、しっかり者！　まるで兄やさん達みたい」

しかし金次は長崎屋の離れで沢山、お饅頭食べているよと言い、鳴家達は目をぱちくりとする。途端、貧乏神は顔を赤くした。

「ああ、饅頭代の心配をするなんて、しみったれた事、言っちまった。あたしは何軒もの大店を文無しにしてきた、貧乏神なのに！」

金次は今まで、人を貧乏にはしても、己の稼ぎを気にした事など無かったのだ。

「米代が気になる貧乏神なんて、格好悪いよ。人に恐れられなくなっちまう」

金次は両の眉尻を下げ、珍しくも落ち込んでいる。若だんなが、柔らかく言った。

「げほっ、仕方ないよ。皆は妖なんだもの。人の世で稼ぐのには、苦労するだろうし」

ならば。若だんなはもう一度咳《せ》き込んだ後、やはり人である自分が、金子《きんす》を作らねばならないと言い出した。すると妖の面々は、ちょいと困った様子で顔を見合わせる。

「若だんな、店番をして、寝こんだばかりじゃないですか」

「おしろの言う通りだぜ。第一、若だんなが店で働いた金で妖が暮らしたら、兄やさん達は怒る。間違いなく、怒る！」

一人前の妖達が、弱い若だんなに養ってくれと、甘えてはいけないのだ。屏風のぞきの言葉を聞き、若だんなは小さく笑った。

「けふっ、そうだね、もう店番は、止《よ》すよ」

今回寝こんで、若だんなは肝に銘じた事があったのだ。

「他の人と同じやり方じゃ、私は生きてゆける程、稼ぐ事は出来ないって分かった」

自分が小さな店の主《あるじ》だったら、三日しか働けない奉公人は、雇っていられない。店が潰《つぶ》れてしまうからだ。

「つまり、奉公人達のような働き方をしたんじゃ、私は何年経《た》っても、食べていけるようにはなれないんだ。情けないね」

すると妖達は、もの凄く真剣な顔で、若だんなを慰め始める。

「若だんな、大丈夫ですよ。いざとなったらこのおしろや、お江戸の猫又達が、猫じゃ猫じゃを踊って、投げ銭を貰いますから」

皆、手拭いをいつも用意してくれる若だんなに、感謝しているのだ。小鬼達も頷《うなず》く。

「大丈夫。鳴家、あちこちからお菓子、沢山集めてくる！」

「金次さんがいますよ。きっと上方でやったように、大枚を手に入れてくれますとも」

「鈴彦姫、若だんなが布団の中で、困った顔、してるぜ」

金次が笑う。若だんなは布団の中から、こんな自分だが、向いた稼ぎ方はあるはずだと言い出した。

「人と同じやり方で稼ぐのが無理なら、私なりの働き方をすればいい。こほっ、うん、多分そうだ」

例えば、短い間に大きく稼げれば、その後暫《しばら》く休んでも、やっていける。

「長屋を建てて、家賃を貰うのもいいね。正直に言うと、何が一番向いてるのか、まだ考えつかないけど」

すると離れの妖達は、若だんなが困っていると言いだし、一緒に困りだした。そして直ぐ、あれこれ思いつきを口にし始める。

「あのぉ、今まで通り、お店の若だんなをやっているのは、駄目なんですか？」

「鈴彦姫、この長崎屋で稼いでいるのは、おとっつぁんだ。私じゃないもの、駄目だよ」

「きゅい、打ち出の小槌《こづち》を買うの、どう？」

「おい鳴家。そんなもの、どこで売ってるんだ？」

「屏風のぞきに、探してきてもらうの」

「寛永寺《かんえいじ》の天狗、黒羽坊《くろはぼう》さんにお願いして、天狗のお酒を分けてもらいましょう。凄く美味《おい》しいから、きっと飛ぶように売れますよ」

おしろは名案だと思ったようだが、若だんなは止める。

「黒羽坊さんに今、天狗のものをお願いするのは、拙《まず》いよ」

黒羽坊は、怪我《けが》で飛べなくなって山を下り、僧として修行している。しかし師と仰いだのは、妖退治で高名な、寛永寺の高僧寿真《じゅしん》であった。よって今、黒羽坊を裏切り者と怒っている天狗もいるらしいのだ。

「黒羽坊さんも、こほっ、苦労が多い」

ここで鳴家が三匹、ぐっと真面目な顔になった。

「きゅべ、長崎屋の前に、賽銭箱《さいせんばこ》を置いておいたらいいの。お金、皆がくれる」

「兄やがさっさと片付けそうだなぁ」

首を横に振ってから、金次はにやっと笑う。

「ふふ、栄吉《えいきち》さんの饅頭に、長崎屋の胃薬を付けて売るってぇのはどうだい？　喜ばれるぞ」

若だんなの幼なじみ栄吉は、菓子屋の跡取り息子だが、餡子《あんこ》を作るのが少々苦手……大分苦手……もの凄く苦手なのだ。本人もその事を、とても気にしている。

「まあ、それは名案かも。売れそうですね。あれ、若だんなが顔を顰《しか》めてますよ。何で？」

鈴彦姫が首を傾げた横で、この時屛風のぞきがぽんと手を打った。

「おっと、あたしは凄いね。今、とてつもなくいい手を、思いついたよ」

皆の注目を集めたので、屛風のぞきは屛風の上に座って胸を反らし、語り出す。

「売るのは、薬だ！　長崎屋は薬種問屋だから、売る場には困らないぜ」

全員の眉尻が下がった。

「あのぉ、今も長崎屋じゃ薬、売ってますが。それのどこが、凄い案なんですか？」

鈴彦姫に問われ、分かってないなと、屛風のぞきは指をひらひら振る。

「だからさ、若だんなと妖が新しい薬を作って、そいつを沢山売るのさ」

その薬が売れて凄く儲《もう》かったら、仁吉は利の一部を、米代としてくれるに違いない。それに効く薬なら、ずっと売れ続け、家賃のように毎月金が入るだろう。長崎屋の為《ため》にもなり、若だんなは稼げるようにもなる。

「どうだ、素晴らしいだろう」

「凄い、きゅわー、屏風のぞき凄い」

鳴家達が素直に褒めたので、屏風のぞきは屏風の上で更に反っくり返って、後ろへ転げ落ちてしまった。だが若だんなは布団の中で首を傾げる。

「あのぉ、屏風のぞき。そいつは良い案じだとは思うよ。だけどさ」

そんなに売れる程効く、新しい薬の調合を知っているのかと、若だんなは問うたのだ。すると付喪神は、あっけらかんと言った。

「そういう薬を考えるのが、若だんなの仕事だ。作るのは妖がやるからさ。考えとくれ」

若だんなは、真剣な表情を浮かべた。

「確かにねえ。それくらいはやらなきゃ、私の仕事がないよね。うん、頑張るよ」

だが、だが。

「よく効いて儲かるけど、まだ余所で売られていない薬の作り方。そんなもの、どうやったら思いつくのかしらん」

困った途端、若だんなは小さくせき込んでしまう。すると、鳴家達がわらわらと布団に乗り、力強く請け合った。

「若だんな、病気。だから代わりに鳴家が、とっても効く薬、探してきてあげる」

つまり鳴家が一番役に立つのだから、後でお団子とお饅頭が欲しいと、小鬼達は言い出したのだ。横で、いつの間に菓子が出る話になったのかと、金次が呆《あき》れる。

「やれ、一軒家の米代が掛かってるのに、小鬼らに事を任せとくのは、拙かろうな。仕方ない、あたしが良く効く薬の調合を、聞き出して来ようかね」

教えてくれぬと、貧乏になるぞと言えば、急に親切になる医者もいる筈と金次は言う。だが若だんなは、慌《あわ》てて首を横に振った。

「けふっ、駄目だよ。それは私の仕事だもの」

「あら、このおしろも薬を探しますよ。私の手荒れに効く薬なんか、いいですねえ」

すると他の妖達も、競い始める。

「若だんな、上手《うま》く儲かった時は、まずそのお金で宴会をしましょう。まだあの一軒家の板間で、のんびりなさってないでしょう？」

鈴彦姫が誘えば、ならば肴《さかな》は刺身《さしみ》がいいとか、稲荷寿司《いなりずし》が欲しいとか、皆が言い出し、話はどんどん妙な具合に逸《そ》れてゆく。

「あの、薬の作り方は、私が考えるから。ちゃんと、仕事をしたいんだ。けほっ、皆、聞いてるかい？」

若だんなは布団の中から必死に訴えたが、分厚い布団に埋まっていた為、声が届きにくかったのかもしれない。宴会と聞き張り切った鳴家が、我が一番と飛び出して行き、他の妖達も、次々と離れから消えてしまった。

3

薬の作り方は、意外な程早く、そして多く集まった。

しかし皆で集めたものの、その薬が本当に効いて売れるかどうか、離れの皆には分からない。よって、大人しくしていなかったと分かれば、苦い薬湯が一段濃くなるかもしれなかったが、若だんなは決断した。

「薬の事なら、仁吉に聞いてみるしかないね」

薬種問屋の手代、仁吉の本性は白沢《はくたく》だ。つまり万物を知り、病魔を防ぐと言われている者なのだ。若だんなと妖達は、仁吉が離れへ薬湯を持って来た時、皆が持ち寄った書き付けを並べ、事情を告げた。

途端、仁吉は薬湯を布団の側へ置き、綺麗《きれい》な眼を、ぐぐっと若だんなへ近づける。

「若だんな、離れで大人しく養生なさっていると思ってましたのに。妖達とこっそり、働いてたんですね」

「私はちゃんと、布団の中にいたよ」

ただ、頭を働かせただけだと言ったところ、若だんなは薬湯を、一気飲みする事になった。

「うぇえ……それで仁吉、どう思う？　この書き付けの中に、売れる薬はありそうかい？」

若だんなや妖達が、期待を込めた目を向ける。仁吉は溜息と共に、書き付けを手に取ると、次々と、反故《ほご》を捨てる籠《かご》へ放り込んでいった。

「どくだみを使った、腫《は》れ物に効く薬。こいつは駄目ですね。とうに長崎屋で売ってます。龍の涙の目薬。効きますが、誰が手に入れてくるのか、聞きたいです」

化け方が上達する木の葉の薬は、化け狐《ぎつね》しか買ってくれない。腹の虫を押さえる羊羹《ようかん》は、そもそも薬ではなく、菓子だ。

「ほお、金次が手に入れた作り方は、凄い。蝦蟇《がま》の油から作る、心の臓の痛みを抑える薬ですが。これは効くんですよ」

金次が、自慢げに頷いた。

「そうか、そうだよなぁ。実はその薬、天狗から伝え聞いたもんなのさ」

金次は薬の事を聞くため、広徳寺の高僧の寛朝《かんちょう》が以前、頭が良いと褒めていた、寿真を訪ねていたのだ。

「だが、寿真様は留守だった。寺の鳴家に居場所を聞いたら、あの坊さん、何と寺の屋根にいるっていうんだ」

何でも、日々余りに来客が多いので、時々寿真は余人が登らない、堂宇《どうう》の屋根へ逃げてゆくらしい。金次も屋根へ向かったが、何しろ寛永寺は恐ろしく広く、堂宇の甍《いらか》が波のように連なっていた。驚いた事に金次は、寺の屋根で迷子になってしまったのだ。

すると。

「空に、天狗が飛んでたんだ」

必死に手を振ると、屋根へ下りてきた。上野にいる天狗ならば、寿真の弟子、黒羽坊を知らぬかと問うた所、友だと言ったので、二人は直ぐに親しくなった。赤山坊《せきさんぼう》というその天狗は、寺へ薬の作り方を聞きに来たと言う金次に、天狗の妙薬を教えてくれたのだ。

「結局、寿真様には会わなかったが、構わないさ。蝦蟇の油薬は万病に効く、もの凄い物だって事だ。これで長崎屋は儲かるぞ！」

しかし仁吉は直ぐ、眉を顰《ひそ》めた。

「でもね、これは大層強い薬なんですよ」

よって薬種問屋で、素人《しろうと》の客相手に売っていいものではないと、仁吉は言い切った。

「医者が病人に合わせて、ごく少量を使うべき薬です。ええ、これも駄目です」

「なんだぁ」

金次が、がっくりしたところで、仁吉は最後の一枚を見て、一寸《ちょっと》手を止めた。そこには、おしろの手荒れを治す油薬と書かれていた。

「この字は、若だんなのものですね。自分で案じたんですか？」

若だんなが頷くと、手荒れに油を使うという考えは正しいと、仁吉は笑みを浮かべる。

「でも菜種油に、肌に良い薬草をつけ込んだだけじゃ、売れる薬にはなりませんよ。油をそのまま手に付けたら、べたべたになって、多分お客には買ってもらえないでしょう」

「あ……私のも駄目かぁ」

若だんながが、がっかりした表情を浮かべると、仁吉はまた笑って、この油をもっと堅いものに混ぜ、付けやすい膏薬にすれば良いでしょうと言い出した。

「例えば、蜜蠟《みつろう》に混ぜるのもよいと思います。あれを使えば、丁度良い堅さになりましょう」

途端、若だんなが目を輝かせる。

「そうか、蜜蠟か！　なら混ぜる油は、菜種油より、椿油《つばきあぶら》が向いてるかもしれないね。椿油は、よい香りだもの」

きっと上等の薬が出来上がる。若だんなは布団の中で、それは嬉しそうな表情を浮かべた。しかし屛風のぞきは、眉間《みけん》に皺《しわ》を刻む。

「でも若だんなぁ、手荒れの薬ってのは売れるのかい？　手が荒れてても、命が危うくなる訳じゃない。金、払う奴《やつ》がいるかな？」

ならば、一度膏薬を作り、使ってみようという話になった。

「きゅい、おたえ様のお部屋に、上等の椿油、あったよ」

「蜜蠟を作るのに必要な蜂《はち》の巣は、蜜を採った残りかすが、幾らか倉にある筈です」

仁吉の言葉に頷き、鳴家と屛風のぞきが取りに行く。おしろと鈴彦姫は、鍋《なべ》や碗《わん》、笊《ざる》を揃え湯を沸かした。若だんなは我慢出来なくなって、夜着《よぎ》を被《かぶ》ると、皆と一緒に火鉢の前に寄り、仁吉の手元を見つめた。

「まずは蜂の巣のかすから、薬の元として使えるほどきれいな、蜜蠟を作ります。最初は鍋に沸かした湯で、蜂の巣を溶かすんですよ。混ざり物が多いんで、溶けたら浮いてきた塵《ちり》などを、目の細かい笊で漉《こ》し取ります」

それから碗に流し入れ、湯が冷めて碗の蜜蠟が固まったら、水を捨てる。

「これを何度か、繰り返します。最後は、目の粗い布で漉します」

面倒ではあるが、溶かして漉すという手順の繰り返しだから、難しくはない。妖達が遊び半分、仁吉の真似《まね》をしていくと、じき、薄い黄色の塊が出来上がった。次にそれをまた溶かし、碗の中で、薬草を漬けておいた椿油と混ぜる。すると。

「おお、出来た。ほどよく柔らかい膏薬だ」

さっそくおしろが、手にすり込んでみる。すると、おしろは嬉しそうに、にこりと笑った。

「あたし、この薬が欲しいです」

仁吉が、深く頷く。

「立派に使えそうですね。これなら長崎屋で売れます。後は、値段次第でしょう」

若だんなはさっと思案を巡らせ、ならば小さな油紙の袋に軟膏を詰め、お試しの品として売ったらどうかと言ってみる。

「少ない量だから、安く売れるだろ？　他に少し大きな器に入れたのも、用意しよう」

　そうすればこの薬は、結構売れるのではないか。若だんなの言葉を聞き、仁吉は大きく頷くと、立派な仕事をしたと言って、急に目頭を押さえた。

「ああ、おぎん様にお知らせしたいですね。あの小さかった若だんなが、新しい薬を作ったと知ったら、どれ程喜ばれる事か」

「仁吉、皆で作ったんだよ。それにまだ、薬、一つも売れちゃいないよ」

若だんなは照れたように言ったものの、やはり初めて売り物を作ったのは嬉しい。妖達は早くも膏薬が売れた気で、刺身にかまぼこ、酒にお団子と、宴会で揃える品を数え上げ、はしゃいでいる。仁吉は、さっそく薬の材料を手配しようと言い出した。

「さて、椿油は知り合いの店で買えますね。薬草は長崎屋にあります。それと……」

　しかし仁吉はここで、表情を強《こわ》ばらせた。

「どうしたの？」

　すると兄やは、今回一番手に入れづらいのは、蜂の巣、蜜蝋だと言いだした。

「この軟膏を作る為、買い続けてゆくとなると、野山でたまたま採れる蜂の巣を、当てには出来ません。家蜂を飼って、蜜を採っている家から買う事になりましょう」

「きゅい、甘いお家《うち》！」

仁吉によると、家蜂で有名なのは、紀州熊野だという。蜂蜜は、薬を作るのにも使うし、贈り物としても良いが、まだまだ量が少ない。なので長崎屋では、より簡単に手に出来るよう、手を打っていると言った。

「紀州熊野から、蜂を東へ運んだんです。そして江戸の近くにしては暖かい、上総《かずさ》の西八谷という村で、飼ってもらってます」

それで長崎屋では、他店より安くて美味しい蜂蜜を扱っているのだ。仁吉の話を聞いた若だんなは、妖達と顔を見合わせた。

「仁吉、ならばその村から、蜜と一緒に蜜蠟も、売って貰えばいいのでは？」

だが、そういう当てがあるのなら、何故仁吉は今、困った顔をしたのだろうか。

「きゅんい？」

「それは、ですね」

仁吉は言いにくそうに、言葉を続ける。

「西八谷村では、村の名主、甚兵衛《じんべえ》さんが仕切って、蜂蜜を作ってくれてます。ですが」

実はその甚兵衛は、少々変わった者なのだ。もっとも、そういう妙なお人だから、他の村人は蜂が恐いと尻込みをしたのに、家蜂を飼ってくれたのだという。

「そのですね、最初の蜂を、飼うと約束してくれた時、甚兵衛さんは長崎屋に、変わった願い事をしたんです」

勇気を出し蜂と向き合うと、甚兵衛は言った。きっと美味しい蜜を作り、長崎屋へ納めてみせると、請け合ってくれたのだ。

だがその代わり、望みを叶《かな》えてくれないかと、甚兵衛は持ちかけてきた。

「空を飛ぶか、見た事も無い珍かなものを見るか。それとも、鯨の背に乗るか」

三つの願いの内、どれかを叶えて欲しいと、甚兵衛は言ったのだ。

「きゅげっ、鳴家、珍しいよ」

「小鬼は、人には見えないじゃないか。で、仁吉さん。その突拍子もない願い事、どうしたんだい？」

屏風のぞきが問えば、仁吉は苦笑を浮かべ、甚兵衛を、長崎屋の菱垣《ひがき》廻船へ乗せたと言った。それから生まれて初めて、陸の見えない大海原を見せ、伊勢参りへも連れて行った。その後、甚兵衛を熊野まで伴い、分けて貰った蜂と共に上総へ帰したのだ。

「おお、無駄の無いやり方だ」

皆が、感心して仁吉を褒める。ここで兄やは、また甚兵衛へ頼み事をするとなると、今度は何を望むか、恐いと口にした。

「天狗じゃあるまいし、人に空は飛べませんからね。鯨の知り合いも、おりませんし」

そもそも甚兵衛は妖ではない。人として生まれたのに、何で人には向かぬ事をやりたがるのか、仁吉には分からないらしい。

すると屏風のぞきが笑った。

「でも仁吉さんだって、若だんなの為となったら、結構、馬鹿《ばか》も無茶もするじゃないか……痛っ」

ぺしりと頭を叩《たた》かれ、屏風のぞきが頭を抱える。若だんなは少しばかり不安になって、兄やの顔を覗《のぞ》き込んだ。

「でも薬を作るなら、安い蜜蠟が必要だよね。どうしたらいいんだろう」

すると、余分な事を言いましたねと、仁吉は優しく謝ってきた。

「村で蜂を飼い始めてから、もう随分経ってます。甚兵衛さんも歳《とし》を重ねて、大分、落ち着いてきているに違いありません」

仁吉はまずは文《ふみ》で、話を通してみると言う。若だんなも、先の事を心配ばかりしても駄目だねと頷いた。

だが鳴家達は横で、首をひねっている。

「じんべさん、ほんとに大丈夫？」

丸くなるどころか、前よりも、とんでもない事を言い出すのではないか。鳴家達は何故だか嬉しげだ。

「きゅんわ、江戸中のお団子、食べたいって言うかも知れない」

「真夏に雪玉投げ、したいのかも」

「鳴家と、隠れ鬼して遊ぼうって言うかな」

「空と鯨が好きなお人、ねえ」

おしろ達は不安げに、見つめ合う。

ところが、西八谷村の甚兵衛へ文を出したところ、話は一気に進んだ。何と甚兵衛は、村の名主で忙しそうなのに、数日の後、わざわざ江戸の長崎屋まで舟で来たのだ。

甚兵衛は温厚そうな見てくれの、四十前の男であった。兄や達と共に、離れの部屋で対面した若だんなは、そのまともそうな様子に、大いにほっとした。おまけに甚兵衛は意外な程あっさり、手荒れの薬を作る元になる蜂の巣の絞りかすを売ると言ってくれた。

「蜜を採った後の蜂の巣は、混ざり物が多くてね。今までは菜種油の代わりとして、村で使っていたんですよ。そいつが売り物になるんなら、村の皆も喜びます」

「ああ甚兵衛さん、そりゃ助かります」

額の折り合いもつき、これで薬を作れると、若だんなはほっと笑みを浮かべた。だが、その時。恐れていた一言を、甚兵衛は口にしたのだ。

「ですが、蜜蠟を売るに当たって、一つお願いがあるんですよ」

若だんなと兄や達は、一斉に身構える。

「あの、今も鯨の背に乗りたいんですか？」

若だんなが恐る恐る問うと、鯨よりもぐっと大きな大海原を見せて貰ったので、その望みは消えたと甚兵衛は言う。ただ。

「空を飛びたいという気持ちは、年々大きくなってましてね。いや分かってます。以前にも言われました。人は空を飛べないと」

がっくりした甚兵衛は、その後、刺されたら大層痛い蜂を飼うという、無鉄砲を試みた。おかげで気持ちを慰める事が出来、ついでに懐《ふところ》も潤《うるお》ったという。

「最近は蜂の奴らとも、大分上手くやれるようになりましてね。儲かると分かったからか、村の者達も、大勢が蜂を飼うようにもなりました。今じゃ蜂の世話を皆に任せても大丈夫なんですよ」

巣も増え、村にはゆとりが出来た。今、西八谷村は、近在の村から羨《うらや》ましがられているのだ。となると。

「何かまた、物足りなくなってきましてなぁ。息苦しいと言いますか。するとやたらと空が、青く見えて来まして」

あそこへ飛び上がりたい。しかし、人は飛べない。ならば、どうしたらいいのか。甚兵衛は長崎屋へ来る間、考え抜いて、一つ思いついたのだ。

「おれが、天狗のような妖になれば、飛べるんじゃないかな。いや、きっと飛べます」

ならばならば。

「長崎屋さん、蜜蠟が欲しかったら、おれを妖にして下さい。その夢を叶えて下さったら、こちらへ蜜蠟を納めます」

それが条件だと、甚兵衛は真剣な顔で、若だんなと兄や達へ言ったのだ。

すると。

眉間に皺を寄せつつ、話を聞いていた佐助が、ゆらりと立ち上がった。そして一時部屋から出て行くと、薪《まき》を割る為の鉈《なた》を手にして戻って来たのだ。

4

若だんなが驚いている間に、佐助ときたら、その鉈を振りかざした。そして落ち着いた顔で、甚兵衛へ言ったのだ。

「甚兵衛さん、妖になりたいんなら、人のまんまじゃ無理ってもんです。なりたいんなら、ちょいと死んで貰わなきゃいけませんね」

「は？」

甚兵衛が顔を蒼《あお》くしたのに、佐助はそれに構わず、鉈を客の前へ突き出す。

「並の者が、人ならぬ力を手に入れようっていうんです。薬を一服飲んでって訳にゃあ、いきません」

だが、人が人ならぬ者に化す事も、ままにはある。例えば死んで幽霊となるとか、お産で死に産女《うぶめ》となるとか、だ。つまり、一回死んでみなくては始まらないと佐助がいうので、若だんなが慌てた。

「佐助っ、止《や》めておくれ。鉈で殴りつけたら、甚兵衛さん、死んじまうよっ」

「勿論ですよ、若だんな。一撃できっちり、あの世へ送って差し上げます」

「佐助っ、駄目だってば」

佐助は仁吉と共に、若だんなを育てたも同然の兄やだ。そして廻船問屋長崎屋を支えている、働き者の手代でもあった。

だが立派な奉公人であると共に、やはり妖でもある。それ故《ゆえ》か、二人は若だんなの為となると、時として真っ当な考え方を、明後日《あさって》へやってしまうのだ。

ここで甚兵衛が庭へ逃げ出し、佐助がそれを追う。若だんなは、思わず声を上げた。

「仁吉っ、落ち着いて見てないで、佐助を止めておくれな」

すると、ゆったり座った美男の兄やは、若だんなへ笑みを向けた。

「若だんなはいつも、お優しい。お育てした甲斐《かい》があるってもんで、嬉《うれ》しいですよ」

だが、しかし。ここで仁吉は、首を傾げた。甚兵衛から蜜蠟を買おうと思ったら、彼の願いを叶えねばならない。だから。

「佐助を止めちゃ、駄目だと思うんですがね」

仁吉が、とても真面目に言ったものだから、若だんなは総身から力が抜けてしまう。

「一体どうやったら、そういう風に考えられるのかな？」

「ぎゅげ？　若だんな、大丈夫？」

その時であった。甚兵衛のとんでもない悲鳴が、庭に響き渡る。

「ひいっ、死ぬっ」

甚兵衛は、いよいよ佐助に追い詰められていた。庭の隅で甚兵衛と向き合った佐助は、もう一度落ち着いた声で問う。

「甚兵衛さん。人のままでは、空など飛べぬと言ったでしょう」

つまり一度、死んでみるしかない。それが嫌なら、妖になることを、きっぱり諦《あきら》めるのみだ。

「死にますか？　諦めますか？」

甚兵衛は顔を真っ赤にした。

「あの、まず、おれを殺しちゃいけません。蜜蠟を作る者が、いなくなっちまいますよ！」

「蜂の世話は、もう村の人達だけでも大丈夫な筈《はず》です。甚兵衛さん、さっきそうおっしゃってましたよ」

佐助はにっこり笑う。

「いやそのっ、だから、痛いのは嫌だっ」

「では、妖になるのを諦めるんですね？」

「それも、嫌だっ」

甚兵衛はここに至っても、無鉄砲な望みを取り下げない。佐助は頷いた。

「じゃあ、あの世行きは決まりです」

「嫌だぁ」

若だんなが慌てて止めに入ろうとしたとき、佐助が大きく鉈を振りかざした。

「ひいーっ」

甚兵衛は、辺りに響き渡る大声で悲鳴を上げ……刃物が光った時、気を失った。

「佐助っ、仁吉っ、兄や達は暫く何もしちゃ駄目だっ。いいね！」

若だんなの大声で、甚兵衛は目が覚めた。すると顔の直ぐ脇《わき》に、鉈が突き刺さっていた。

「おっ……まだ生きてる。おれは無事だったのか」

心底ほっとし、起き上がった甚兵衛は、しかし眉根《まゆね》を寄せた。長崎屋の中庭に、大勢が集まっていたのだが、そっぽを向き黙り込んだ手代二人の傍らに、妙な者達を見たのだ。

「あれ……着物を着た、白い猫がいるよ。人には見えないね」

「あら、いけない。化けてなかったわ」

猫は首をすくめている。

すると今度は誰もいない場所から、多くの声も聞こえてくる。

「きゅい、きゅわ、じんべさん、死んだ？　妖《あやかし》になった？」

「きゅんいー、分かんない」

魂消《たまげ》た甚兵衛は、慌てて周りを見た後、じきに深く頷いた。

「こんなに妙な事が起きるなんて、おれときたら、どうやら死んだみたいだ。きっと鉈で首を切り落とされ、見事妖と化したんだな」

となれば怪しい力も得ただろうから、甚兵衛の首は元通り、胴と繋《つな》がったに違いない。それで奇妙な猫を見たり、不思議な声が聞こえるようになった訳だ。

「おお、我ながら凄《すご》い。じゃあじゃあ、ついに飛べるようになったかな」

甚兵衛は長崎屋の庭で、ぱたぱたと羽ばたいてみる。だが羽も無いのに飛び上がれる筈もなく、酷《ひど》くがっかりした表情を浮かべた。

「妖っていっても、色々あるんだね。おれは、飛べない妖になったようだ」

「きゅんい、じんべさん、何という妖なの？」

軋むような声が問うが、甚兵衛は相変わらず、その主を見ることは出来ない。

「いや、おれにも分からないよ」

妙な方を向きつつ、鳴家に返事をしているものだから、おしろと屏風のぞきが、不思議そうに顔を見合わせる。

すると、その時。不意に、横手の木戸が開いたのだ。そして鼻の高い赤ら顔が、中庭へ顔を出してくる。金次が片眉を引き上げた。

「おや、赤山坊じゃないか。長崎屋へ来るとは、どうしたんだ？」

親しげに声を掛けると、今回、貴重な薬の作り方を教えてくれた、知り合いの天狗《てんぐ》だと、金次は皆に紹介をする。

「赤山坊は、黒羽坊の友なんだ」

「おや、こほっ、いらっしゃい」

若だんなは笑顔を向け、離れへどうぞと招いた。しかし赤山坊は庭に立ったまま、随分と強ばった表情で長崎屋を見回した後、金次に問うたのだ。

「今、外まで悲鳴が聞こえたが、何があったのだ？　まさか、我が金次殿に教えた薬が、厄災を引き起こしたのではなかろうな？」

「は？　薬？」

「新しく薬を作るというので、我は、蝦蟇の油薬の作り方を教えた。あれは万事に効く、それは大層な代物《しろもの》なのだ」

相手が貧乏神の金次であったゆえ、赤山坊は、教えても大丈夫だと思ったという。

「しかし金次殿は最近、薬種問屋長崎屋の貸家に住んでいると、後で耳にした」

長崎屋がうっかり、ただの人にあの薬を売ったら、大事になる。それを告げようと長崎屋へ来て、赤山坊は悲鳴を聞き、中庭へ入って来た訳だ。

「きっと既に、大事が起きてしまったのだな。それは……何とも残念な」

「きゅげ？　新しいお薬、もう出来たの？　どこ？」

鳴家が一匹、甚兵衛の肩に乗り、きょろきょろ、周りを見回している。

「いや、赤山坊さん、そんな事には……」

先走った考えを口にする赤山坊へ、若だんなは苦笑を向けつつ、首を横に振った。だが甚兵衛が、妙な返答をしたものだから、話は奇妙にややこしくなる。

「赤山坊さん、心配しなさんな。さっき大声を上げたのは、この甚兵衛だ。人の生まれだが、さっき妖になってね。つい驚いて、声を上げちまった」

そして。

「薬の事だが、長崎屋は新しい品を作る気だよ。だが、おれがまだ、必要な蜜蠟を売っていないから、薬は出来てない」

　つまり、誰も死んではいない訳だ。

「赤山坊さん、安心してくれ」

「何だ、つまらん……いやいや、それは良かったのぉ」

「きゅい、つまらん？　何が？」

　ここで若だんなが、また話に割って入る。

「その、赤山坊さん、どうも話が少々、妙になってるようです」

　縁側に座ってくれたら、事情をきちんと話すと、若だんなは言ったのだ。だが、赤山坊は、また甚兵衛へ声を掛ける。

「しかし、人があっさり妖になるとは、聞かぬ話だ。甚兵衛殿とやら、どうやったのだ？」

　そんな離れ業を成せるとは、長崎屋はとんでもない妙薬を持っているのかと問う。

「それとも、この甚兵衛殿が、長崎屋にとって、余程大切な御《ご》仁《じん》なのか」

　すると甚兵衛は、勿論《もちろん》自分は大切な客だと胸を張る。長崎屋の為に、わざわざ上総から来たのだ。

「何しろおれは、蜜蠟を握っているからな。だから妖になれたのだし、これから長崎屋に、空を飛べるようにしてもらうのだ」

途端、赤山坊は目を剝《む》き、両の足を踏ん張った。

「何と！　長崎屋はやはり、空を飛べる薬を持っておるのか」

直《す》ぐに赤山坊の顔が、夕焼けのように赤くなってくる。ここで金次が口をへの字にし、赤山坊達の話を止めた。

「さっきから、どうも話が分からん。だが赤山坊さん、とにかく蝦蟇の油薬は、売っちゃいないよ。きついんで、人にゃ売れないって、兄《にい》やさんが言ったから」

「若だんなの兄や……病魔よけになると言われている、白沢だそうだな。そうか、妙薬は妖達だけのものにする気だな」

「きゅんわ？」

「あの、その、何でそういう話になるんですか？」

若だんなを始め、長崎屋の皆は呆然《ぼうぜん》として、目をつり上げている天狗を見つめる。しかし赤山坊の頭の中では、全《すべ》てがきちんと繫がっているようで、その声は不機嫌そうに低くなっていった。

「長崎屋には、空が飛べるようになる薬が、あるに違いない」

なら……ならば。赤山坊はもう我慢出来ないという顔で、若だんなに向け、喚《わめ》いた。

「どうして黒羽坊に、飲ませなかったのだ！」

貧乏神は黒羽坊の事を、友だと言っていたではないか。そして長崎屋と黒羽坊は、付き合いがある。

「なのに黒羽坊は、未《ま》だ飛べぬ！」

あげく長崎屋は、黒羽坊をよりにもよって、妖退治をする寺へやってしまったのだ。

「おかげで黒羽坊は、今や我らの間で悪《あ》し様《ざま》に言われておるんだぞ！」

おまけに飛べないから、山へは来られない。申し開きもできないまま、黒羽坊と天狗達は、縁が切れかけているのだ。

「なのに、なのに！　長崎屋に、空を飛べる薬があったとは！　許せんっ」

「ちょ、ちょっと待ちな。赤山坊さん、ここにゃあ、そんな変わった代物は無い筈だよ」

余りの怒りを目にし、金次が慌てて声を掛けたが、その言葉を信じなかったのか、赤山坊は怒りを収めない。それどころか、大股《おおまた》で甚兵衛へ近寄ると、突然、その襟首を摑《つか》んだ。そして背の羽根を広げ、天狗はあっという間に空へと飛び上がったのだ。

「ひっ、ひえええっ」

「甚兵衛さんっ、わあっ、どこへ行くんですかっ」

「長崎屋にとって、大層大事なこの男を返して欲しくば、寛永寺におる黒羽坊へ、飛べる薬を届けよ！　届いたと分かったら、こやつを返してやる」

「きょげーっ、空にいるよっ」

離れは大騒ぎになったが、生憎《あいにく》、天高く飛べる者はおらず、妖は誰も跡を追えない。若だんなは咄嗟《とっさ》に、佐助と仁吉を見たが、二人がそっぽを向き続けているのを見て、頭を抱えてしまった。

「あ……二人に、何もしちゃ駄目だと言ったんだっけ」

若だんなが兄や達へ、元に戻って欲しいと頼んでいる間に、赤山坊達は見えない所へ、飛んで消えてしまった。

5

寛永寺へ舟で行くか、寛永寺から、修行中の黒羽坊《くろはぼう》に来てもらうか。若だんなは、床上げしたばかりだったので、迷うことになった。どちらも難しいと兄や達は言ったが、結局黒羽坊に長崎屋へ、来てもらうという話になった。金次達妖らが、自分らも黒羽坊の話を聞きたいと言って、譲らなかったからだ。

「寛永寺には、寿真様が作られた妖封じの護符があるに違いないよ。そんな所に妖達が押しかけたら、どうなるか分からないから」

若だんなの心配ももっともなので、寄進の金子《きんす》と文が、寛永寺へ届けられる。すると寿真は、後で話を聞かせてくれと文を付けて、弟子を長崎屋へ寄越してくれた。

久々に現れた大男の黒羽坊は、離れで身を小さくして謝ってきた。

「この度は……友の赤山坊が、私のため、無茶をしたようで」

己がしでかした事でもないのに、黒羽坊は何度も頭を下げる。若だんなはそれを止めると、とにかく甚兵衛を早く取り戻したいので、力を借りたいと黒羽坊に言った。

「そ、そうですな。何しろ甚兵衛さんは、妖に成り立ての御仁らしい。心配でしょう」

すると隣で佐助が、渋い表情を浮かべる。

「黒羽坊さん、私は若だんなの前で、本当に人の首を落としたりしませんよ」

沢山の血を見て、若だんなが具合を悪くしたら、困るではないか。

「つまり甚兵衛さんは、一時気を失っていただけ、妖ではありません。なのに妖に生まれ変わったと、自分で信じ込んでいるのです」

「余程、妖になりたかったんでしょうね」

黒羽坊が深く頷《うなず》いた。

「となると、余計急いだ方がいいですね」

黒羽坊には既に、心づもりがあるらしい。

「飛べるようになる薬を寛永寺へ届けろと、赤山坊は言ったとか。ならば、妙薬が届いたと噂《うわさ》を流せば、本当なのか確かめる為《ため》、甚兵衛さんを伴い、寛永寺へ来る筈です」

その時黒羽坊は、甚兵衛を取り戻し、赤山坊とじっくり話をするつもりだという。

「この身が飛べるようになる薬など、ありはしないのですよ。天狗特製、蝦蟇の油薬は、既に使ってみました。でも、背の羽は治らなかったのです」

黒羽坊は若だんなへ目を向け、長崎屋には、飛べる薬は無いですよねと念を押す。若だんなが黙って頷くと、残念そうな表情を浮かべ、急ぎ寛永寺へ帰ろうとした。だが。ここで金次が、黒羽坊を止める。

「あのな、あたしも一つ、あの天狗に聞きたい事が出来たんだよ。だから赤山坊さんに会う為、あたしもこれから、上野へ行くよ」

「金次、どうしたの？」

戸惑う若だんなへ、金次は顰《しか》め面《つら》を見せた。

赤山坊は親切にも金次に、妙薬の作り方を教えてくれた。互いに黒羽坊を知るゆえ、好意からの事だと、金次は思っていた。

「しかし、だ。あいつは長崎屋を良く思っちゃいなかった。いや若だんなの客、甚兵衛さんを連れ去ったくらいだ。黒羽坊さんの事で、腹を立ててるんだろうさ」

つまり、だ。

「あの薬の作り方を、あたしに教えたのは、恐《こわ》い考えを持ってたからだ。妖にも効くという蝦蟇の油薬、強すぎる薬を長崎屋が売りゃあ、飲んだ客が死んだかもしれない。そうなったら、お上が長崎屋を押込めと決めたかもな」

若だんなは寝こみ、勿論、妖達の集うこの離れは、吹っ飛んでしまう。

「もし赤山坊がそれを狙《ねら》ってたんなら、あたしにその手先をさせた事が、許せない」

金次が恐い眼差《まなざ》しを黒羽坊へ向けると、ひやりとした風が、長崎屋の中庭を吹き抜けた。

「あたしに癇癪《かんしゃく》を起こさせない方が、いいと思わないかい？　貧乏神に取っつかれりゃ、そいつは貧乏になる。寛永寺が丸ごと貧乏になったら、坊さん達は困るだろうが」

徳川家の菩提寺《ぼだいじ》であり、広大な寺領を持ち、しかも金まで貸している寛永寺が、傾く事になったら。それこそ一大事であった。

「金次、それは拙《まず》いよ。お江戸が寂れちまう」

若だんなが顔色を変え、黒羽坊も唇を引き結ぶ。金次はずばりと言った。

「そうなるのが嫌なら、あたしを寛永寺へ連れていきな。自分で赤山坊と、話を付けるから」

「貧乏神さん、承知した。しかしくれぐれも、短慮はなさらぬように」

黒羽坊は一つ頭を下げ、兄やに、神田川へ向かう為、舟を呼んでくれないかと頼む。するとここで、若だんなの袖《そで》を、何匹もの鳴家《やなり》達が引っ張った。小鬼達は口々に、仲間が一匹、甚兵衛の袖に入ったまま消えたと、教えてきたのだ。


「ひゃあああ、飛んでる。おれは空を飛んでるよっ」

甚兵衛の声が、遥《はる》か下に見える家の屋根へ、落ちて行く。しかし道を行き交う人々が、顔も上げないという事は、甚兵衛の声は、町に届いてもいないらしい。つまりそれ程高い高い空に、今、甚兵衛はいるのだ。

「こいつは凄い。これが、空を飛ぶってことか」

「きゅわきゅわ」

風が総身を包んで、足の方へと抜けて行く。自分の周りには、腕を掴んで飛んでいる、赤山坊がいるばかり。もし甚兵衛が一人で飛べたら、この広い空の中に、ただ一人でいただろう。

「海に出た時よりも、一人きりだな。前に見た大海原には、少なくとも船があった。海もあった」

何と言う自由かと、甚兵衛は百数える程の間、何もない事に、ただただ浸っていた。だが、しかし。もう百数える間に、甚兵衛は少しばかり、薄ら寒い思いにとらわれてきたのだ。

「空にいて、風をずっと受けてるから、寒いのかな？」

確かに、それは間違いない。しかし段々、何か違うという気もしてきた。

「これが、おれの望んだ事か？　ずっとこうして飛んでいたかったのか？　人である事を捨てて、飛んでいたかったのか？」

己に問うてみたが、直ぐに答えが出ず、その事にまた、甚兵衛は驚く。思わず頭を抱えたところ、大人しくしていろと、頭の上から赤山坊にきつく言われてしまった。

これから二人は、長崎屋が言いつけに従うかを、確かめにゆくのだという。

「こんな高い所から落ちてみろ。新米の妖など、潰《つぶ》れて、消え失《う》せてしまうやもしれんぞ」

言われて驚き、そうなったら二度と、西八谷村へは帰れないと、甚兵衛は首をすくめた。だが甚兵衛のつぶやきを聞き、飛んでいる赤山坊が眉を顰《ひそ》める。

「お主、この後、村へ帰るつもりだったのか？　だが、妖になったんだろうが」

「な、なったけど。でも生まれた村だ。帰ってもいいだろうに」

甚兵衛が、上目遣いに赤山坊を見ると、天狗は飛びながら、首を傾《かし》げている。

「しかしなぁ、村にいるのは、並の人ばかりだろうが。お前さん一人、皆と違ったら、やっていけるのかい？」

友の黒羽坊は、空が飛べなくなった故に、生まれた山で暮らせなくなった。

「勿論、我らは助けたさ。でもな、ずっと助けられてばかりの毎日に、黒羽坊の方が参ってしまってな」

それで人の暮らす地へ下りて行き、黒羽坊は長崎屋と関わってしまったのだ。

「あいつは騙《だま》されたのだ。生きてゆける算段がついたと、寄越した文で喜んでいた。だが我らの敵、妖の敵がいる所にいなくとも、よいではないか！」

あの寺では、赤山坊が訪ねて行く事も出来ない。一体どうして、そんな事になってしまったのか、赤山坊は納得がいかなかった。

「全ては配慮が足りぬ、長崎屋が悪いのだ」

長く長く共にいた友が、長崎屋のせいで消えた。寂しい。酷く寂しい。だから。

「悪い長崎屋に、この万病に効く蝦蟇《がま》の油薬の、作り方を伝えたのさ」

赤山坊は、ほらこの薬だと、首から提げた小袋を、甚兵衛に見せる。

「これを作らなかったとは、運の強い事だ」

「きゅげっ？」

「だが、もし長崎屋がこの先、黒羽坊を飛べるようにしなかったら、もう一度、この薬を使う。この薬は、長崎屋の若だんなが作った新薬だと言って、お江戸にばらまいてやる！」

「お、おいっ。そんな事をしたら、長崎屋はどうなるんだ？」

「人が死ぬ。まあ、店は潰れるだろうな」

「はあ？」

甚兵衛は身をひねり、己を運びつつ飛ぶ天狗の薬へ、手を伸ばそうとした。

「こらっ、止《や》めろ。お前を落としてしまうではないかっ」

大きく揺らいだ天狗は、思い切り顔を顰めると、前面に現れた大屋根へと舞い降りた。すると、あれほど憧《あこが》れた空から降りてしまったというのに、不思議な事に甚兵衛は、そう残念でもなかった。

久しぶりに、足の下に堅い物を感じるというのは、悪くなかったのだ。全く、悪くなかった。

「それにここなら、天狗と同じくらい、早く動ける。そいつは良いことだ」

赤山坊が持っている薬が、長崎屋を潰してしまったら、それは西八谷村にも危機をもたらす。あの薬種問屋は西八谷村にとって、大切な商い相手なのだ。今、村の暮らしに余裕があるのは、蜂蜜のおかげであった。

「そんな村の暮らしを、駄目にされるのはご免だ。おい天狗、その薬、寄越せ。海か川へ捨ててやる！」

「とんでもないっ。蝦蟇の油薬に触るな。捨てようとしてみろ、代わりにお主を、寺の屋根から放り捨ててやるぞ！」

「ここは寺なのか？　だがとにかく、村の毎日が大事だ！」

「きゅいきゅい」

甚兵衛は、斜めになっている大屋根の上だというのに、思い切り駆けだし、赤山坊が持っている薬を奪おうと手を出した。赤山坊は、躱《かわ》したものの、甚兵衛に着物を摑まれ、天狗であるのに飛び立つ事が出来ない。大屋根の瓦《かわら》は歩きづらく、転げそうで危なかった。だが甚兵衛は、落ちて首の骨を折る事も構わず、赤山坊と争う。

赤山坊が、無理矢理着物に掛かった手を払い、飛び立とうとした。甚兵衛がしがみつくと、薬袋《くすりぶくろ》の紐《ひも》が切れ、屋根から転げ落ちてゆく。

「薬っ」

咄嗟に二人が手を伸ばしたが、間に合わない。この時、「きゅんいーっ」という不思議な声が、落ちてゆく薬と共に、何故《なぜ》だか遠ざかっていった。袋は屋根の端で一度跳ね、直ぐ隣の、少し低い大屋根へと落ちてゆく。

「きゅわわっ」

また軋《きし》むような声が聞こえ、甚兵衛も赤山坊も、その声を追って次の屋根へと移った。

すると。

「おや？」「ありゃ？」

二人は揃《そろ》って、屋根の上で足を止めた。まるで波のように重なり、連なる瓦屋根の上に、見知らぬ者が一人、すっくと立っていたのだ。

その手に薬袋を持っており、「きゅわわわ」という声が、近くから聞こえる。男は怒っているようにも見えなんだのに、何故だか恐ろしかった。

6

「鳴家が一匹、見つからないよ」

鳴家達が若だんなの袖を引き、仲間の姿が消えたままだと、教えてきたのだ。

「きゅい、赤山坊と甚兵衛が、飛んで消えるまではいた」

それは、おしろも見ていた。

「でも今いない。天狗も、じんべさんもいない」

つまり。若だんなと妖達は、強《こわ》ばった表情で顔を見合わせた。

「鳴家は二人と一緒に、空へ行っちゃったのかな。わあっ、どうしよう」

下手をしたら、鳴家はこのまま、天狗が暮らす深山の奥まで、運ばれてしまうかもしれない。小さな鳴家一匹、とても帰って来られるとは思えなかった。

「ああ、放っちゃおけないね」

赤山坊と共に居る、鳴家と甚兵衛を取り戻さねばならない。若だんなが兄や達を見ると、二人は揃って顔を顰めた。

「若だんな、ご自分も寛永寺へ行きたいと、言い出しては駄目ですよ。やっと床上げしたばかりなんですから」

それに、赤山坊から何と言われようと、空を飛ぶ為の薬など、長崎屋にはない。だから皆で寛永寺へ行ったとて、何ができる訳でもないのだ。おまけに甚兵衛は空が好きだから、帰れと言われても、飛べる赤山坊へついていってしまうかもしれなかった。

だが若だんなはそれでも、黒羽坊達と寛永寺へ行くと、言い出した。そしてその訳を三つ、兄や達へ並べて言う。

「鳴家を放っては置けないじゃないか。うちの子なんだから」

「甚兵衛さんも、このままには出来ないよ。大事な、取引先のお人だもの」

「薬がなくても、赤山坊さんの怒りをこのままにしておくのは、拙いよ」

黒羽坊が後々まで、気にしてしまうだろう。

「ぎゅい、ぎゅい」「きゅべー」「きゅわ」

鳴家達が一斉に、うんうんと頷く。

「ここで一匹を放っておいたら、腹を立てた鳴家達が毎晩、皆の鼻を囓《かじ》りそうですね」

兄や達は本当に仕方なく、若だんなも乗り込めるよう、大きな舟を頼む事になった。

じきに京橋近くへ、化け狐《ぎつね》の船頭が舟を運んでくると、若だんなは皆と共に舟へ乗る。そして揺られながら、もう一つ悩みを思いつき、溜息《ためいき》を漏らした。

「私達の薬、本当に出来るのかしら」

若だんなは、どうにかして薬を出したかった。若だんなの歳になれば、江戸では皆、それなりに仕事をこなしている。楽しんでいる者、悩んでいる者、色々だが、でも、働いているのだ。

(なのに自分はどうして、仕事をするのがこんなに、難しいんだろう)

己が情けなくて、口元を引き結んだ。ここでまた、布団《ふとん》に潜りたくない。舟から見える町並みには、今日も多くの人達が行き交い、せっせと働いている。暮らしている。

(私も……毎日働きたい)

仕事を続けていけるようになりたい。一軒家の妖達に、ご飯の心配などしなくていいと、自分の甲斐性で言ってみたい。

薬を、出したい……！

「きゅい、若だんな？」

ここで鳴家が顔を覗き込んできて、若だんなは、ふっと息を吐いた。

「そうだ、色々悩む前に、まずはいなくなった鳴家を、離れに連れ戻さなきゃね」

　すると横で金次が、首を傾げる。

「それにしても甚兵衛さんは、村へ戻るかね？　あの人、今、自分は妖になったって思い込んでる。この後、どうするかな？」

　妖として、甚兵衛には今この世が、どう見えているのだろうか。一方、黒羽坊は何度も溜息をついている。

「この後赤山坊を、どう納得させればいいのやら。嘘《うそ》ではない。飛べる薬などないと、分かってくれるだろうか」

　皆が悩みを抱えたその時、堀川の横、賑《にぎ》やかな町並みから子供の声が聞こえてきて、若だんなは岸へ目を向けた。子供達は隠れ鬼でもしているらしく、歓声を上げながら通りをすりぬけてゆく。振り売りの兄さんに、邪魔だと叱《しか》られるのも見たが、皆、楽しげだ。

　若だんなが、ゆっくり目を見開いた。

「あ……」

「きゅんわ？」

　若だんなは舟に揺られつつ、しばし隠れ鬼に見入っていた。それから鳴家の頭を撫《な》でると、にこりと笑う。

「ああ、もしかしたら赤山坊さんの望みは、実は薬じゃあないかも」

「はい？　どういう事で？」

黒羽坊が首を傾げる。若だんなは笑って、また賑やかな町へ目を向けた。


長崎屋の面々と黒羽坊が、寛永寺へ行き着くと、事は思わぬ方向へ転がっていた。寺で堂宇へ通され、高僧寿真《じゅしん》へ挨拶《あいさつ》をしたところ、何と何かを話す前に、まず鳴家が若だんなへ飛びついてきたのだ。

「あれまぁ鳴家、寿真様の所にいたのかい」

「きゅんい、お腹空《なかす》いた」

小鬼はお菓子を目ざし、若だんなの袖の中へ入り込む。そして更に驚いた事に、寿真は長崎屋で起きた騒ぎについて、すっかり承知していたのだ。

若だんなは、一緒に舟で帰ってきたばかりの黒羽坊と、顔を見合わせる。付いてきた仁吉が、横から落ち着いた声で問うた。

「あの、寿真様、どうしてまた、そこまで事情をご存じなのでしょうか」

すると、いかにも名僧という風貌《ふうぼう》の寿真は、戻って来た弟子の黒羽坊に、小さく手

分かった。黒羽坊が、部屋を仕切っていた襖《ふすま》を急ぎ開くと、隣の部屋に二人がいると

「甚兵衛さんに、赤山坊さんっ」

二人は板間にうな垂れて座っていて、よく見ると、額に瘤《こぶ》をこしらえていた。若だんなと金次が顔を見合わせた所、徳の高い名僧寿真は、落ち着いた声で事情を告げた。

「この天狗達は、先程この寛永寺の大屋根で、騒いでおってな。この寿真が書を読むのを邪魔しおったゆえ、拳固《げんこ》を喰らわせたのよ」

「寿真様、今日も寺の大屋根の上に、おいでだったのですか？　しかられませんか？」

若だんなが苦笑を浮かべると、目を見ひらいたのは、弟子の黒羽坊であった。黒羽坊は天狗故、足がすくむ程の高さがある寺の屋根が、恐いとは思わないらしい。

「邪魔が入らず良いと、よく上がっておいでですが。あの……やはり変なのでしょうか？」

「これ弟子、これからも止めるなよ」

名僧はからからと笑うと、事情は甚兵衛と赤山坊から聞いたと教えてくれた。天狗の赤山坊は屋根で、寿真の金縛りを喰らい、手も足も出なかったらしい。それでも最

初は素直でなかったゆえ、二人は拳固を喰らったのだ。

もう一度笑うと、寿真は若だんなへ目を向ける。

「それで、わざわざ寛永寺まで、揃ってきたのだな。若だんなは今回の始末、どうつける気かな？」

寿真としては、貧乏神さえ寛永寺に祟《たた》らなければ、それでよい話であった。そして若だんなが貧乏神に付いてきたということは、金次に無茶をさせるつもりなど、ないだろうと思われる。

「だからこの後は、好きにしなさい。拙僧は若だんなが事をどうまとめるか、見ている事にしよう」

面白そうだから。世に聞こえた名僧は、あっさりとそう口にした。

仁吉が口元を歪《ゆが》め、寿真は意外な程、あの広徳寺の寛朝に似ていると言うと、寿真が首を傾げ、貧乏神と鳴家達が笑い出す。若だんなが、寿真を真っ直ぐに見て話す様子を、仁吉がじっと見ていた。

「困りごとは四つありまして。その一つ目、いなくなった鳴家は、帰ってきました」

二つ目は、甚兵衛が攫《さら》われた事だ。

「こちらは、寿真様が拳固で天狗から、取り返して下さいました。ただ」

話を聞いたかと思うが、甚兵衛は空を飛びたいという望みをずっと持っている。それで蜜蠟《みつろう》が欲しければ、空を飛べるようにしてくれと、いわれているのだ。

「これは三つ目、長崎屋から新しい薬を出せるかどうかという悩みに、繫がっています」

新しい薬には、蜜蠟が必要であり、安く手に出来る蜜蠟は、甚兵衛の村が握っている。そして甚兵衛は、その村の名主なのだ。

「ただ、ねえ」

長崎屋には、空を飛べるようになる薬など、ない。そこで若だんなは甚兵衛に、一つ話があると言い出した。

「話？」

「甚兵衛さんは、今まで色々、珍しい事をやってこられた。つまり数多《あまた》の事に興味を持ち……飽きてきた訳です」

だから、蜜蠟を売るには、何としても空を飛べねば駄目だというのなら、今回は諦める。だが空に飽きて、別の何かをやりたくなったら、長崎屋に声を掛けて欲しいと、若だんなは言ったのだ。

「その内、うちが甚兵衛さんの願いを叶《かな》え、蜜蠟を売ってもらえる日も来ましょう。

そんな日を、お待ちしております」

若だんながそう言葉を結ぶと、寿真は顎《あご》を撫で、「ほう」と言った。すると甚兵衛は、大きく頷いたのだ。

「そりゃあ、いい。若だんな、この甚兵衛、承知した」

ついては空を飛ぶのにも今日、飽きたので、次の願いを叶えて欲しいと、甚兵衛は言い出した。

「は、早いですね」

「では、蜜蠟の取引を賭《か》けての願い事だ。おれは今日妖になったが、人に戻してくれ。村へ戻りたいが、怪しい者と言われたかぁない」

「おや、まあ」

若だんなは一寸《ちょっと》、目を見開いたが、直ぐに頷いた。そして寿真が、興味津々《しんしん》の眼差しを向けてくる中、仁吉の方を見ると、若だんなへいつも出している薬を一服、甚兵衛へ出して欲しいと言った。

「若だんな、あの薬でいいんですか?」

「仁吉、一番濃いやつを、出してあげて。甚兵衛さん、ちゃんとした薬ですから、大丈夫ですよ。私が毎日、飲んでいるもんです」

「ほお、そりゃ効きそうだね」

仁吉は笑うと、何故だか若だんなの分と一緒に作った。甚兵衛は早速、己の碗《わん》を受け取り、赤山坊の横で勢いよく飲む。

すると。

「うえええええっ」

とんでもない声を出したと思ったら、甚兵衛は白目を剝き、寛永寺の板間にひっくり返ったのだ。赤山坊が、顔を引きつらせた。

「ど、毒を盛ったのか？　そうなんだな？」

だが、若だんなは首を横に振ると、己の分を手に取り、あっさりと口にする。

「うん、そんなに濃い方だとは、思わないんだけど。やっぱり、きつかったかな」

出先なので、濃い薬を持ち合わせていなかったのにと、仁吉は妙な顔をしている。

「えっ？　でも、甚兵衛さんは……」

皆が倒れた男を見つめていると、その内指が動き、目が開き、甚兵衛が起き上がってくる。若だんなは、笑みを向けた。

「目を覚ましましたね。寿真様に、お尋ねします。目の前にいる甚兵衛さんは、人でございますよね？　寿真様の目から見ても」

「おお、勿論人じゃな」

「これは……ありがたい！」

甚兵衛が、己は人に戻ったと納得したものだから、長崎屋は目出度《めでた》く、西八谷村から蜜蠟を売って貰《もら》える事になった。寿真ときたら暫《しばら》く、高僧にあるまじき大笑いを続け、甚兵衛は首を傾げ、黒羽坊は顔を赤くした。

そして。

「残りの問題は、そもそもの大騒ぎの元です。赤山坊さんが、空を飛べる薬を欲しがった事ですね」

だが。何と言われようとも、そんな都合の良い薬など長崎屋には無いのだ。

「黒羽坊さんが、その事を赤山坊さんへ話をしてくれると、言ってました」

だから多分、若だんなが何もせずとも、赤山坊は深山へ帰ってくれると思う。

「そうですね？」

正面から問うと、赤山坊はそっぽを向いた。すると仁吉がどんと、板間を叩《たた》き、返答を促す。赤山坊は立ち上がり、若だんなを睨《にら》んだ。

「帰る。もう来ぬ。それで良かろう」

すると、若だんなは首を横に振ったのだ。

「よくありません」

「えっ？」

「赤山坊さんの願いは、一見薬を得る事のようでした。ですが実は、もっと簡単な話だったんですよ」

赤山坊は、ただ昔からの友黒羽坊と、これからも会いたかっただけだ。しかし、黒羽坊が深山へ行く手立てはない。あったらそもそも、江戸市中で暮らす事にはならなかった。

よって。

「これからは赤山坊さんが、こちらへ通えば良いだけの話かと」

「はあ？」

赤山坊は一瞬立ちすくみ、それから若だんなへ恐い表情を見せてくる。

「この、妖《あやかし》退治で高名な寺へ、通えとな。我はその内、退治されてしまいそうだな」

「大丈夫ですよ。この寺で妖を見る事が出来るのは、寿真様と黒羽坊さんだけです」

つまり寿真がいいといえば、赤山坊が人のなりをして通っても、誰も気がつかぬと思われるのだ。現に今、天狗の黒羽坊が弟子になり、ちゃんと僧として勤めている。

すると金次が、高笑いを始めた。

「ふふふ、こりゃ名案だ。ああでも、寿真様は嫌そうな顔をしてるぞ。妖が来る事を、断るかな？　断ったら、どうしてくれようか」

この金次も、今回赤山坊の怒りのとばっちりを受けている。だから今、誰かに気晴らしをしたくて、たまらないのだ。そして、頭を殴られて泣きべそをかいている天狗《てんぐ》より、そいつに来るなと言う高僧へ、憂《う》さ晴らしをした方が、面白いに違いない。

「やっぱり寛永寺に、貧乏を押しつけようか」

「おや貧乏神。この寿真と、真正面から争ってみるか」

二人が目を見合わせた途端、鳴家達が一斉に、若だんなの袖内へ消えた。赤山坊と黒羽坊までが、顔を引きつらせ板間へ臥《ふ》せる。

すると。

「金次ったら、駄目だよ。寛永寺が貧乏になったら、お江戸の皆が困るでしょう」

若だんながやんわりと、貧乏神を諌《いさ》めた。そして、口の端を歪めている寿真へ、笑みを浮かべつつ言ったのだ。

「寿真様は脅したりしなくっても、赤山坊さんが寺へ来る事くらい、許して下さいますよ」

「おや若だんな、そうなんですか？」

仁吉が意外そうに問うと、若だんなは頷いた。何故なら。

「寿真様には、秘密がありますからねえ。それをよりによって、天狗の赤山坊さんに、摑まれちゃったんですよ」

寿真は江戸でも聞こえた名僧だというのに、何と寛永寺の大堂宇の屋根に登り、書を読むのが好きなのだ。勿論、寺の他の僧に知られれば、止められるに違いない。名の通った僧がやることではないからだ。

「ましてや広徳寺の僧、延真《えんしん》様に知れたりしたら、大変ですからねえ」

あの僧はお喋《しゃべ》りな上、結構付き合いが広い。延真に秘密が知れたら、直ぐに他へ噂が伝わり、その内寛朝にも知れて、馬鹿《ばか》をしていると笑われる。つまり赤山坊に知られてしまったのは、そういう恐ろしい秘密であった。

「そうなんですよ、赤山坊さん」

「わ、若だんな、お主わざとその事を、この天狗に教えたな」

天狗であれば、寿真と屋根で出会っても、それが何を意味するのか、分かってなどいなかったに違いない。

だが、だが。

「今はもう、分かっているという訳か」

いかにも高僧という顔が、恐い様な表情を作る。若だんなはやんわりと笑うと、天狗が一人、時々訪ねてきても、この大きな寺は変わらないと言った。それに。

「天狗の酒は、本当においしいです。以前、こちらにもお届けしました」

赤山坊がたまに寛永寺へ寄るようになれば、その内、酒など持ってきてくれるに違いない。月下、あの大屋根の上で天狗の酒を片手に書を読めば、唐の都すら思い浮かぶのではと言ったのだ。

「おや、何と。結局酒に行き着くのかい」

金次が目を丸くする。そして酒は自分も好きだから、今回、赤山坊が貧乏神へ馬鹿をした埋め合わせは、天狗の酒で手を打とうと言い出した。

「今月の内に、長崎屋へ持って来いや」

　すると。

「ではその時、この寺にも一樽《たる》、酒を貰おうかな」

そして、屋根でのことは黙っていろと、寿真が天狗に念を押したのだ。

「つまり……つまり」

どうやら赤山坊は、寛永寺へ通える事になったのだ。そうと分かり、赤山坊と黒羽坊は、揃って寿真へ何度も頭を下げる。

「ああ、寺に天狗が増えてゆくのぉ」

寿真が笑う横で、仁吉が深く頷いた。

「これで薬が出せそうです。おぎん様へ、若だんながこんなにもご立派になられたと、ご報告せねば」

どうも涙もろくなったようで、仁吉は今日も、手拭《てぬぐ》いで目頭を押さえている。

「立派？　仁吉、いや白沢《はくたく》、お主はどういう風に、若だんなを育てているのだ」

すると、寿真へ返事をしたのは、妖達だ。

「きゅい、仁吉さん、毎日若だんなに、目を剝《む》く程、苦い薬湯飲ませてる」

「仁吉は若だんなが三日働くと、直ぐに離れで布団に埋めてるよ」

若だんなは今もほとんど、離れから出られないのだ。

「一緒に外へ出るの、きゅわ、とても珍しい」

多分若だんなは、屋根に登るという高僧が、ちょいと羨《うらや》ましいのだろうと言い、金次が笑った。寿真もふと笑みを作ると、諸事承知したと言い、これにて事を終わらせると言い切った。

それから寸《すん》の間《ま》眉尻《まゆじり》を下げ、丈夫になったら寺の屋根で酒を酌《く》み交わそうと、若だんなを誘ったのだ。

後日、薬種問屋長崎屋から、新しい薬が売り出された。

「天狗の妙薬」という、変わった名の付いたあかぎれの薬だ。薪《まき》が勿体《もったい》ないから、一々洗い物に湯など使えない冬場、薬は飛ぶように売れていった。

人になりたい

1

江戸の町には、多くの〝連〟や〝会〟というものがあった。
俳諧《はいかい》や狂歌、川柳などなど、同好の士達が集い、好きなものについて語る、楽しい付き合いだ。〝連〟や〝会〟は、身分を越え、様々な立場の者達が集まる場でもあった。

勿論《もちろん》、人の好みは千差万別だから、他にも、色々なものの為《ため》に人は集う。日本橋の近くに、甘い物を楽しむ会というものもあった。

もっとも、その〝江戸甘々《あまあま》会〟は、他の甘味の会とは、ちょいとだけ違った。甘々会は、気に入りの菓子を買って食べ、うんちくを述べる場ではない。会の者達は自ら菓子を作り、食べ、出来映えを互いに楽しむのだ。

つまり菓子が作れねば始まらないから、人数は多くない。会の世話は、日本橋で料理屋を営む百《ひゃく》さんが引き受け、後は四人ばかりが集う、小さな集まりであった。

「百さん、済みません。ちょいと来るのが遅かったですかね」

会一番の新入りで、菓子屋の主《あるじ》、安《やす》さんは、菓子の重箱を抱えて百屋《ひゃくや》へ顔を出すと、まずは世話役の主へ大きく頭を下げた。すると気の良い百さんは、まだ始まってませんよと優しく言った。

「今日は仲間の一人、月《つき》さんが遅くなるとの知らせがありまして」

よって皆は持参の菓子を、いつも会を開く離れに置き、母屋《おもや》で茶を飲んでいるという。

「菓子の重箱が目の前にあると、ついつい、他の方の菓子を、見てみたくなりますからね」

見れば菓子を食べたくなるし、美味《うま》ければ手が止まらない。そうして全部食べてしまったら、遅れた月さんが嘆くに違いないからと、百さんは笑った。

すると、まるで主の言葉に返事をするかのように、屋根が軋《きし》む。

「きゅわきゅわ」

「だから安さんも、重箱を離れに置いたら、母屋へ来て下さいな。先程から山《やま》さんが、今、中村座の芝居で使われている、新しい菓子の話をなさってますよ」

「新しい菓子？　おお、盛大な斬《き》り合いがあるというあの芝居に、菓子が出てるんですね」

山さんというのはお武家だが、芝居好きで、芝居で使われた菓子の話を、よく聞かせてくれるということだ。

「そりゃ是非、聞きたいです」

安さんは、急ぎ離れへ重箱を置きに行こうとして……だがふと土間で立ち止まった。それから振り返ると、世話役の百さんへ、初回から気になっていた事を問うてみる。

「ねえ百さん。甘々会の者は、己《おのれ》の名から一字を取り、それに〝さん〟を付けて、互いを呼んでいますよね」

つまり世話役は百さん、自分は安さんだ。他に月さん、山さん、勇《ゆう》さんがいる。それで新入りの安さんは、前回、皆と顔を合わせて初めて、月さんと山さんが、そこそこ身分のある武家だと知った。他の一人は、今は道端で安い菓子を売っている、勇さんだ。

「何で、元々の名では呼ばないんでしょう」

すると百さんは、また柔らかく笑った。

「他の会や連でも、会名や俳名を使う所は多いんですよ。お武家も職人も商人も、様々な身分の方が集いますからねえ」

立場を越えて付き合うには、会名で呼びあった方が気楽なのだ。こういう会は、身分の差がある世の中とは違う、江戸であって江戸ではないような、不思議な場所であった。

「なるほど。そういう事情でしたか」

ただ。

「こっちは構わなくても、お武家様の方は、どう思われてるんでしょう。気にされないんでしょうか？」

「甘々会のお武家様お二人は、共に江戸留守居役《るすいやく》をされておいでてね。大名家の陪臣《ばいしん》ですな。石高は共に、旗本でも軽い方と同じくらいかと」

しかしどういう身分であろうとも、菓子作りの腕を比べれば、間違いなく、本職である安さんの方が上の筈《はず》だ。

「だから月さんや山さんだって、安さんの前では、結構堅くなってる筈ですよ」

互いにそんな事では仕方がないので、会では、ただ楽しんで下さいと百さんに言われ、安さんはやっと頷《うなず》いた。それからにこりと笑うと、抱えている重箱を見せる。

「今日は頑張って、加須底羅《かすていら》を作ってきました。店では売ってない品なんですが」

「おお、それは頂いてみたい。月さん、早く来て下さるといいですねぇ」

安さんは頷くと、離れへ向かった。料理屋を二つも持つ百さんは裕福な商人で、隣の家でも買い足したのか、離れは母屋から少し離れた所にある。一軒家の作りで台所もあるので、会で集うには都合が良かった。

安さんは離れへ向かいつつ、店先で自分を見送った奉公人の眼差《まなざ》しを思い出し、僅《わず》かに笑った。

(あいつ、ここへ来る事を、とんでもなく羨《うらや》ましがってたなぁ)

修業中の奉公人では、こういう同好の会に入るのは、まだ早い。勿論、奉公人当人も、それは承知している筈だ。早く一人前になるよう、腕を磨くのが先なのだ。

だが。安さんはまた笑みを浮かべた。

(ふふ、でもこういう会は、菓子好きには、たまらねえものなぁ)

色々な身分の者達から、己が知らぬ菓子の話が聞ける場であった。それに売り物とは違う、面白い菓子も食べられる。安さんは本職であるのに、それでつい、江戸甘々会へ入ってしまったのだ。

(ああ、芝居に出てたのは、どういう菓子かな。聞きたいねえ)

早々に母屋へ戻ろうと、安さんは離れの縁側に上がると、障子戸を軽く引き開けた。

それから、重箱の包みを奥の大盆へ置こうとして……縁側で立ちすくんでしまった。

「えっ」

それきり、声が出なかった。己の目が、皿のように大きくなっていることが分かる。

誰も居ないはずの、部屋であった。なのに、重箱が四つ置かれた盆の前に、男が一人、うつ伏せに転がっていたのだ。

奇妙に強《こわ》ばった姿で、男は全く動かない。すると部屋内の物が、妙にはっきりと、安さんの目に焼き付いてきた。

(よろけ縞《じま》の着物を着てる。横にあるのは、茶碗《ちゃわん》か？　どうして、そんなものがあるんだろう？　まだ、ここでは誰も、飲み食いしちゃいない筈なのに)

この男は、誰なのだろうか。顔が隠れ、誰だか分からないが、見覚えがあるような気がする。

(この人……死んでるようにしか見えねえ)

安さんは己の重箱を抱えたまま、寸《すん》の間《ま》、動けなくなってしまった。

2

江戸の中でも賑《にぎ》やかな大通り、通町《とおりちょう》にある長崎屋《ながさきや》は、廻船問屋《かいせんどんや》兼薬種問屋《やくしゅ》の大店《おおだな》だ。裕福な事と、跡取りの若だんなが気合い入りで病弱なことで、有名な店であった。

長崎屋の奥には、若だんなが住まう離れがある。今日は先程から兄《にい》やの仁吉《にきち》と佐助《さすけ》が、揃《そろ》って恐ろしく不機嫌な表情を浮かべていた。

最近若だんなが、熱があっても起きていたがり、大人しく寝ていない事が増えたのだ。そしてそんな若だんなの元へ、岡っ引きの日限《ひぎり》の親分が、剣呑《けんのん》な話を伝えてきたものだから、兄や達は眉《まゆ》をつり上げていた。

「親分さん、具合の悪い若だんなへ、人殺しの話を聞かせようなんて、どうして思いついたんですかね？」

若だんなが寝ている横から、仁吉が厳しい調子で言う。縁側に座った親分が、一寸《ちょっと》首をすくめると、今度は佐助が口を開いた。

「親分さんとこは、赤子がおいでだ。早く帰った方が、おかみさんが助かりますぜ」

すると床から若だんなが起き上がり、不機嫌な兄や二人へ声を掛ける。

「仁吉、佐助、二人が代わる代わる話してたら、親分さんの話が聞けないじゃないか」

途端、仁吉が急ぎ若だんなへ掻《か》い巻きを着せ掛けたものだから、親分から目が逸《そ》れた。佐助の方も、若だんなへ温かい茶を淹《い》れ始めたので、親分はその間を縫って殺しの話を続ける。

「実は、人が殺されたのは、料理屋、百屋さんの離れでね」

百屋は江戸甘々会という、甘味の会を催していたのだ。だが、その会に集った一人が亡《な》くなった。

「いや亡くなったって、言われてるんだが」

「言われてる？」

ここで仁吉と佐助が、やっと日限の親分へ、いつものように落ち着いた顔を向ける。親分はほっと息をつくと、大きく頷いた。

「死んだ筈なのは、菓子売りの勇蔵《ゆうぞう》さんというお人でね」

「筈、ですか」

勇蔵は昼頃、いつものように江戸甘々会へ来た。遅れた仲間を待って母屋にいた筈が、気がつくと、姿が見えなくなっていたらしい。そしてその間に、離れで動かなくなっていたのだ。

「それで、困った事になった。いや本当に心底、困ってるんだ」

親分は両の眉尻《まゆじり》を下げると、甘々会の面々から聞いた事情を語り出す。

「勇蔵さんは確かに死んだんだ。部屋で倒れていた所を、同じ会の者に見つけられたんだと。総身が強ばって、ぴくりともしちゃいなかったってことでね」

ただ。

最初に見つけた者、安さんは驚き、急ぎ百屋の母屋へ、急を知らせに行った。そこで、主人を見つけるのに手間取った上、当人にもよく分からない事情を話すのに困り、時が掛かってしまったのだ。しまいに安さんは、とにかく人が倒れているのだからと皆を伴い、また離れへ向かった。

すると。

「倒れていたのは勇蔵さんだった。確かに死んでた。その上総身がべっとり、血で濡《ぬ》れていたんだ」

「血？　病ですか？　それとも斬られたんですか？」

「いや、それが」

口には血が付いておらず、つまり血は、吐いたものではなかった。そして、刃物も見当たらない。

「これは殺されて、刀は持ち去られたに違いないと、百屋は大騒ぎになった」

だが、ここで安さんが首を傾《かし》げた。いくら何でも、勇蔵が血まみれであったら、己が先程気がついた筈だ、血など見なかったと言ったのだ。しかも部屋の内は菓子が転がり、色々前と違っていたらしい。

するとここで、長崎屋の離れの奥の方から、誰が話したか分からない声がする。

「もったいない。饅頭《まんじゅう》を粗末にするなんて悪い奴《やつ》だ。加須底羅や羊羹《ようかん》も、畳の上に転がってたんだな。小鬼が……」

「ああ、その通りだ。良く分かったたな」

日限の親分が、妙な声へ疑いもせず返答をすると、佐助が素早く拳固《げんこ》を、屛風《びょうぶ》の裏で振り下ろす。親分は何も気づかぬ様子で、先へ話を進めた。

「しかしとにかく、菓子の事より勇蔵さんを確かめるのが先だ。ここで甘々会に遅れてきたお武家、月田《つきた》様が、百屋の離れへ入った」

月田は菓子売りの様子を、しっかりあらためたのだ。だが勇蔵は、今し方死んだとは思えぬ程、既に冷たかったらしい。亡くなったのは間違いなしとなった。

「こうなったら勝手は出来ない。だから百屋は部屋をそのままにして、顔見知りの親分と医者を急ぎ呼んだんだ」

いきなり死人が出たので、百屋の中は浮き足立った。そのせいか、その後、どこで誰が何をしていたか、今ひとつ分からない。とにかく百屋と馴染《なじ》みの大鯉《おおごい》の親分が、じき、医者と連れだってきた。

すると。

「百屋にいた皆が、揃って首を傾げたんだ」

何故《なぜ》なら。

「離れの中には、誰も居なかったんだよ」

「は？」

この話には兄や達も驚いたようで、何故だか若だんなを守りつつ、顔を見合わせている。若だんなはすいと眉を顰《ひそ》めると、夜着の下から日限の親分へ、問いを向けた。

「あの……その勇蔵さんというお人は、本当に亡くなってたんでしょうか？」

「ぎゅわぎゅわ？」

人一人、いきなり部屋から消え失《う》せたのだ。最初に考えつくのは、実は勇蔵が、無事だったのではという事だ。

「突然人が倒れてるのを見たら、誰だって気が動転します。で、亡くなったと間違えてしまったのでは？」

勇蔵はじき正気づき、家へ帰ったのかもしれないと言ってみる。だが日限の親分は、首を横に振った。

「勇蔵さんの様子を確かめたお武家も、会の世話人の百屋も、甘味の会で死人が出るような事は、迷惑千万、望んじゃいなかった」

つまり勇蔵の冗談、芝居であってくれと願って、慎重に調べたというのだ。

「勇蔵さんの口に手をかざしたが、息をしてなかったそうだ。総身だって、人とは思えねえ程、冷たかったとか」

つまりどう考えても、人が一人死に、その死体が消えてしまったのだ。百屋が万一を考え、勇蔵の長屋へ奉公人を走らせたが、一人住まいの部屋には誰もいなかった。いつも菓子を売っている辺りにも、やはりいない。

「妙な事になって、江戸甘々会の世話人、百屋は頭を抱えてる。手練《てだ》れの大鯉の親分も、どうにも訳が分からねえらしい」

すると、大鯉と縁の深い同心は妙な話を解くのは得意だろうと、何故か日限の親分の所へ、お鉢を回したのだ。

「おれぁ、奇妙なものは苦手だし、今まで縁もなかったんだが。どうしてそういう話が、来たりするんだか」

「へえ親分は、怪しいものは不得手なんですかい」

また聞こえてきた怪しい声の主に、今度は仁吉が拳固を落とす。しかし、やはり親分は平気な顔で、若だんなへ縋《すが》るような目を向けてきた。

「若だんなぁ、毎日具合が悪いってのは、分かっちゃいる。だけどもし思いついた事があったら、俺に知らせちゃくれないか」

「ええ、そりゃ勿論……ふがふが」

若だんなの返事が途切れたのは、張り切っている様子を見て、兄や達が急いで夜着に埋めた為だ。しかし、「ええ」という一言だけは、しっかり聞こえたらしく、親分は急に元気になった様子で、縁側から腰を上げた。

「若だんなが疲れちまうから、早めに帰るか。うん、何か分かったら、よろしくな」

親分は、溜息《ためいき》をついた仁吉から、今日もしっかり金子《きんす》のおひねりを貰《もら》い、佐助からは花林糖《かりんとう》の包みを渡されると、嬉《うれ》しげな顔でやっと木戸へ向かった。しかし中庭の途中で足を止め、言い忘れた事があると振り返る。

「いけねえ、肝心の話を忘れてた。わざわざ若だんなの所へ、この話を伝えに来たのには、訳があるんだよ」

百屋で最初に、勇蔵の死体を見つけた男だが。

「その安さんだが、三春屋《みはるや》の栄吉《えいきち》さんが修業に行ってる、安野屋《やすのや》の主人だったんだ」

「えっ」

「安野屋だから、一字取って安さんと呼ばれてたらしい。安野屋さんは、甘々会へ入ったばかり。勇蔵さんと揉《も》めてた訳じゃない。だから大鯉の親分が、安野屋を殺しで疑ってるとか、そういう話はないと思うんだが」

しかし安野屋が、奇妙な話に巻き込まれたという事は、間違いない。

「食い物を扱う店だけに、死人と一緒に噂《うわさ》されるのは、困るだろうよ」

事が妙な方に転がって、安野屋が傾きでもしたら、奉公している若だんなの幼なじみ、栄吉など早々に、店から出されてしまいかねない。早く事がすっきりするといいなと言い、親分は首を振って帰っていった。

後に、顔を強ばらせた若だんなと、それを心配そうに見つめる兄や達が残される。

そして離れの天井が、ぎしぎしと大きく軋んだ。

3

仁吉が二十回、無理をしてはいけませんと、離れで寝ている若だんなの横で言った。

「とにかく熱が引くまで、若だんなには何としても、寝ていてもらいますからね」

仁吉はきっぱりと、決意を語る。

佐助も頷くと、その後二十回、若だんなが心配なんですと続ける。すると若だんなは困ったような顔を兄や達へ向けた。

「ねえ佐助、仁吉。勇蔵さんは百屋さんから、どうやって消えたんだと思う？」

「私達が気に掛かるのは、若だんなの事でして」

若だんなが首を捻《ひね》っていると、親分が帰ったものだから、天井からころころと小鬼達が降りてくる。

長崎屋の先代の妻おぎんは、齢《よわい》三千年の大妖《たいよう》であった。よって長崎屋には、二人の兄やを始め、多くの妖《あやかし》達が集っているのだ。小鬼達が、付喪神《つくもがみ》のお獅子《しし》と一緒に若だんなの布団《ふとん》へもぐり、先程、拳固を喰らった屛風のぞきや猫又《ねこまた》のおしろも姿を現すと、若だんなはまた話し出した。

「ねえ、屛風のぞきや貧乏神の金次《きんじ》なんかは、表を歩いても人に見えるよね？　その二人が、人の行き交う道で災難に遭ったら、どうなるかしら」

万一、妖が大八車に轢《ひ》かれたり、河豚《ふぐ》の毒にあたったら。多分一度は、人のように倒れたりもするだろう。だが、そこは付喪神や貧乏神だ。さっさと亡くなるとも思えない。

「じきに起き上がって、周りを驚かせたりしないかな」

仁吉と佐助が、顔を見合わせた。

「若だんなは、勇蔵さんも、そうだったかもしれないと、思っておいでなんですか?」

だが佐助は、首を横に振る。

「そりゃあ勇蔵さんが妖であれば、あり得ます。死んでいるように見えたけど、実は生きてたって、納得しますがね」

人と妖は違うのだ。例えば幽霊など、二度死ぬ事はなかろう。

「でも、ですね」

勇蔵は確か、菓子売りであった。日々、自分で作って売っていると、先程親分が言っていた。長屋に住み、菓子の会にも入って、こまめに人付き合いをしているようだ。

つまり。

「勇蔵さんは人として、まともに暮らしてます。ええ、とても妖には思えませんが」

「でも佐助、獏《ばく》の場久《ばきゅう》だって、寄席《よせ》に出て怪談を話してるよ。それに佐助や仁吉だって、こうして奉公してるじゃないか」

「我々は若だんなをお守りする為、長崎屋にいるんですよ」

二人は大店へ奉公したくて、店で働いているのではない。場久の場合は、怪談を吐き出したくて寄席に出ているが、悪夢を食べる獏として、ちゃんと夢内で働いてもいる。

おかげで場久は、長崎屋の持ち家に来るまで、どこに住んでいるのか言えないで困っていたのだ。

すると集まった妖達が、勇蔵は人か妖か、勝手な考えを口にし始めた。

「きゅい、勇蔵さん、死んだから人。消えたから妖。あれ？」

「単純な話だ。幽霊さ」

屏風のぞきが格好を付けて断言すると、佐助が溜息をついた。

「屏風のぞき、幽霊が昼間っから、道で菓子を売り歩いてるなんて、妙だぞ。でもって墓じゃなく、長屋に住んでる訳か？」

「……変わり者の幽霊なのさ」

「きゅんわ？」

ここでおしろが、眉を顰《ひそ》める。

「もし妖だったら、日限の親分さんには、捕まえられませんね。苦手だと言ってたし」

そうなると、きっと最初に死人を見たと言った、安野屋が疑われる。次に妙なよみうりが出て、菓子屋のお客が離れるだろう。

「安野屋さん、潰《つぶ》れそうですね」

菓子作りが苦手で修業途中の栄吉は、三春屋へ戻る事になる。そして困った味の菓子が、見舞いとして沢山長崎屋へ来ると、おしろはどんどん話を続けた。

「若だんな、胃薬の量が増えそうですよ」

「えっ、何で私の所へ行き着くんだい？」

若だんなは溜息をつくと、いつの間にやら菓子鉢を見つけ、せっせと花林糖を食べている妖達へ、一つ頼み事をする。

「あのね、お菓子を食べ終わってからでいいから、行って欲しい所があるんだけど」

すると屏風のぞきが、己を指さした。

「若だんな、なんてったって役に立つのは、この屏風のぞきだぜ。頼むんなら俺がいいと、名を言わなきゃ駄目さ」

「おや、凄《すご》い。でも大丈夫？　今から行って欲しいのは、川縁なんだけど」

「えっ、水の側《そば》なのかい？」

屏風のぞきは屏風の付喪神で、要するに紙で出来ているから、水へ落ちれば溶けてしまう。付喪神が一瞬怯《ひる》むと、横からひょっこり、近くの一軒家に住む貧乏神が顔を出し、若だんなへ笑いを向けた。

「あたしが行ってくるよ。へへ、屛風のぞきが悔しそうな顔してるから、喜んで行こうさ」

「なにおうっ」

屛風のぞきが打ちかかったのを、ふにゃりと躱《かわ》すと、金次は川に何があるのかと問うてくる。若だんなは、勇蔵を探して欲しいと口にした。

「勇蔵？　若だんなはあの御仁《ごじん》がやっぱり妖で、今、川縁にいると思ってるのかい？」

屛風のぞきが横から問うと、「きゅい」と小鬼達が首を傾げる。若だんなはにこりと笑った。

「そいつはまだ、分からないんだ。もしかしたら勇蔵さんはただのお人で、百屋で殺されたのかもしれない」

その場合、若だんなには殺された訳など分からない。勇蔵や百屋に集った面々、そして店にいた者など、若だんなが知らない事が多すぎるのだ。

「でも、大鯉の親分や同心の旦那《だんな》方が、いつものようにお調べをして、きっと事を明らかにして下さるよ」

それが世の決まりであった。若だんなが日本橋の件に、首を突っ込む事はないのだ。

しかし勇蔵が妖であるとしたら、人の手には余りそうだ。

「例えば刺された勇蔵さんが、本当に妖だったとするよ。死なずに起き上がったら、それからどうすると思う？」

勇蔵はまず、己が血まみれである事に、驚いたのではなかろうか。並の人ならば助かる筈も無い血の量だと、頭をかかえた。

「そのまま、他の人に見つかりたくないよね。大騒ぎになったら、何で助かったのか言い訳が難しい」

ここで金次が、片眉を引き上げた。

「それで勇蔵さんは、川へ向かった。若だんなはそう思ったんだね」

着物に付いた血を、落としに行った訳だ。

「井戸端で、水を浴びるという手もあるが。いや、井戸へ血まみれの姿で現れたら、これまた大騒ぎになっちまうか」

だから若だんなは勇蔵の行き先を、川だと踏んだ。川縁ならば濡れた姿でいても、落ちたと誤魔化《ごまか》せる。

「分かった。ちょいと見て来ようかね」

金次の姿が、手妻《てづま》のように消える。若だんなはそのまま、言葉を続けた。

「ただ川で血を落とすと、ずぶ濡れになって寒いよね。そのまま長屋へ帰るのは、辛《つら》いよ、きっと」

勇蔵は川から離れても、直《す》ぐには己の長屋へ戻らないに違いない。

「川の次の行き先は、湯屋だよ、きっと」

それだから、百屋の者が長屋へ探しに行っても、いなかったのだ。

「湯屋へは、私が調べに行こうと思うんだ。えっ？　疲れるから行っちゃ駄目だって？　湯屋くらい、皆、毎日通ってるじゃないか。大丈夫、私だって……ふへっ」

若だんなが、出かけると言い張ったので、仁吉が更に夜着を重ね、それを止める。

「若だんな、ちゃんと埋まってますね？　うん、大丈夫だ」

無茶はさせないと、今回兄やは妙に張り切っていた。

「これ以上寝付く日が増えては、大変です」

屛風のぞきが、首を傾げる。

「仁吉さん、若だんなは最近ほとんど毎日、寝付いているぞ。これ以上増やすのは、無理じゃないか？」

仁吉は返事をせず、ここで鳴家《やなり》を二匹つまみ上げると、お獅子の背へ乗せた。若だんなが出かけずに済むよう、手を打つというのだ。

「お前さん達は、一番が好きなんだろう？　屋根伝いにひとっ走りして、百屋に近い湯屋に勇蔵さんがいないかどうか、見てきておくれ」

金次より早く、一番に勇蔵を見つけて帰ってきたら、ご褒美《ほうび》に団子を出す。そう約束すると、鳴家達が張り切った。

「いっちばーんっ」

高らかに声を上げ、鳴家達は離れから飛び出してゆく。若だんなは何とか夜着から顔を見せると、心配げに表へ目を向けた。

「ねえ、金次や鳴家が、張り切って行ったのはいいけど。皆、勇蔵さんの顔、承知してたかな？」

「それは……さあ」

仁吉と佐助が顔を見合わせたものだから、若だんなは溜息をついた。とにかく、ご褒美の団子だけは用意しておこうと、屏風のぞきに、隣の菓子司三春屋から、たんと買って来て貰う。

すると、何となくふてくされた顔の付喪神は、戻って来ると直ぐ、団子を食べ始めてしまった。

4

これは夢だと、若だんなには分かっていた。

夜、十分寝ているのに、また昼間に寝てしまったせいかもしれない。夢から覚めかけているのか、妙にはっきり、夢を見ている事を承知していた。

夢で若だんなは幼なじみ栄吉の家、隣の菓子司三春屋へ来ていた。

「きゅい、若だんな、お腹空《なかす》いた」

天井がきゅい、きゅわと軋んでいるから、鳴家達へお団子を買って帰らねばならない。さっき買った団子は、屏風のぞきが皆、食べてしまったのだ。

だが何故だか、店表に三春屋の夫婦はいない。そして代わりに三十路《みそじ》ばかりの男が、土間に倒れていたのだ。若だんなは慌《あわ》てて、男へ声を掛けた。

「あの、お前さん、大丈夫ですか？」

すると男は、若だんなに背を向けつつ起き上がって、どうやら死んでいるようだと返事をしてくる。血まみれであった。

「死んでるんですか」

死人に返事をされ、若だんなは次に何を言えばいいのか、分からなくなってしまった。すると茶碗が一つ、男の横で、中身をこぼし転がっているのが、妙に目につく。

「店に誰もいないけど。お前さんそれ、自分で淹れたんですか？」

こんな時に、茶碗が気になるのは、自分でも妙だなと思う。

「何で一つだけここにあるの？」

若だんなは男へ聞いてみたが、返事はない。そもそも死人に、返事を期待してはいけないのかもしれない。死人は土間で、自分は一体どうして死んだのか悩んでいた。

「はて、おれは毒で殺されたのかね？　斬り殺されたのかね？」

男は背を見せたまま、腕組みをして溜息を吐《つ》く。すると思いの外、どこも痛くないと言いだし、その上、気持ち悪いと付け加えた。血まみれのままでいることが、嫌なのだ。

「血を落としたいな。ちょいと表へ行ってくるよ」

きゅい、最初に行ったのは川だ。次は湯屋だと、声が続く。

「えっ……亡くなってるのに、歩いて大丈夫なんですか？」

若だんなが驚いている間に、男はさっさと三春屋から、表へ出かけてしまった。後には一人、若だんなだけが残される。

「どうしよう。もう帰りたいけど、菓子屋の入り口を、血まみれのままにはしておけないよね」

お客が怖がって、店から帰ってしまう気がする。だが自分が土間掃除などして、着物に血でも付こうものなら、後で必ず兄や達に叱《しか》られるに違いなかった。

「さて、困った」

店を見回していると、「きゅいきゅい」「きゅわきゅわ」と、小鬼達の声が聞こえてくる。若だんなを呼んでいるように思えた。

「ああ、早く団子を買って帰らないとね」

きっと妖が、お腹を空かせているに違いない。若だんなは明るい方へ顔を向けた。

「若だんな、うなされておいででしたよ。起き抜けに薬湯を一杯、いかがですか?」

離れで目を開けた途端、仁吉がそう言って顔を覗《のぞ》き込んできたので、若だんなは慌てて起きようとした。だが床から出るのに、何故だか一度失敗する。いつもより二枚ほど夜着が多く掛かっていて、それを持ち上げるのが難しかったからだ。

「ねえ仁吉。その内、夜着に潰される気がするんだけど」

それでも何とか起きると、いつの間に戻って来たのか、お獅子と鳴家達が、目をきらきらとさせながら、布団の横に集まっていた。見れば金次も側にいる。そしてその後ろ、離れの縁側にもう一人見慣れぬ男がいて、屏風のぞきと向き合っていた。

「あれ？　どちら様かしら」

するとと鳴家が胸を反らせ、一番に見つけたと言ってくる。

「きゅわ、勇蔵さん！　湯屋へ行く途中、変な男、いたの。堀川から、ざばーっと上がってきた。恐《こわ》かった」

どうやら百屋で倒れていた勇蔵は、やはり川へ行ったらしい。勇蔵は次に湯屋へ向かったので、鳴家達も後を追い、そこで勇蔵を探しに来た金次と行き合ったのだ。貧乏神は、若だんなへ恐い様な笑みを向けた。

「若だんな、勇蔵さんと一緒に湯に入って、その時色々聞いたんだ。大当たりだったなぁ、勇蔵さんは、やっぱり人じゃあないってさ」

何と、金次は勇蔵を長崎屋へ連れてきたらしく、名を呼ばれた男が、縁側から頭を下げてくる。若だんなが慌てて布団の上から、勇蔵へ挨拶《あいさつ》を返すと、勇蔵は布団の近くへ寄ってきて、思わぬ本性を名のった。

「若だんな、お初に、お目にかかります。その、おれは元々、江戸近くの村におりました。路傍の神、道祖神《どうそじん》の一人でして」

「きゅべ？　道祖神？」

「小さな村の境に建てられていた、石の神だったんです。村の境を守り、子供らを守ると言われて、長く細々と祀《まつ》られておりました」

ところが。開墾が進み村の外にも住む者が増え、村は大きくなって境を変えた。道が新たに作られ、人々はそちらを行き交った。気がつくと道祖神が守っていた場は、人の足が向かぬ所になっていたのだ。

「おれの石碑も笹《ささ》に埋もれ、参る人もいなくなりまして。まあ、長い時と共にそうなっていったから、嫌でも腹はくくったんですが」

このまま時が経《た》てば、石も崩れ、やがては道祖神とも分からぬまま、笹の茂みの中に消えると思われた。すると勇蔵は、最後に一つ望みを持ったのだ。

「おれは、子の守り神と言われてました。故《ゆえ》に、小さな子が喜ぶような甘いものを、よく供えられていまして」

だから勇蔵は、そういう菓子が好きだった。どうせ道祖神としてこの世に居られないのなら、最後は人の姿を取り、町で暮らそうと思い立った。好きだった甘いものを、己で作ってみたくなったのだ。

「おれが作ったものを、子供達が喜んで食べてくれたら、嬉しいだろうなと思って」

そういう暮らしをしたら、人として短い時を終えても、後悔はしないだろう。それで昔、よく参ってくれた男の名を借り、名のる事にした。村を離れ江戸へ出て、菓子職人になるべく頑張ったのだ。

「このお江戸は、根無し草に優しい地ですな。真面目《まじめ》に働けば、余所《よそ》から流れてきた者にも、生きる場を空けてくれる」

お店に奉公し菓子作りを覚えると、自分で作って売ってみた。長屋で細々暮らす程には売れたし、菓子好きの仲間も出来た。勇蔵はここしばらく、本当に幸せであったのだ。

しかし。

「いきなり殺されてしまった。一体、どういう事なんでしょう？」

話を聞いていた皆が、顔を見合わせる。仁吉と佐助が、揃って眉根を顰めた。

「あの、殺された当人である勇蔵さんに、何でそうなったのかと、悩まれてもねえ。事情を覚えてないんですか？」

「うん、佐助さん。さっぱり分からん」

勇蔵は、話している内に堅さも取れてきたようで、足を崩すと困った顔をしている。

「今日おれは、いつものように百屋へ行った。だが、何も変わった様子はなかったよ」

ただ甘々会の月さんは遅れるとかで、先に着いた者は離れへ菓子を置いて、母屋で話していると言われた。それで勇蔵も、同じようにしたのだ。

「山さんの芝居の話は、面白かった」

途中勇蔵は、離れの向こうにある厠《かわや》へ立った。帰りに離れの前を通りかかった時、部屋の障子戸が僅かに開いていて、気になった。

すると勇蔵はふと、ある事を思い出した。

「そういえば百屋へ来て直ぐ、自分の重箱を置いた時、離れには既に三つ重箱が置いてあった」

だが母屋へ行ってみると、百さんと山さんしかいなかった。つまり離れにある重箱は、勇蔵のものの他に、二つであった筈なのだ。

「確かめようと思って。ちょいと離れの障子戸を開けたんだ。やっぱり四つ、重箱が置いてあった」

変だと思ったが、月さんか、新入りの安さんと、入れちがいになったのかもしれない。

しかし一つ、首を傾げる事があった。

「部屋に、茶碗が置かれてた」

「茶碗？」

「甘々会では菓子を食べる時、いつも白湯《さゆ》が一緒に出るんだ。茶の味に合う、合わないで、菓子の味が違ったら拙《まず》いので」

既に白湯が出ているという事は、もう全員揃ったのだろうか。勇蔵は慌てて部屋内を見回したが、しかし会の面々はいない。

「妙だなと思った」

焦《あせ》ったら喉《のど》が渇いた気がして、勇蔵はふと湯飲みを手に取った。ただの白湯が入っている筈だったから、菓子と違い、口にしていけないとは思わなかったのだ。

それで一息に、飲んだ。

「で、その後の事は、よく覚えてない」

「何と」

「ぎゅんわ？」

若だんなはやはりと言って、勇蔵を見つめる。夢の内では血まみれだったが、どこも痛くないと言っていたのだ。

「でも……そういえば最初、安野屋さんが勇蔵さんを見つけた時、血には気がつかなかったと、言ってたんですよね」

つまりやはり、最初に勇蔵が死んだとき、血など付いていなかったのだ。

「勇蔵さんが倒れたのは、茶碗の白湯に、何か入っていたせいだったんだな。でも、勇蔵さんが毒で死んだとしたら、何で後で血まみれになったんだ？」

死んだ後、刺されたのかと、屏風のぞきが首を傾げる。

「あんた道祖神なんだろ。刺されたのに気がつかなかったのかい？」

勇蔵は、ひらひらと手を横に振った。

「あの、おれは刺されてないですよ。川で血を落としたら、どこも斬《き》られちゃいなかったもの」

「ええっ？」

皆が、一緒に風呂《ふろ》へ入ったと言った金次へ、目を向ける。貧乏神が頷いた。

「勇蔵さんの着物は、切れてなかった」

「……じゃあ、誰がどうやって、何で血まみれにしたんだ？」

軍鶏《しゃも》か鯉の血でも竹筒に入れて運び、わざわざ死んでいる勇蔵の着物へ掛けたのだろうか。

妖達が騒ぎ出す。すると勇蔵は拝むように手を合わせ、若だんなを見つめた。

「訳が分からん」

「元、道祖神とはいえ、おれは今、しがない町の菓子売りなんだ。わざわざ殺したくなるような男じゃないと思うんだが」

だが、毒を盛られたのは間違いない。死んだと思われ、血まで掛けられた。つまり勇蔵は、このままでは江戸では暮らせなくなってしまうだろう。おまけに、百屋で人が死んだのでは、せっかく仲間に入れてくれた甘々会の皆にも、迷惑が掛かりそうであった。勇蔵の顔が、泣きそうに歪《ゆが》む。

「若だんなは、妖と縁のあるお人なんだよな？　ならお願いだから、知恵を貸してくれないか。おれは、道祖神にゃ戻れないんだよ」

もう元の村では暮らせない。勇蔵は、これからも真面目に菓子を商って、江戸の長屋で暮らしていきたいのだ。また人として、百屋の会へ通いたい。

「助けておくんなさい」

途端兄や達が、恐い表情を浮かべた。

「若だんな、何と言われましても、布団から出てはいけませんよ！」

兄や達は、たとえ道祖神に拝まれても、引かぬ構えなのだ。すると若だんなは、溜息をついて頷《うなず》いた。

「確かにこれ以上、兄や達に心配を掛けちゃいけない気がする」

「わ、若だんな……」

勇蔵が、目に涙を浮かべた。

「でも、勇蔵さんを見捨てる事も、出来ないじゃないか。だから、さ」

残念だが仕方がない。今回は表へ出る役目は、妖達に引き受けて貰う事にすると、若だんなは口にした。すると。

「今までと同じ気がするけどねえ」

「金次、今度はあたしが真っ先に動くよ」

「きゅい、屏風のぞき。一番は鳴家」

妖達がてんでに話し出し、兄や達は口をへの字にした。だが、若だんなが表へは出ないと言ったので、取りあえず駄目だとは言わない。

勇蔵が、うれし涙をこぼした。

5

その後離れで、寝たままの若だんなが真っ先にしたのは、妖達へのご褒美を揃《そろ》える事であった。

「大福に団子、花林糖に饅頭に羊羹」

あられや煎餅《せんべい》、加須底羅《かすていら》もある。その上後ろには、大きな酒の徳利が並んだ。そして妖達へ、無事に事が収まったら、離れで宴会をすると約束をする。

「きゅい、卵焼きも食べたい！」

「おしろが長火鉢で、葱鮪《ねぎま》の鍋《なべ》を作りますよ。温かいのも欲しいです」

こうなると、何故だか顔を見せる妖達は、増えると相場が決まっている。おしろや小丸以外にも、猫又達が沢山集っていたし、河童《かっぱ》も大勢姿を見せ、大丈夫、宴会を開くとなれば、ちゃんと親分の禰々子《ねねこ》にも来て貰うからと、胸を張った。

若だんなは布団の上で頷くと、これから皆に何を調べて欲しいか、話し出した。

「一つ目に知りたいのは、百屋の離れで勇蔵さんに付いていた、血のことだ」

勇蔵は怪我《けが》をしていなかった。つまりあの血は、誰か別の者が、余所から持って来た血を勇蔵へ掛けたのだ。

誰がそんなことをしたのか。

何の血か。

どうして掛けたのか。

「この三つの不思議は、屛風のぞきと金次、鈴彦姫《すずひこひめ》に頼めるかな」

鳴家と猫又、河童達には、もう一方の不思議を受け持って貰うことにする。

「飲んだ途端、勇蔵さんがひっくり返ったという白湯。あれの事を探って欲しい」

まだ甘々会を開く前の離れに、どうやって、誰が白湯を持ち込んだのか。そもそも一体誰に恐い一杯を、飲ませる気だったのか。白湯には何が、入れられていたのか。

そして首を布団の横へ向けると、兄《にい》や達へも若だんなは問う。

「ねえ、佐助、仁吉。今までに聞いた話で、一つ妙なことがあったんだけど、気がついた？」

すると仁吉は、あっさり答える。

「離れに置いてあった、重箱の事ですね」

「きゅんい？」

「重箱が、どうかしたんですか？」

「数が合わないんだ」

若だんなは鈴彦姫へ答える。

「離れで倒れていた勇蔵さんを、安野屋のご主人、安さんが見つけたんだけど」

安野屋は、いつにないその場を目に焼き付けた。その時、重箱が四つ、離れにあったのを見ているのだ。先に勇蔵も、四つ置いてあったと話している。

「四つとは妙です。多いです」

甘々会は小さな集まりで、会の者は五人のみだ。世話役の百さん、先にいた山さんと、勇蔵自身の分で、離れにあるべき重箱は、三つのみの筈《はず》であった。

では、離れに置いてあったもう一つの重箱は、誰のものなのか。勇蔵が顔を顰《しか》める。

「百屋の奉公人達なら、離れへ持っていく事は出来ます。でも、やらないでしょうね」

金がかかるだけで、そんなことをする意味など思いつかない。同じ奉公人達の目もある。勇蔵が困ったような顔つきとなり、長崎屋の皆を見た。持ち込んだ者は思いつかないのに、余分な菓子の重箱は、確かに百屋の中にあったのだ。

この時金次が、一つ思いついたと言って、ひょいと勇蔵へ目を向けた。

「まさか、さ。人ならぬ者が、お前さんの他にも、いたんじゃないか？」

妖ならば影の内に入れるし、そこからなら、百屋の離れにも行けるだろう。しかし貧乏神の言葉を聞いた道祖神のなれの果ては、きっぱり首を横に振った。

「百屋の離れでは、家が軋《きし》む、家鳴りが聞こえる事はありました。だから、ここにいるような小鬼は、いたかもしれませんが」

しかし、鳴家が菓子を食べる事はあっても、重箱を増やすとは思えない。そして、他の妖の気配など無かった。あの日、百屋の奥にいたのは、甘々会の面々と百屋の者達だけの筈なのだ。

場が静まると、若だんなが皆を促した。

「とにかく、何が分からないかは、分かったよね。だからその不思議を、調べてきておくれな」

一方若だんなは、早く病を治す為《ため》、せっせと寝ることにする。

「ちゃんと治すから、事が片付いたら一緒に楽しもうね」

「きゅいっ」

若だんなが、もそもそと夜着の下へ潜り込むと、兄や達が頷く。何匹かの鳴家も布団に入り、残りは雄々しく雄叫《おたけ》びを上げた。

「きょわーっ、一番っ」

お獅子にまたがった鳴家が、真っ先に離れから消えると、ここで鈴彦姫が、手拭《てぬぐ》いと盥《たらい》を勇蔵へ渡した。

「では行ってきますから、その間、若だんなの看病、よろしくお願いします」

兄や二人は奉公人だから、時々母屋《おもや》の店から呼び出されたりするのだ。

「勇蔵さんは、死にかけたばかり。しばらくここにいた方がいいでしょう」

「ああ、承知した」

勇蔵が頷くと、妖達は一斉に、影の内へと消えて行く。その人ならぬ動きを目にして、かつての道祖神は、少し懐《なつ》かしそうに皆が消えた後を見つめていた。


勇蔵に掛けられた血について、どうやったら真実が分かるのか、屏風のぞき、金次、鈴彦姫にはとんと良い考えなど思いつかなかった。それで皆は、同心の旦那から何か聞いてないか、日限《ひぎり》の親分を訪ねる事にした。

「親分だって、たまには働いてもいいだろうさ」

ところが長屋には、親分はいなかった。大鯉《おおごい》の親分と、百屋へ向かったという。

「日限の親分が百屋に行ったとしたら、助かるこった。若だんなの使いだと言って、俺達も堂々とあの店へ入れるってもんさ」

直に離れを目に出来れば、本当に余所から入る事ができないかとか、色々見えてくる事もあるだろう。金次と鈴彦姫、屛風のぞきは、滅多に来ない町を通り、金次の金で買い食いなどをしつつ歩を進める。

そして百屋へ行き着いたが、何故《なぜ》だか親分は来ていなかった。だがそれでも来る筈だと、店表で挨拶をし、奥で待つと言って入り込む。すると。

「ぎゃっ」

屛風のぞきは突然頭に、飛んできたお盆を喰らったのだ。そのまま裏庭にひっくり返り、金次達が慌てて転がるのを止める。

「何事だ？」

奥の離れから、大声が聞こえていた。妖らが揃って目を向ければ、戸板も障子も開け放たれた離れで、どうみても武家に違いない二人が物を投げ合い、人目も憚《はばか》らず大《おお》喧嘩《げんか》をしていたのだ。金次が目を細める。

「お伴かね、中間《ちゅうげん》が二人、必死に止めてるよ」

しかし、武家達はどうにも収まらない。ひょろりとした方の武家が、相手の胸ぐらを摑《つか》んだまま、叫ぶように言った。

「山川《やまかわ》殿っ、勇さんに付いていた血は、血糊《ちのり》だ。あれを掛けたのは、お主であろうっ！」

言われたのは背の低い武家で、口元を歪め返答をしない。横から百屋が、声を嗄《か》らして諌《いさ》めにかかった。

「山さんも月さんも、止《や》めて下さいまし。甘々会は、甘味を楽しむ為の、ただの会。ですのに、何でお二人が喧嘩をするんですか」

その時、山川を押さえつけていた月田が、顔を横に向け、凄みのある笑みを世話役へ向けた。

「百屋、今更妙な事を口にするではないか。ただの甘味の会、だと？　ならば何で、江戸留守居役を二人も、会に引き込んだのだ」

甘々会は、軽い身分の勇蔵も入れ、身分に関係の無い、世によくある会を装《よそお》ってはいる。だが宴会や接待をする場である料理屋が、豪快な接待をし、金を使うと言われている留守居役を、二人も会へ入れているのだ。当然、とっくに仕事絡《しごとがら》みの話になっていた。

するとここで、金次がすっと目を細めた。

「勇蔵さんや安野屋さんを会に入れたのは、二人の菓子屋の腕を、己のつきあいに使う為かねえ。きっとそうだな」

玄人《くろうと》の二人と親しければ、留守居役として、無理な菓子の注文も頼める。鈴彦姫が頷いた。

「勇蔵さんなら、お菓子をかなり、安く作ってくれそうですね」

「安野屋なら上菓子を、急に多く揃える事も出来そうだ」

金次は口元を、恐ろしげに歪めた。

「百屋さんの持つ料理屋は、そういう橋渡しが出来るから、繁盛《はんじょう》してる訳だ。いや一度、取っつきたい店だよ」

妖達の推量は、当たっていたに違いない。月田のいささか疲れたような声が続いた。

「なのにこの月田が勇蔵へ、是非にと頼みたい件が出来たこの時に、何であいつが消えたのだ？」

品の割には、かなり安い勇蔵の菓子を、金の無い小藩の江戸留守居役月田は、贈答の品として頼りにしていた。勇蔵と月田は今日、甘々会の後で、仕事の話をする事になっていたのだ。

「ところが会に遅れて来てみたら、勇蔵が血まみれで倒れていた」

ここで月田の目が、同じ江戸留守居役へ向く。

「お主、己の利の為に、それがしが菓子を贈るのを、邪魔したのではなかろうな」

　すると未《いま》だ月田に摑まれたままの山川が、深く溜息《ためいき》をつき、手を払う。

「ふんっ、今回の事で困ってしまったのは、おれも同じだ」

　何と山川は、己も今、菓子を注文している所だと言い出した。頼んだ相手は、安野屋だ。店に行かず、甘々会で注文を入れたのは、勿論《もちろん》、値を引いて貰《もら》えぬか頼む為だ。表では、身分のある武士が出来る事ではなかった。

「ところがその安野屋が、勇蔵の死体を見つけたと言い、母屋へ飛び込んで来てな。話を聞いた時、魂消《たまげ》たぞ」

　菓子屋が人死にに巻き込まれたと噂《うわさ》されたら、その店の菓子は贈りづらい。

「困る。それでは当藩が酷《ひど》く困る」

　山川は頭を抱えた。それで。

「安野屋へ不審な目が向かぬよう、咄嗟《とっさ》に手を打った。安野屋は、百屋を見つけるのに、手間取ったのだ。おれはその間に、先に離れへ行った」

　そして勇蔵が亡《な》くなっているのを確かめてから、芝居話の種として、丁度持って来ていた血糊を、着物へ掛けておいたのだ。

　部屋に刃物など、元よりない。だが勇蔵が血まみれとなっていれば、その不思議に目が行き、たまたま居合わせた安野屋の事など、噂にもならぬと思った訳だ。

つまり。金次、屏風《びょうぶ》のぞき、鈴彦姫は首を縦に振る。

「やれやれ、留守居役のお二人が、勇蔵さんをどうにかした訳じゃないみたいだ」

だが。とにかくこれで、若だんなが探すように言った、血の三つの不思議は、答えが出た事になる。

つまり、留守居役の山川が、勇蔵に血を掛けた。

その血は、芝居の血糊だった。

山川はお役目上、菓子が必要で、安野屋を庇《かば》いたかったからという事になる。

「でも、これじゃあ、誰が勇蔵さんへ一服盛ったか、訳が分からないままだねえ」

妖達は、顔を見合わせた。

6

一方鳴家達は、真っ直ぐ百屋へ向かった。何しろ河童が、事を急いでいたからだ。

「長崎屋へ行くと聞いて、うちの禰々子親分が、早く若だんなに会いたいと言ってました。久々に、酒を共に飲みたいそうで」

禰々子は酒も食事も大好きなのだ。つまり、あまり待たせる事になっては、大いに拙い。

「困り事はちゃちゃっと終わらせて、さっさとお楽しみに移りましょう」

「きゅい、鳴家も沢山食べる」

「猫又は、宴席で踊る事にします」

お楽しみの話は直ぐにまとまったが、肝心の、勇蔵が飲んだ白湯については、誰が答えを知っているか分からない。それで皆は影の内から、茶碗《ちゃわん》が転がっていたという、百屋の離れへ行ってみた。すると驚いた事に、偉そうな大人が二人、そこで揉《も》み合っていたのだ。

「きゅんべ、少し恐い」

「我ら河童や猫又は影から出たら、人に姿が見えます。化ける事は出来ますが、何で店の奥にいるのか問われたら、ちょいと拙いかも」

それで皆は影の内から、天井裏へと上がった。そういう所からなら、人の目につかず、下を眺められると思ったからだ。

ところが。

「ぎゅべーっ、誰？」

天井裏には、既に先客がいたのだ。つまり、この屋の鳴家達であった。

「きゅわ、小鬼だ」

長崎屋の鳴家は、隣の店の鳴家達とも、会った事がある。だから話を聞こうと近寄ったところ、何故だか小鬼は同じ鳴家達から、ぺちりと手を叩《たた》かれてしまったのだ。

「きゅんいーっ、鳴家は何も知らないっ」

「我も知らない」

百屋の鳴家は、何故だかぴりぴりしていて、毛を逆立て、何も知らないと言い張っている。河童は驚いて声を失ったが、世事に詳しい化け猫のおしろは、二本ある尻尾《しっぽ》を器用に振った。

「あらら、こちらは何も聞いちゃいないのに、何を知らないって言ってるんでしょう」

そう言われると、聞きたくなるではないか。

「ねえ、百屋の鳴家さん達。あたし達が知らない事って、何なんですか？」

おしろが問うと、今まで声を上げていた小鬼達は、ぴたりと口をつぐんでしまう。

そして身構えたので、長崎屋の面々と睨《にら》み合いになった。

「ぎゅい、若だんなぁ、帰ったの」

長崎屋へ戻って来た鳴家達は、若だんなが待つ寝間へ、真っ先に向かった。若だんなは、大分調子が良くなったように見え、兄や達の機嫌も良い。見れば部屋には、美《お》味《い》しそうな料理も届いていて、宴会の用意は進んでいる。

しかし鳴家達は、何とはなしに元気がなかった。

「ぎゅべ、帰ってきたの、一番じゃなかった」

先に、屏風のぞき達がいたのだ。

その上、もう一つ、がっかりしている訳があった。鳴家達は白湯について見事に調べたのだが、何となくつまらない知らせになってしまったのだ。

「きゅんい、あのね、鳴家は賢いから、みんな分かったの」

一、誰が白湯を、百屋の離れへ持ち込んだのか。

二、その者は、一体誰に恐い一杯を、飲ませる気だったのか。

三、白湯には何が、入れられていたのか。

その三つを、小鬼達は離れの天井裏にいた鳴家達から、聞き出してきたのだ。

今日、勇蔵が離れへ顔を出した時、白湯を飲んだ。すると倒れ、菓子の入った重箱を、ひっくり返したのだ。

美味しそうな菓子が、離れに散らばり、それで百屋の小鬼達は、菓子を随分食べてしまった。そしてその事を隠そうとして重箱を元に戻し、長崎屋の面々に何も知らないと、要らぬ事を言ったのだ。

おしろ達に拾い食いを呆《あき》れられると、百屋の小鬼達は身を小さくして、離れで見た事を話してくれた。

鳴家の一匹が、指を三本立てる。

「三つ目！　白湯に入ってたのは、きゅわ、多分お菓子なの！」

何故なら、勇蔵が飲んだあの湯飲みの白湯は、重箱に入れられ離れへ運ばれていたのだと、鳴家は口にした。百屋の鳴家達が、見ていたらしい。

一つ目、その鳴家によると、重箱を離れへもってきたのは、男だという。

「これで、誰が持って来たのか、分かりました」

河童が真面目に頷く。そして最後は、猫又のおしろが口を開いた。

「二つ目、何かを入れた恐い白湯を、誰に飲ませる気だったのか、ですが。お菓子屋さんなら、どっちでも良かったのではと思います」

「は？　お菓子屋？」

勇蔵か安野屋か、どちらかを狙《ねら》ったという事だろうか。若だんなが驚いて問うと、おしろは明るく言う。

「百屋の鳴家によると、その男が離れへ重箱を置いたのは、三番目。その後、勇蔵さんが離れへ自分のものを置いてます」

あの日、留守居役の月田は遅れると、百屋に知らせがあった。つまり茶碗が離れに置かれた後、部屋に来るのは、二人の菓子屋の内、どちらかだった。そして勇蔵、安野屋の順に、離れへ顔を出してきた。

「勇蔵さんが白湯を飲んだのは、運が悪かったからというか」

たまたま飲まなかった事も、あり得ただろう。ただ気を引くかのように、百屋の離れの障子戸は、少し開いていたらしい。

「……はて、分かった事が増えたような、増えなかったような」

聞いていた勇蔵が、肩を落とした。

「皆さん、ありがとうございます。だけどおれ、元に戻れそうもないですね」

さて、この後どうしたらいいのやらと、勇蔵は小さくなっている。すると若だんなは、布団《ふとん》の中から声を出した。

「勇蔵さん、こうなったら、ちょいと強引な手に出ませんか？」

「強引？」

「甘々会の皆さんに、会いましょう。そして勇蔵さんは離れで白湯を飲んだら、急に具合が悪くなったと言います」

真実であった。安野屋が見た時、勇蔵は動けなかったが死んではいなかったと、言い通すのだ。他に、色々言えない事もあるが、語らぬ事にしようと若だんなは言い出した。

「何しろ勇蔵さんは、こうして生きてます」

会えば甘々会の面々も、納得する他ないだろうと思われた。

「そして、いつもの暮らしに戻りましょう」

若だんなの言葉に、勇蔵はうんうんと頷く。

「しかし、誰に一服盛られたのか分からないんじゃ、これからが不安ですよね」

妖《あやかし》達が、ぼそぼそと言い合う。すると次に若だんなは、その事のけりも、そろそろつけようと言い出した。

「おや若だんな、何か思いつきましたか？」

仁吉が片眉《かたまゆ》を引き上げると、若だんなが笑った。

「うん。ああ、直《す》ぐに説明したいけど、日限の親分さんにも話さなきゃ。二度話すのは大変だから、呼んで貰えないかな。そうすれば、親分さんから甘々会の皆に伝えて貰えるし」

「勿論、若だんなが楽な方にしましょう」

全《すべ》ての考えの基は、若だんなの具合である兄やは、さっそく日限の親分を呼んでくれた。すると。

何故だか甘々会の面々までもが、一緒に長崎屋へ現れたのだ。よって隠す間もなく、離れにいた勇蔵と鉢合わせをしてしまった。

「ひ、ひえええっ、幽霊っ」

百屋が悲鳴を上げ、両の手を合わせて、南無阿弥陀仏《なむあみだぶつ》を唱える事になった。

7

「そうですか、勇蔵さん、息を吹き返していたんですね。それで川で血を落とした後、薬を求めて長崎屋へ来たんですか」

若だんなの必死の言い訳を、百屋達は納得し、大騒ぎは収まっていった。そしてようよう、皆は長崎屋の離れに座ると、着ぶくれした若だんなの話を聞く事になる。

仁吉と親分の他に、百屋、月田と山川、それに安野屋が集まったのは、思いの他だ。その上、妖達も人に化けられる者は、調べ事で力を貸した者だと言いたて、堂々と顔を出したので、二つの間を開け放って使う事になった。

話の前にまず、勇蔵が甘々会の面々に深く頭を下げた。

「その、おれが倒れた事で、随分と皆さんに手数を掛けちまったみたいで。済みません」

だがこうして元気になった故、またよろしくお願いしたいと頼めば、皆、勇蔵への見舞いを口にする。百屋は、分厚い綿入れを羽織った若だんなへ、ゆっくり頷いた。

「勇蔵さんが無事だったのは、いや、嬉《うれ》しい。ほっとしましたよ」

だが、ここで甘々会の面々は、ちらりと金次達へ目を向けた。先だって、江戸留守居役らの騒ぎを、金次達に見られている。よってその後、長崎屋がどう出る気か、彼らはそれを探りに来たようにも思えた。

「今回の騒ぎ、さらりと終わってくれると、いいんですが。我らはこの後が気になり、こうして親分にお願いして、長崎屋さんへ伺った訳でして」

若だんなは頷くと、話を締めくくりにかかる。

「あのですね、勇蔵さんがとんだ目に遭った騒ぎですが」

騒ぎの一つ目は、勇蔵が甘々会を行う離れで、突然倒れていたこと。

二つ目は、倒れた勇蔵が、突然血まみれとなっていたこと。

三つ目は、死んだと思われた勇蔵が、突然消えたことだ。これは先程、簡単に事情を話している。

若だんなはこほんと咳払《せきばら》いをすると、三つ目、勇蔵が消えた件から詳しく語り出した。

「勇蔵さんは、突然倒れた時のことを、よく覚えていないんだそうです」

だが、しかし。運良く、息を吹き返すことが出来た。そしてその時の方は、しっかり分かっている。

「離れで目を覚ましたら、自分が血にまみれていたので、魂消たんだとか」

若だんなはここで、川で血を落としてから、湯屋へと向かった勇蔵の行いを、皆へ告げた。

「なんとまあ、川へ入るとは。寒かったでしょうに」

百屋が驚くと、若だんなが苦笑する。

「その通りで、震えたそうです。なかなか着物の血が落ちず、大変だったとか」

その為、体が冷えきり、後で湯屋へ行く事になった。百屋へも長屋へも戻れず、その間に店では、勇蔵が消えたと騒ぎになった。死んだと思われていたので、死人が消えたと、摩訶不思議《まかふしぎ》な騒動が起きてしまったのだ。

「済みません」

ここでまた勇蔵が頭を下げると、事情を承知した甘々会の面々は、少しばかりほっとした様子を見せる。

そして、二つ目の話だが。

「血の件の事情は、甘々会の皆さんは既に、ご承知の事と思います」

だが安野屋は首を傾《かし》げたし、親分へ知らせる必要もあった。よって若だんなは、金次達が親分を探しに百屋へ行った時、聞いたと言い、血糊を使った、江戸留守居役達の一騒ぎを伝える。安野屋の目つきが悪くなり、親分が溜息をついた。多分この後、二人と留守居役達は、別に話し合う事になるのだろう。

(でも……それに長崎屋が口を挟んじゃ、いけないよね)

若だんなは頷く。そして。

「残りは事の大元、勇蔵さんが倒れた、最初の一件です」

今回の件は、ちょいと開いていた障子戸に誘われ、離れを覗《のぞ》いた勇蔵がつい、目の前にあった湯飲みの白湯を、飲んでしまった事に始まる。

「お菓子は食べちゃいけない。でも、白湯ならいいだろうって、手が出たんだそうで」

ところがその湯飲みには、勇蔵を殺しかけた、剣呑《けんのん》な何かが入っていたのだ。ここで百屋が、素早く言った。

「安野屋さんから、湯飲みには青い丸が書いてあったと聞きました。うちのものじゃありませんよ」

誰かが持ち込んだ品だという言葉に、若だんなも頷く。

「その湯飲み、どうやって離れへ持ち込まれたのかは、見当が付いてます。一つ余分にあった、重箱に入っていたんですよ」

百屋の鳴家達が話した事を、若だんなは妖を絡めず伝えた。重箱に入れて持ち込まれたのなら、茶碗が突然離れに現れた事も、納得だ。ただ。

「何にせよ、店の奥にある離れへ持って行けた人は、少ないと思います」

つまり、誰が余分な重箱を運んだのか分かれば、何故騒ぎが起こったのか、事情を思いつく者はいるだろうと、若だんなは考えたのだ。

「余分な重箱を用意し、店のものではない湯飲みを手に入れ、仕事の途中で離れへ行く。それは、店で暮らしている奉公人達には難しいでしょう」

そして、まだ百屋へ来ていなかった、月田や安野屋の仕業ではない。勿論、死にかけた勇蔵が、己で馬鹿《ばか》をしたとも思えない。

「商いの為にも大事な会で、百屋さんが騒ぎを起こすとは思えません。山川さんは安野屋さんへ、大事な菓子を頼んでいた。こちらも違います」

ここで日限の親分が、首を傾げた。

「若だんな、そうなると誰も残らなくなるぞ」

だが。ここで仁吉がさっと表へ目を向け、若だんなが頷いた。

「まだ、いるじゃありませんか。だってお武家様には、必ずお伴の方が付きますから」

勿論、余程、懐《ふところ》具合の苦しい侍であれば、世間体を構っている余裕すら、無いかも知れない。しかし、だ。

「江戸留守居役というのは、百屋さんのような料亭を、よく使われる方々だと聞いております」

大名家の陪臣だが、旗本と変わらぬ程の禄《ろく》を得ている者達なのだ。この身分の侍が、従者を連れぬということは、まずない。

ここで金次が、ぽんと膝《ひざ》を打った。

「そうか、先だって揉めてた時、留守居役のお二人さんを止めてた、中間《ちゅうげん》みたいなのがいたっけ」

あの二人は、百屋へ来れば毎回、店の内で主を待っていると思われる。つまりこっそり歩き回る事も、出来た筈だ。

「お武家のお伴の方は、よく箱のようなものを担《かつ》いでおられます。その中になら、重箱を入れられますよね」

すると。「うっ」と短い声を上げ、山川が顔を顰める。月田が遅れてきた以上、あの日百屋に来ていた中間は、一人のみなのだ。

「だが、何故……」

言いかけた言葉が、途中で止まる。横で山川以上に剣呑な表情を浮かべたのは、月田であった。

「我ら江戸留守居役は、同役が組合でよく集まる。つまり中間達も、同じ料理屋で待つ事が多いな」

ならばその中間へ、他の留守居役が金と共に、馬鹿な考えを吹き込む事も出来る。

そこまで言いかけて、月田は一層表情を険しくした。

「それがしや山川殿は今、頼りになる菓子屋と縁がある。最近そのおかげで、他藩より上手《うま》くいっている事もあってな」

その事が気に入らぬ他藩の江戸留守居役が、月田の側に居る。そう思いついた様子であった。

「それで中間を使い、邪魔してきたのか……」

山川の目つきも鋭い。二人は、今長崎屋にいることも、既に頭から飛んでいるのか、急ぎ小声で話し出した。

するとここで金次が、それはそれは恐《こわ》い笑みを、浮かべたのだ。

「お武家さん達、あんた達の事情で、勇蔵さんや百屋さん、いや安野屋さんや親分さん、長崎屋にだって、迷惑をかけたって事かい」

ならば、ならば。

「まず謝りなよ。それとも武士が町のもんに、頭なぞ下げられないかね？」

金次は貧乏神として、取っつきたい相手を見つけてしまったようであった。あっという間に、その声が低くなっていったので、若だんなが慌《あわ》てて、長崎屋は大丈夫だと声を掛ける。

すると。

驚いた事に、いつも従者を従え、大金を扱う事すらある武家、江戸留守居役の二人が、揃ってさっと町人達へ頭を下げたのだ。

「確かに迷惑を掛けてしまったようだ。武家がそんなことではいかん。済まなかった」

「恥ずかしい事であった。百屋、長崎屋、安野屋、特に勇蔵殿も、これに懲《こ》りず、我らとの付き合いを頼む」

「……おやまあ」

金次は、非常に残念そうな表情を浮かべたが、声の低さは取れている。若だんなが仁吉へ目を向けると、薬種問屋長崎屋を背負う手代《てだい》が、僅《わず》かに笑っていた。

(ここで町人に、頭を下げられるのか。留守居役の方々とは、凄《すご》いな)

後々の利をさっとはじき出し、ふんぞり返るなどという馬鹿は、止めたに違いない。何が一番、己と藩にとってありがたいか、直ぐに判断出来る面々なのだろう。

(強い。まるで大商人みたいだ)

二人は知らぬだろうが、そのおかげで大いなる厄災、貧乏神に好かれるという危機を、逃れる事が出来たのだ。

「若だんな、一つ、学ばせて頂きましたね」

仁吉が笑うと、留守居役達は重ねて謝った。するとそこへ佐助が、逃げぬように見張っていた中間を、首根っこを摑んで連れてくる。不思議な事に、山川が己の源助《げんすけ》という中間へ掛ける声は、奇妙に優しかった。それが却《かえ》って恐くもあった。

「これ、真っ先に勇蔵さんに謝らぬか。一体、何を湯飲みに入れたのだ」

顔を強《こわ》ばらせた中間が黙り込んだままでいると、山川はそれ以上言葉を重ねず、中間に話があるゆえ、今日はこれにて帰らねばならないと言い出した。だがその前に、懐からさっと金子《きんす》を出すと、勇蔵へ握らせる。そして薬種問屋長崎屋に良き薬を出してもらい、体を大事にしてくれと、ぬかりなく口にした。

百屋も横で頷き、後で酒などを迷惑代に届けますと、若だんなへ言ってくる。となれば親分も安野屋も、わざわざ事を荒立てたりせず、やはり静かに頷いた。

白湯《さゆ》に何が入っていたのか、そもそも中間へ、誰がどう指図をしたのかも分からない内に、事が終わっていった。多分、留守居役達はこれから、それを突き止める筈だ。だがそれは、武家内の話として、もう外へ漏れる事はないのだ。

集まった者達が席を立つと、長崎屋に残された、妖達は首を傾げつつ大いに喋《しゃべ》り出す。

「人っていうのは時々、気味の悪い生き物になるね。途中から揃って急に、口をつぐんじまったよ。何だか、すっきりしない終わり方だ」

「屏風のぞきさん、きっとあの人達のご先祖には、人をたばかる妖がいるんですよ。だから時々人相手に、悪さをするんでしょう」

「なるほど。鈴彦姫、物知りだな」

とにかく離れでの語りは終わりだと、若だんなは一息ついた。すると妖らは、さっさと宴会の用意に移る。もっとも金次は、留守居役達の後を、ひょいひょいと付いて行って、離れから消えていた。

「きゅい、金次、張り切ってる」

今回の件の大元、中間をろくでもない悪事に使ったどこかの藩の留守居役は、多分その内、誰より貧乏という言葉の意味を、知る事になるのだろう。

するとじきに、風のように早く、百屋から酒と金子が届いたので、妖達が端から飲みはじめた。一方金の方は、勇蔵が山川からもらった分と合わせ、裏店《うらだな》に小さな店を借り、やってみてはどうかと、兄や達が言い出した。

「長屋の子供達が集まって来るような、裏通りのお店だね。きっと楽しいですよ」

若だんなが優しく言い、いいのだろうかと、勇蔵が嬉しげに頷《うなず》く。

「ああ、昔を思い出すね。道祖神の私に供えられてた干し柿を口にして、兄に叱《しか》られた小さな子がいたな」

また毎日、菓子が作れそうで幸せだと、かつての神は笑った。

「人の顔して、毎日毎日、子供達にお菓子を作っていこう。人並みの長さの時が終わる、その日まで」

屏風のぞきが酒を注ぎ、勇蔵を誘った。

「たまに、この離れへ菓子を持って来い。小鬼がもの凄く喜ぶぞ」

「あらま、栄吉さんに、競う相手が出来ちゃいましたね」

鈴彦姫が言うと、横で鳴家《やなり》達が重々しく言った。

「大丈夫、きゅわ、お菓子なら全部食べられる」

笑いがおき、酒が注がれ、どんどん料理が回された。若だんなもほんのり頬を赤くしたところへ、禰々子《ねねこ》が顔を出してきた。そして宴会は一層賑《にぎ》やかになっていった。

猫になりたい

1

長崎屋《ながさきや》は、廻船問屋《かいせんどんや》兼薬種問屋《やくしゅどんや》で、江戸は通町《とおりちょう》にある大店《おおだな》だ。主《あるじ》の藤兵衛《とうべえ》は跡取り息子にどこまでも甘い事で、その跡取り息子は、限りなく病弱な事で知られていた。

そして長崎屋は、江戸で暮らす人でない者達にも、高名な店であった。先代主の妻、おぎんが実は大妖《たいよう》であった故《ゆえ》、跡取りの若だんなは、少しばかり怪しい血を引いているのだ。その縁で、今でも妖《あやかし》達が店で働き、また、側《そば》で暮らしていた。

そしてある日の事、若だんなの家作に暮らしている妖の一人、猫又《ねこまた》のおしろが、珍しくも客を連れて長崎屋の離れにやってきた。すると若だんなや、兄《にい》やの仁吉《にきち》と佐助《さすけ》は、客の姿を見て少し首を傾《かし》げたのだ。

「長崎屋の若だんなでございますね。今日は会って頂いて、ありがとうございます」

現れた客は二人おり、共に手拭《てぬぐ》いの染屋だと言って、頭を下げる。年配の紅松屋《べにまつ》と若い青竹屋《あおたけ》で、青竹屋は春一《はるいち》を名のった。

若だんなは二人の商いを聞き、ちょいと目を見開いていた。

「お客様方は、珍しい商売をしておいでなんですね」

「きゅわわ」

長崎屋の若だんなは、小さい頃から体が弱く、せっせと離れで寝こんでいる。店へ出るのは好きなのだが、出ては寝こみ、寝こんではまた寝こみの毎日だ。だから勿論《もちろん》、自分で買い物へ行く事など、ほとんどない。

しかしそんな若だんなでも、世の中に紺屋、紫屋、紅屋という染屋があることは知っていた。江戸では染める色で、店が分かれている事が多いのだ。そして。

「手拭いばかりを染める店まであったとは、思いませんでした。しかも二軒も」

すると紅松屋は、自分は青竹屋先代の弟子だと言って笑った。青竹屋の、番頭あがりなのだ。若い春一は兄やから茶を貰《もら》うと、柔らかい調子で手拭いの話を始めた。

「手拭いは昔、布売りなどが売っていたものでしてね。客の求めに応じ、反物《たんもの》を適当な長さに切って、商っていたんですよ」

それが江戸になった後、始めから幅一尺、長さ三尺ほどに切った布を売るようになった。大概は木綿で、両の端は切りっぱなしだ。

「手軽に買えるので、売れました。ご承知の通り、手拭いは人々の暮らしに、なくてはならないものになったんです」

父が青竹屋を持ったのは、その頃だと春一は言う。紅松屋もまた話し出した。

「先代の青竹屋さんは、そりゃあ立派なお人でね。良い腕を持ち、その上慈悲深かった」

それで親のいない子だった紅松屋を、奉公人として店で働かせてくれたのだ。自分にとっては父以上のお人だと、紅松屋は言い切る。すると春一も、笑いつつ頷《うなず》いた。

「ええ、父はそりゃあ優しい人でした。おかげで私と弟は、苦労知らずになっちまった」

それでも先代がいた頃は、商売は順調であったから、番頭だった紅松屋も無事暖簾《のれん》分けしてもらった。ところが。

「ある時父が急に身罷《みまか》りまして。それで青竹屋は、一気に傾いてしまいました」

頼りの番頭は、もう店にいない。のんびり育った兄弟だけでは、店を支えていくことは厳しかった。それでも店を潰《つぶ》す訳にはいかず、青竹屋は必死に金策をし、何とか金を集め、店を守ろうとしたのだ。

しかし。

春一が不意に言葉を切ったので、若だんな達は言葉を継がず、待った。すると横で紅松屋が、懐《ふところ》から手拭いを取り出し目に当てる。若だんなが戸惑った時、春一は若だんなの顔を真《ま》っ直《す》ぐに見て、また柔らかく言った。

「私の懐に金策した金があると、どうして分かったんだか。とにかくある日の逢魔《おうま》が時、堀端で強盗に襲われまして」

金を渡してしまえば、店が潰れる。春一は死にものぐるいで逃げ出したが、強盗に刺されてしまったのだ。

「えっ……」

「ですが、よろけて脇《わき》にある堀へ落ち、水音を聞いた人が集まったんで、金は盗《と》られずに済みました」

しかし春一自身は、無事では済まなかった。

「あ、あの」

急を聞いた元番頭の紅松屋が、残された金を使い、無理をして青竹屋を支えてくれたと、春一は続ける。弟が店主となり、店はとりあえず何とかなった。だが弟は、兄の葬式を出す事になったと、目の前の男は口にする。

（ああ、やっぱり）

若だんなは、膝《ひざ》の上で拳《こぶし》を握った。若だんなは人ならぬ者が分かるのだ。

「私は、弟が心配で心配でならなかった。両親も私も死んじまって、たった一人残されたんですから」

気がつくと春一は、生まれ変わっていた。最初は小さな鳥になって、青竹屋の側へ行ったのだが、店ばかり気にしていたら、あっという間に、烏《からす》にやられてしまった。

「次は朝顔になりました。一年で枯れました」

小さな虫に生まれ変わり、三月《みつき》と持たずに食われた。それから草に二回なり、また虫になり、そして。

「その後、猫になりましてね。急ぎ、青竹屋へ入り込みました」

元の青竹屋春一は、以前いた家の飼い猫になった訳だ。そこで弟夏次《なつじ》を見守る事が出来、しばし落ち着いた。春一は可愛《かわい》がられて年を食い、こうして猫又にもなれたのだ。

「ええ、私は妖でして。若だんなは私の事、一目で分かったようだ」

頷くと、春一はにこりとしてから、また話を手拭いへ戻した。

「先程言いましたように、手拭いは昨今、売れております」

しかしその為《ため》、手拭いはあちこちの店で、ついでに売られる事が多くなってきた。

「今日半襟《はんえり》屋で、洒落《しゃれ》た柄を見ましたよ」

そうなると売れるのは、安いが面白い柄のものか、本格の職人ものだ。だが青竹屋の手拭いは、どちらの品としても半端《はんぱ》であった。つまり青竹屋は、また上手《うま》くいっていない。

「それでも今までは、他店の主ではありますが、この紅松屋、冬助《ふゆすけ》がいてくれました」

だから青竹屋の夏次は、やってこられたのだ。だが。ここで春一が紅松屋を見た。

「この冬助は、病に罹《かか》っておりまして。医者に、覚悟しておいてくれと言われました」

それでなくとも、もう年で、いつまでも紅松屋が青竹屋を支え続けてはいけない。そもそも冬助が開いた店の方は、とっくに跡取りへ譲っていた。

ここで紅松屋が口を開いた。

「ご承知とは思いますが、店を長くやっていくのは、難しいんです」

貧乏神に取っつかれ閉めた店を、最近二軒も見ていると、紅松屋は続ける。己が死ぬ前に、青竹屋を安泰にせねばと悩んだとき、冬助は突然、今までただの猫と思っていた春一に、声を掛けられたのだという。

「そりゃ、最初は驚きましたが。しかし私は、病であの世が近い者ですからね」

死んだ後、生まれ変わると言われれば、そうかなとも思う。それが猫で、しかも長生きして猫又になったと聞けば、いっそ春一が羨《うらや》ましい程だと、紅松屋は笑った。

「今、この春一さんと、どうやって青竹屋を立て直すか、考えているところなんですよ」

だが、直ぐに何とかなる事なら、とっくに始末は付けていた。そんな時だ。春一が猫又仲間のおしろから、面白い話を聞いてきた。

ここでおしろが少し前へ出て、若だんなへ語り出す。

「実はですね、最近東海道の猫又同士で、諍《いさか》いがあったそうで」

その諍いで困っている猫又は多く、ついに江戸まで話が伝わってきたのだ。

「で、思いつきました。その件を無事何とか出来れば、魚心あれば猫心《い》、青竹屋は猫又達に助けて貰えるのではないかと思ったんですよ」

おしろの言葉を聞き、若だんなは兄や達と顔を見合わせ、頷く。

「そうか、猫又達は、猫じゃ猫じゃを踊るのに、手拭いを使うよね」

以前、若だんなが手拭いを贈った時も、大層喜ばれていた。それに猫又達は妖だから、どこの店でも行けるという訳ではなかろう。上手くすれば、大勢のお得意様を得られるかもしれない話であった。

ここで、おしろは問う。

「若だんなは、以前寛朝《かんちょう》様達とお世話になった、戸塚《とつか》の猫又達を覚えておいでですか」

「ああ、確か虎《とら》さん達だね」

「今戸塚は、その猫じゃ猫じゃ故に、揉《も》めているのですよ」

おしろは深く頷いた。

2

十日の後、長崎屋の離れへ、東海道を下って猫又達がやってきた。戸塚宿の虎と、隣にある藤沢《ふじさわ》宿の熊市《くまいち》だ。

離れには今日、若だんなと猫又の春一、それに紅松屋が待っていた。

若だんな達は軽く挨拶《あいさつ》をした後、さっそく話を始めようとする。しかし、おしろがちょいと前に出ると、その前に一言告げる事が出来たと言い、溜息《ためいき》をついて語り出した。

「こちらの猫又さん方は、実は昨夜、一軒家へお着きになったんです」

勿論泊まるのは、おしろが暮らしている長崎屋の家作、一軒家だ。旅の途中、江戸の猫又達が何匹か、わざわざ挨拶に行ったというから、二匹は猫又の内でも高名な者達だ。

ただ。虎と熊市は、仲が悪い。そして双方気も強く、江戸へ来た早々、昨夜の内に、二人は一悶着《ひともんちゃく》起こしたのだ。おしろは若だんなと春一達の前で、眉間《みけん》に皺《しわ》を寄せていた。

「本当に昨晩は、大変だったんです」

一軒家に住んでいるのは、おしろと貧乏神の金次《きんじ》、それに悪夢を食べる獏《ばく》の、場久《ばきゅう》だ。部屋が有り余っている訳ではなし、住人三人は、他の妖達と同じように、猫又二人を一階の広い板間へ泊める事にしていた。

火鉢はあるし、客用の布団《ふとん》も出した。よって十分、ゆっくり泊まれる筈《はず》だったのだ。ところが。

「熊市さんが、虎さんと同じ部屋は嫌だ。その上、畳の間が良いと言い出して」

しかも、どうせ暫《しばら》く江戸で過ごすなら、二階の六畳間がいいと口にした。すると、自分こそ畳の間に泊まると虎が言い、何と貧乏神の金次を、二人で部屋から追い出そうとしたのだ。

「驚いた場久さんが、慌《あわ》てて自分の部屋を貸すと言ったんですが、後の祭り。金次さん、恐《こわ》い笑い方をしちまって」

そうしたら……何故《なぜ》だか部屋が、真冬の外のように凍えてきたのだ。虎達は六畳間から逃げ出し、金次は板間で震えていた二人を、まとめて一階の狭い三畳間へ放り込んだ。二人は望み通り、畳の間で寝る事になったのだ。

「これじゃ、こちらのお二人が長く泊まり続けたら、辺りが吹雪になりかねません。若だんな、春一さん、揉め事の相談ですが、解決は早めにお願いします」

「やれ大事《おおごと》だったね。おしろ、一休みしておくれ」

話の途中で、兄や達が離れへ茶菓子を持って現れていたから、若だんなが茶を淹《い》れ、皆へ勧める。猫又達は目を輝かせ、両の手で大福と茶饅頭《ちゃまんじゅう》を取った上、うまそうに茶も飲んだ。そして、改めて言葉を掛けてくる。

「獏の夢の内から、話を聞くばかりだった故、ご当人と会うのは初めてだな。若だんな、俺が虎だ」

「こちらが、街道から馬鹿《ばか》な天狗《てんぐ》を追い出したという、長崎屋の若だんなか。よろしくな。藤沢宿の熊市だ」

江戸の町中にいる故、今は共に、若者の姿になっている。二人は茶菓子を大いに楽しみつつ、江戸へ来た子細を話し出した。まずは虎が話し始める。

「知っての通り、戸塚の宿では小さなお社《やしろ》の庭で、猫又が、猫じゃ猫じゃを盛大に踊る」

そしてその事で日《ひ》の本《もと》中の猫又に、名を馳《は》せているのだ。

「しかし宿の名が知られた故に、戸塚の猫又の長《おさ》に誰がなるかで、揉めている」

虎は長く戸塚宿猫又の顔であり、勿論戸塚の長は己《おのれ》だと言っていた。ところが隣の藤沢宿の猫又熊市が、それに待ったをかけたのだ。

「戸塚の長は、あの一帯の長となる。いや日の本の、猫又の長と言っても猫又は驚かぬ」

そして、そういう立派な立場に、いつも戸塚の猫又だけがなるのはおかしいと、熊市は言い出した。藤沢の猫又もしばしば、二里を歩いて戸塚へ行き、猫じゃ猫じゃを踊るのだ。

「よって今回は、熊市が長となるべきだと、言い出したのだ。だが何で戸塚の長に、藤沢の者がなるのだ？」

勿論、虎は承知しない。そして猫又達は、それぞれの宿の顔、虎と熊市を推すから、決着がつかなかった。

それで、どうなったかというと。

「長老猫又達が話し合い、こうなったら猫又以外の者に、決めて貰おうという話に、落ち着いたのだ」

虎も熊市も、反対はしなかった。ただ、こう問うたのだ。

「誰に頼むのか？　藤沢宿の者は駄目だぞ」

「勿論、戸塚宿の者も駄目だ」

両方の宿の者ではなく、信頼出来る者が必要だ。すると猫又達は一人の名を思いついた。

「江戸に、信頼出来る御仁《ごじん》がいるという話になったのだ。毎年猫又へ、手拭いを十本も贈ってくれるという、素晴らしい御仁だ」

「えっ、私？　お礼に贈ったあの手拭いが、決め手だったの？」

若だんなは呆然《ぼうぜん》とする。だが藤沢の猫又も、手拭いを贈ってくれるような良き御仁には、是非知り合いたいものと言いだし、猫又達は皆承知した。そして虎と熊市が、日の本一の猫又の座を賭《か》け、江戸へ下ってきたのだ。

二人はふんぞり返ったまま、若だんなへ偉そうに頭を下げた。

「どちらが長となるのか、納得がいくように、早いところ決めてくれ」

するとと、若だんなは頷いたが、兄や達は目を半眼にして、猫又達を見据える。

「猫又達。己達の用で若だんなに無理をさせたら、捕まえて三味線にしてしまうぞ」

「佐助、お止《よ》しよ」

若だんなは慌てて兄やの言葉を止め、笑って二人を見る。

「猫又さん達の悩み、承知しました。力になりたいが、確かに私は寝付きがちなのです」

無理をすれば事を終わらせる前に、また寝こんでしまうかもしれない。そうなったら兄や達は、猫又達に怒るだろう。だが、以前世話になった猫又達の頼みを、むげに断る事など出来ない。だから。

「お二人には、この離れにおいでの春一さんと紅松屋さんを、紹介させて頂きたい」

この二人ならば、自分に代わって戸塚宿の長を決める事が出来ると、若だんなは続ける。

「何しろ春一さんは江戸の猫又で、元、手拭い染屋なんです。紅松屋さんも同業で、人ですが、猫又が世にいることはご承知です」

二人は戸塚宿とも藤沢宿とも縁が無く、公平に事を決められる。しかも、だ。

「春一さんの店、青竹屋では、この後、猫又さん方との取引を望んでおります」

猫が手拭いなど買いに行けないし、人に化けて行っても、ばれてしまうのが恐い。

しかし青竹屋には春一がいるので、そこは上手くやると、そう言ったのだ。

「おおっ、猫又が手拭いを買える店が、出来るのか」

「それは良い。何、注文があれば我らの宿まで、長崎屋がまとめて送ってくれると
な」

これで、飼われている家から拝借しなくても、手拭いを手に出来るようになると、
二匹はきらきらとした眼差《まなざ》しで、春一と紅松屋を見る。猫又達にとっては手拭いは、
なくてはならぬ品であった。

「きゅい、きゅわ、きゅんげ」

場が和んだからか、鳴家《やなり》達も落ち着き、春一の袖《そで》の内から出てきた。

よって。

「よろしい、春一さん達に、我らの勝負を仕切って貰おう」

紅松屋は病なので、春一が行司となる事で話はまとまり、どういう勝負にするべき
かへ、話題は移ってゆく。おしろが、貧乏神の癇癪《かんしゃく》を憂《うれ》えていたので、若だんなは早

めに一件を終わらせるべく、猫又の二人へこう声を掛けた。

「あの、虎さん。虎さんが長に相応《ふさわ》しいと考えるのは、何が出来るお人ですか？」

そして次に、熊市にも問う。

「熊市さんは、何が出来たら、仲間の上に立つお人に相応しいと、思われますか？」

単刀直入の問いに、猫又達は一瞬、言葉を詰まらせる。しかし真っ直ぐな問いには、素直な返事があるものだ。二人の猫又は、順にこう答えてきた。

「戸塚宿の長は、顔を覚えるのが得意でなきゃあ、務まらねえ。何しろ日の本中から、猫又仲間が集まってくるからねえ」

虎が言えば、熊市も続く。

「おれはそれより、算盤《そろばん》に強いのが一番と思う。宿の長となれば、化けて稼いだ皆の金を、預かる事だってあるわさ。数に強くなきゃあ、昨今はどうにもならねえ」

「なるほど。どちらも頷ける」

ここで若だんなは、にこりと笑った。

「なら、顔を覚えるのはどちらが得意か、そして算盤の腕はどっちが上かを、競いましょう」

両方に優れた者がいれば、その者が長だ。

「勝ちが分かれた時でも、出来が全く同じという事も、ないでしょう。より上手く出来た方が、戸塚宿の長となります」

顔の覚えを確かめる為、若だんなが何人かの人を、離れへ呼ぶ事になった。算盤の腕試しは、長崎屋の古い帳面を使い、算盤を入れてみる約束だ。

すると、それは承知したものの、佐助は猫又の二人に釘《くぎ》を刺す。

「長崎屋の金の出入りを記した帳面は、古いもんでも大事だ。丁寧に扱うように」

大福帳《だいふくちょう》などは、店の屋台骨を支える一端なのだ。手代《てだい》となって大店を支えている妖の言葉に、猫又達は神妙に頷く。そして虎と熊市の勝負は、翌日と決まった。

3

次の日のこと。

若だんなと春一は話し合い、虎達に長崎屋の奉公人を、見分けて貰う事にしていた。江戸の者ならば、虎も熊市も会った事はなかろうから、丁度良いと思ったのだ。

「春一さん、お手数ですが、今日中にきっぱり、宿の長を決めて下さい。虎さん達は一度、貧乏神の金次を怒らせている、長引くと何か起きるんじゃないかって、おしろが心配してるんです」

何しろ貧乏神の祟《たた》りは恐い。貧乏神に取っつかれて嬉《うれ》しい者など、若だんなは見た事がなかった。

するとと春一が、湯飲みの用意をしつつ、苦笑を浮かべる。

「そういやぁ、恐い話を聞いた事があります。ある猫又が、困り切ってたそうですよ。貧乏神に取っつかれ、飼い主が店を失った。それで猫又も家をなくしたらしい」

春一はここでぐっと顔つきを引き締め、弟の店は守りたいと口にする。

「今日が終われば、きっとほっと出来ますね」

その時、庭で足音が聞こえ、早、おしろが虎達を連れてきたのかと、若だんなが障子を開ける。すると、そこにいた者を見て、若だんなは一瞬、言葉に詰まってしまった。

いつもであれば、大いに歓迎をする相手であった。眼前には久々に会う友、七之助《しちのすけ》の姿があったのだ。

「これは、お久しぶりです」

上方から江戸へ来た友は、若だんなが三途《さんず》の川の畔《ほとり》で出会った、冬吉《ふゆきち》の兄だ。嫁御をもらいすっかり落ち着き、最近、多くは会えずにいた。

「今日は、遊びに来てくれたんですか？」

若だんなが笑いかけると、七之助も笑い返してくる。そして今日は、思わぬ者の頼みで、長崎屋へ来たのだと告げてきた。

「頼み、ですか？」

「何でも今、東海道に住む猫又さん二人が、長崎屋さんに来ているとか」

そして若だんなの知り人へ、どちらが宿の長となるべきか行司を頼んだのだと、七之助は聞いていた。そういう事を、人である友が軽々と語るのは、弟を通し、不可思議な事が世には多くあると、学んでいるからだ。

「後ろにおいでなのが、行司の猫又さんですか。いや、並のお人にしか見えませんね」

七之助は春一へ、挨拶をしている。

「誰がそんなことを、七之助さんへ言ったんですか？」

若だんなが少し戸惑って問うと、七之助は苦笑を浮かべた。

「それがね、若だんなも良く知る、金次さんだ。昨日、めずらしくもうちへ来て、頼みたい事があると言ったんですよ」

「ありゃ」

何しろ貧乏神からの頼みだ。長崎屋へ来る事を断れなかったと七之助は言った。猫又達が顔を見分ける相手として、金次は七之助に、白羽の矢を立てていたのだ。

「金次さんは猫又達と、長崎屋の奉公人達が関わるのは、嫌だったみたいだ。そして離れへ呼ぶんなら、妖がいる事を承知している人の方が、良いと思ったのかね」

若だんなの為と言われて、七之助は押し切られたのだ。若だんなは眉根《まゆね》を寄せる。

「金次ったらいつの間に、そんなに心配性になったのかしら」

そもそも金次が、今回の件に首を突っ込んでくるというのが、おかしい。金次は飄々《ひょうひょう》としていて、しかも貧乏神だ。誰が猫又の長となろうが、気にする筈も無かったのだが。

(何か妙だ。不安だねえ)

若だんなは顔を顰《しか》めたものの、七之助へかかわるなと言う事は出来なかった。貧乏神に逆らうのは、恐いだろうと思うからだ。

「七之助さんには、迷惑掛けたみたいだ。先々一回くらいは、七之助さんの貧乏を蹴《け》飛《と》ばしてくれるようにって、金次へ言っとくね」

「そいつは嬉しい!」

七之助が笑った時、そこへ反対側から、おしろ達が現れた。戸塚宿の猫又の長、虎は、茶の地に太い縞柄《しまがら》の着物を着ている。横にいる黒っぽい着物の方は、藤沢宿の長、熊市だ。どちらも堂々とした出《い》で立ちで、それに比べると、七之助の着物は上方好みで、はんなりと優しげな色だ。

　するとここで七之助は、まず猫又達へ手を振り、初めましてと言った。そして。

「じゃあ、言われた通りにするね」

　そう言って笑うと、何と踵《きびす》を返し、そのまま長崎屋の中庭から、木戸をくぐって出て行ってしまったのだ。

「あ、あれれ？　七之助さん、帰っちゃうの」

　会った相手の顔を、良く覚えているかどうか、これから競う所であった。若だんなが、呆然とする。

「あれ……今のお人、どうして長崎屋へ来たんですかね？」

　行司をする猫又の春一も、驚いて木戸を見ている。だが、驚く事はその後も続いた。

「皆さん、お待たせしました。顔を見分けて頂く、小乃屋《おのや》の七之助です」

　木戸が開くと、七之助がまた現れ、離れに居た者達へそう声を掛けたのだ。

「ありゃ？　七之助さんが帰ってきた」

　若だんなと春一、虎、熊市、おしろは、七之助に呆然とした目を向ける。さっき出て行ったばかりの七之助が、中庭へ戻ってきて、挨拶をしたのだ。佐助が一人、小さく笑い出していた。

「これから勝負ですなぁ。まずは虎さんと熊市さんの、どちらが顔覚えが良いんか、それを決めるんだとか。そういう事に顔を出すんは初めてやから、よろしくお願いしますわ」

七之助はやんわりとした口調で言い、頭を下げている。若だんなは友を離れへ呼んだが、しかし七之助は、何故だか木戸の前に立ったままでいた。

すると。

「あれ、もう一人来た」

「あれは……若だんな、どういう事でしょう」

「七之助さんの後ろから、もう一人七之助さんが来たみたいです」

「きょんげー」

七之助は、長崎屋の中庭にある木戸の辺りに立っていたが、それが二人に増えていた。驚いた事に、更に三人目、四人目と、同じ顔がやってくる。どの男も若く、白鼠《しろねずみ》色のよろけ縞を着て、柳茶《やなぎちゃ》色の帯を締めている。見れば髪型まで、似た様に結っていた。

そして気味が悪い程、似た顔をしていた。

「あれま」

若だんなが魂消《たまげ》て声も出ないでいると、七之助達は口々に語り始める。

「私が七之助です。ええ間違いありません」

「妙な事を言わないで下さいな。先程お会いしましたよね。私が七之助です」

「若だんな、若だんなまで吃驚《びっくり》しちゃ、駄目ですよ」

「本物は、この私です」

四人は口々に話し始める。

するとそこに、含み笑いが聞こえ、もう一人木戸から、顔を出してきたのだ。

「ひゃっひゃっひゃっ。さあ宿の長として、虎と熊市にゃあ、七之助さんの顔を見分けて貰おうかねえ」

そう言いつつ、ぱたぱたと渋団扇《しぶうちわ》を扇《あお》いでいるのは、商人に恐れられる貧乏神、金次であった。若だんなは一瞬で、七之助が山と現れた訳を承知した。

(金次ったら、一昨日部屋から追い出されかけた事、まだ怒ってるんだね)

長崎屋には祟った事のない金次だが、正真正銘の貧乏神だ。だから怒らせたらどんな不運にとっ捕まれるか、分かったものではない。

（こんなに七之助さんと似た人ばかり、いる筈もないな。目の前の七之助さん達は、多分、いや間違いなく、本物以外は妖だ）

金次に頼まれた妖が、七之助に化けているのだ。これでは、ただ会った事のある誰かを見分けるのと違い、酷《ひど》く分かりづらいに違いなかった。

（わざわざ手間を掛けて、馬鹿をして）

それでも金次が、若だんなの目の前でやっている事だ。この中に、本物はいる。虎も熊市も、一寸《ちょっと》前、七之助に会っている。見分けられなかったら、負けと言われても言い返せないだろう。

いつの間にやら場を動かしているのは、何と貧乏神になっていた。若だんなの横で、佐助が笑う。

「さあ、何番目が七之助さんだと思いますか？　虎さんと熊市さん、どちらが勝つか」

皆の目が、二人に集まる。木戸前に並んだ同じ顔の四人の前を、虎と熊市が、行ったり来たりし始めた。

虎は、一番右の者が、七之助だと言った。

4

熊市は、左端を選んだ。

金次は口が裂けそうなほど笑い、縁側で横に座っている若だんなへ目を向ける。

「二人は答えを決めたようだ。ついでに、若だんなと行司さんにも聞いてみよう。どう思うかい？」

問われても春一は、行司だからと答えなかった。一方若だんなは一つ首を傾げ、それから苦笑を浮かべると、右から二番目と言ったのだ。

すると。その右から二番がついと片手を上げ、若だんなへ、大きく手を振る。金次が、からからと笑った。

「若だんなの勝ちぃ」

「そ、そんな……」

虎と熊市は外れたと、揃《そろ》って中庭に、しゃがみ込んでしまった。若だんなが慌てて、励ますように二人へ言う。

「こうなったら、次の算盤勝負で決着を付ける事になりますね。一発で決まりますから、お二人とも張り切って下さい」

二人は頷くと、気合いを入れ直して立ち上がる。若だんなは金次の所へ行き、小声で話した。

「七之助さんに似せた三人は、妖だろう？　私は元々、妖が分かるもの。私の勝ちにはならないよ」

すると佐助が後ろで、あれは猫又に獺《かわうそ》、狸《たぬき》だろうと言う。金次が笑っている。

「ひゃひゃ、そうだったね」

気がつけばその者達は、中庭から消えていた。そして本物の七之助は、少しばかり疲れた顔で縁側へ腰を下ろし、おしろから茶と団子を貰っている。

「いやぁ魂消ました。金次さんから、顔を良く覚えているのは誰か、比べると言われたんですが。まさか、自分の顔が増えるとは思いませんでしたよ」

「驚かれたでしょうね。お疲れさまです」

とにかく次の算盤勝負は、若だんなが一休みしてからと佐助が言い、虎達も縁側へ腰を下ろすと、三春屋《みはるや》の団子を食べる。金次も若だんなの横で二つ三つ食べると、やっと機嫌も直ってきて、鳴家にも分けてやっていた。

ここで佐助が、早めに算盤と帳面を持ってくると言い、立ち上がる。兄やの心配性は相変わらずで、さっさと若だんなの用を減らしたいらしい。

「次の算盤比べ、古い帳面を使うのでしたね。二組出して参ります」

「ぎゅんいぃぃいっ」

縁側で、猫と睨《にら》み合っていた鳴家を退《ど》かし、佐助は一番蔵の方へと向かった。もう一杯茶を貰うと、熊市は、慣れた算盤を使っては駄目かと、行司の春一へ問うてくる。春一は虎へ顔を向けた。

「それくらいは、構わないと思うんですが。虎さん、どうですか?」

ところが、虎の返答は、誰も聞いてはいなかった。急に佐助の大きな声が、蔵から響いたからだ。

「これは、何とっ」

離れにいた者達が、急ぎ蔵の方を見ると、佐助が出てきて、そのまま母屋《おもや》へと駆けていった。そして直ぐ、仁吉を伴い戻ったのだ。じき、番頭達も蔵へ向かってゆく。

「何があったのかしら」

若だんなが不安げな声を出すと、鳴家達が何匹か、蔵へと駆けて行く。そして間もなく帰ってくると、揃って思わぬ事を告げてきた。

「蔵にあった大事な帳面、消えたって」

何冊も消えていた。そして大福帳という、大福の親戚《しんせき》も消えた。何故お菓子まで消えたのかと鳴家達は問うて、困った顔をしていた。


「きょんげ、人が一杯いる」

妖らが影内から見守る中、店から大勢の奉公人達が現れ、一番蔵内を探し回った。

だが、置かれていた筈の大福帳や船荷の帳面は、さっぱり見つからないらしい。

本当なら若だんなも皆と、蔵の中を確かめたい所であったが、妖が長崎屋に巣くっているると、人に知られてはならない。よって離れの皆は、動きが取れずにいた。

「これじゃ、帳面を使って算盤の腕を競う事なんか、無理ですねえ」

おしろが、がっかりした声で言い、今晩は喧嘩《けんか》しないで下さいねと、金次に声を掛ける。すると貧乏神は、恐い笑いを浮かべた。

「あのなぁ、こうなったら若だんなに、宿の長を考えてる間などないんだぞ。店で大福帳が無くなるってぇのは、大事なんだ」

下手をしたら、貧乏神の金次が取っつかなくとも、店の屋台骨が傾きかねない。しかも今回は何故だか、鍵《かぎ》の掛かっている蔵にあった筈のものが消えている。つまり。

「佐助さん達は今、誰なら大福帳を持ち出せたか、考えてるだろう。妖へ、恐い顔を向けてくるかもな」

「えっ、それって、つまり……」

「ひゃひゃひゃ、今日は長崎屋に、たまたま大勢の妖達がいた。そいつと喧嘩をしている妖もいた。そんなとき、古い帳面が消えたんだ。兄やさん達は我らの事、怪しいと思ってるかもしれないなあ」

仕方なかろうと金次は言う。古い帳面など金にはならない。人が盗る筈もない代物《しろもの》であった。若だんなとおしろが顔を引きつらせ、虎達は怒った。

(でも)

若だんなは直ぐに、眉間に皺を寄せる。そして盗られたものが、少々奇妙だなとも思った。大福帳であれば、長崎屋の懐具合を知りたい誰かが、もしかしたら欲しがるかもしれない。だが。

(古い、船荷一回分の事を付けた帳面なんて、何かの役に立つとも思えない。妖が欲しがる物でもないよね)

では誰が何の為に、蔵から持ち出したのか。若だんなは猫との戦いに再び敗れ、泣きながら膝に乗ってきた鳴家を撫《な》で、考える。

（どうして……）

するとここで金次が、我らを疑うのかと、怒っている虎と熊市へ、これからどうするのかを問うた。

「腹が立つなら、何も持っていない事を見せ、さっさと宿へ帰った方がいい」

ただ。

「このままなら、勝負は引き分けだ」

つまり、戸塚宿の長は決まらない。

「春一さんと約束した手拭《てぬぐ》いの取引も、無理になるねえ」

「えっ、どうしてです？」

春一が泣きそうな声を出すと、貧乏神は落ち着いた声で、訳を口にする。

「戸塚宿の長が決まらないんだ。当分虎も熊市も、大きな買い物など出来ないさ」

それに半端な立場で、江戸の仲間に声など掛けられない。

「仕方がない事だよなぁ？」

虎と熊市が頷くと、春一が泣きそうな顔になった。

「頼りの取引がなくなるなんて……そんな事になったら、青竹屋はやがて、潰れてしまいます。ああ、具合の悪い冬助に、何と話したらいいんだろう」

「仕方がないねえ。帳面を盗った奴《やつ》を恨むんだな」

途端春一は、本当に泣きだした。泣きつつ、これでは冬助は、死んでも死にきれないと言い、ぐっと両の手を握りしめる。

「いや、こんなことで負けてはいけない。私は猫又じゃないか」

そして直ぐに、皆へ声を掛けた。

「なら……行司として、虎さんと熊市さん、お二人の勝負を変えさせてもらいます！」

「えっ？　どういう事だい？」

「帳面が消え、算盤の達者を決められないから、困っている訳です」

ならば別の勝負で長を決めるだけだと、春一は言い出した。

「戸塚宿の長は……そうですね、一番蔵から消えた帳面を、探し出した者にします。そう決めました！」

「へっ？」「はて？」「おいおい」「きゅいっ」

若だんなは急な話に驚いて、半泣きの春一を見る。春一は立ち上がり、必死に両の足を踏ん張っていた。

「虎さんと熊市さんは、七之助さんを見分ける事が出来なかった」

この上、二つ目の勝負で盗人を捕まえられず、だから戸塚宿の長が決まらなかったとなると、かなり格好が悪い。いや、とてもみっともない。

「そんな話が宿に伝わったら、この先二人とも宿で、顔役をしていられるかどうか」

春一が、いっそ新しい顔役を選びますかと言ったものだから、虎達はぐっと恐い顔つきとなる。若だんなは困って、割って入った。

「春一さん、無理を言われては困ります。こちらの虎さん達は、岡っ引きじゃない、無理ですよ」

ところが。

若だんながそう言った途端、二匹の猫又は意を決したのだ。

「若だんな、この虎は戸塚宿じゃ、盗みや喧嘩も仕切っているんだ。だからね、そんな風に心配されちゃ、却《かえ》って気恥ずかしい」

こうなったら盗人を捕まえて、頼れる事を戸塚の衆に伝えねばと、虎は言い出した。横で、熊市も頷《うなず》く。

「いやいや、こういう捕り物は、この熊市が得手とする事だぁな。算盤の腕を競うより、こちらのほうが楽そうだから、申し訳ない」

「えっ？　やるんですか？」

若だんなは呆然とし、金次は楽しそうに笑い出す。

「うひゃひゃぁ。気がついたら宿の長選びが、捕り物に化けたぞ」

若だんなはここで、急ぎ猫又達に近づくと、小声で耳元へ話し掛け、釘を刺した。

「お前さん達が猫又だって承知しているのは、母屋では兄《にい》や達だけです。用心して下さい。化け猫だって知れたら、本当に三味線の皮にされてしまいますよ」

「承知。若だんな、いや、ぞくぞくとしてきたね」

猫又どうしの戦いはするりと形を変え、今や長崎屋を巻き込んだ、大騒動へと化けてしまった。しかしそれだからこそ、猫又の長ここにありと示す好機だと、猫又達は張り切り出した。

そして猫又達は、人が蔵にまだ、大勢出入りしているにも拘《かか》わらず、一気に飛び込んで行こうとする。

「ああ、やっぱり無茶をして」

若だんなは寸前で呼び止めると、落ち着かせようと急ぎ問いを向け、考える間を作った。そして離れにいた他の皆にも、声を掛ける。

「今回の盗み、何だか妙だよね。不可思議が一杯なんだ」

若だんなは疑問を並べた。皆にも分かりやすいよう、短く切って話したのだ。

誰が盗《と》ったのか。

何故盗ったのか。

大福帳だけならともかく、役に立たない船荷の帳面まで、盗られたのは何故か。

どうやって、鍵の掛かった蔵から盗んだのか。

今、帳面はどこにあるのか。

「分からない事の山だ」

すると、ここで春一が、少しだけど分かっている問いもあると言い出す。

「若だんな、私は昔商人だったから、この長崎屋の蔵の鍵が、立派な代物だって分かります」

盗人はそんな土蔵から、わざわざ金になりそうもない品を盗み出したのだ。つまり。

「誰が盗ったのか、ですが。多分大福帳を持ち去った者は、本当に人ではないと思います。妖《あやかし》で、間違いないでしょう」

次は虎が口を開く。

「何故盗ったのか、だがね。盗みが金の為ではないとしたら……訳は恨みかな。一番ありそうだ」

何か心当たりがないかと、藤沢宿の長は若だんなへ問う。すると恐い目つきで言い返したのは、若だんなではなく、おしろであった。

「あのね、寝てばかりいる若だんなを、誰かが恨むっていうんですか？」

鳴家達もきゅい、きゅわと鳴き始めると、長崎屋には大勢人がいるだろうと、熊市が言い返してくる。

「恨まれたのが、若だんなだとは限らない」

すると、春一が顔を顰めた。

「しかし奉公人への意趣返しに、店の帳面を盗みますかね」

ここで屏風《びょうぶ》のぞきが、屏風の中からおもむろに話し出す。

「おい、盗られた大福帳はまだ、長崎屋にあるかもしれないぞ。大きな帳面を持ち出しても、妖には始末しにくいからな」

人のように家で暮らしていれば、台所や火鉢で燃やせるが、妖が多くすごす表では存外火は使いにくい。火事かと思われ、人が飛んでくるからだ。

「川へ放り込んでも、どこかへ流れ着くかもしれねえし。隠す方が楽だ」

若だんなは頷くと、ここで熊市と虎の二人へ問うた。

「お二人だったら、どこに隠しますか？」

すると、熊市と虎が答える前に、長崎屋の妖達が、どんどん考えを話し出した。

「きゅい、いつもの場所に置いとく。無くなったんだから、元の場所、調べない」

「そ、それは、この熊市も、考えていた事だが」

横から猫又がそう言ったが、鈴彦姫は首を横に振る。

「鳴家、その場所に無かったから、皆が探してるんですけど」

すると今度は、屛風のぞきと河童《かっぱ》が口を開いた。

「大福帳は、探すにも苦労する場所に、放り込んだんだろうさ。例えば、屋根裏の隅とか」

「虎も思いついていたが……」

「屛風のぞきさん、屋根裏には鳴家が一杯居るから無理ですよ。それより、川の中に入れるのがいいと思います。河童なら、いつでも取り出せます」

「それは、我ら猫又も考えて……」

「おい河童、大福帳は紙だ。溶けて流れちまうぞ」

屛風のぞきに言い返され、河童と虎が黙る。

「きゅい、焚《た》き付《つ》けの中」

「女中頭のおくまさんが、とっくに見つけてますよ」

「銭函《ぜにばこ》の中」

「旦那《だんな》様が拾ってます」

「おたえ様の部屋」

「おっかさんの部屋に近づいたら、隠しに行った時、狐《きつね》達に袋だたきにされてるかも」

考えは更にあれこれ出たものの、これという決め手が無いまま、思いつきが途切れたようで、じき皆が黙ってしまう。虎と熊市の顔は、段々赤くなってきて、その内、泣き出しそうに思えてきた。

するとと若だんなは、兄や達を見てから、盗人に、己から場所を教えて貰《もら》えたら良いのにねと、小さくつぶやいた。

途端、熊市と虎は顔を見合わせ、やがて心得た顔で、それぞれ大きく頷いたのだ。

「見つける方法は思いつくさ。だが、今回は熊市と競っている訳だ。だからそのやり方を、ここじゃ皆へは言えねえ」

虎がそういえば、熊市も続く。

「俺も思いついたし、これからちょいと動く気だ。それと行司さん、若だんなに色々聞くのは、ありか？」

すると、そう持ちかけられると思っていたのか、春一は直《す》ぐに答えた。

「若だんなを使うのは、駄目です。兄やさん達が怒りますから」

猫又二人は頷くと、離れから飛び出して行く代わりに、それぞれ何か用意を始めた。残った妖達は、それを面白そうに眺めた後、自分達も勝手に何かをやり始めた。

5

一時《いっとき》ほど、後のこと。

横手の木戸が開くと、手拭い染屋青竹屋の元番頭紅松屋が、長崎屋に顔を見せてくる。先程若だんなが、なかなか戸塚の長が決まらない事など、文《ふみ》であれこれ伝えたのだ。

紅松屋は病なのに、長崎屋へ飛んできた。

「猫又である春一さんが行司役をすれば、直ぐに済む、青竹屋は救われると思っておりましたのに。春一さん、何で決着がまだ、つかないのですか？」

「冬助、ごめんよう」

若だんなも横から、紅松屋に謝り、持って来て貰った紅松屋の帳面を受け取った。

若だんなはその帳面を、鳴家達に持たせ、小声でささやく。鳴家達はうなずくと、蔵へ目を向けた後、部屋から消えていった。

その後入れ替わりに、先ほど七之助に化けていた妖達が、離れにいた金次の所へ集まってきた。呼び出されたのは猫又に獺、狸の三人で、金次は妖達に、また勝手を言い出した。

「猫又達の勝負が変わったんだ。大福帳を見つける競争を始めたのさ。で、またあいつらを、出し抜いてやりたい」

それで三人に、蔵で大福帳を探して欲しいと言ったものだから、猫又、獺、狸は首を傾《かし》げる。

「はてはて？　何で我らが探し物などするのかな」

誰もが、一寸不思議そうな顔をしたものの、貧乏神の頼みは断りづらいらしい。三人は気が乗らぬ様子ではあったが、それでも離れから出て行った。

その後、仁吉と佐助が、離れの縁側へ顔を出してくる。

「若だんな、蔵のことで騒がしくて、申し訳ありません。うるさくて、布団《ふとん》で寝ているのは嫌ですか？　いや人を長崎屋へお呼びになったんで、寝ている間がないんですか？」

二人に揃って溜息《ためいき》をつかれ、若だんなはぺろりと小さく舌を出した。

「寝てばかりいたら、夜着になっちまいそうなんで」

「若だんなが、夜着になったようには見えませんが」

一時、夜着でいてくれた方が無茶をしない分安心だと、仁吉に真顔で言われ、若だんなが溜息をつく。すると佐助が背に綿入れを掛けたので、若だんなは暖かそうに首を埋めた。そしてまずは、紅松屋を長崎屋へ呼んだ訳を、二人へ告げる。

「長崎屋の大事な大福帳が、無くなったんだ。取り戻さなきゃならないよね」

今、虎と熊市が競って見つけようとしているが、見ていると、どうも上手《うま》くいきそうにない。

「二人とも、離れにあった古い書を使って、偽物《にせもの》の帳面を作ってるみたいだ。きっとあれを掲げて、見つけたって周りに言うつもりだよ。盗人が慌《あわ》てたり、隠した場所へ行く事を狙《ねら》ってるんだと思う」

やはり宿の長だというか、面白い考えだと若だんなは思った。だが、しかし。

「凄《すご》く急いで作ってたし、一人で用意したんだ。だから偽物の帳面は、大福帳に似てなかった」

「ああ、二人が作っていたあれ、大福帳のつもりだったんですね」

横で春一が笑う。春一のように、お店にいたことがある者が盗人ならば、本を使って急ごしらえした、にわか作りの大福帳など、直ぐに妙だと気がつく。つまり盗人は、本物を隠した場所に近づかないに違いない。

「これじゃせっかくがんばってるのに、勝負がつきそうにない。それに、盗人も捕まえられないよね」

それで若だんなは紅松屋へ文で頼み、店の古い大福帳を持って来て貰ったのだ。それはよくあるように、正面に黒々とした大きな字で、大福帳と記してある代物で、店の名など書かれていない。そういえば長崎屋のものもそうだったと、若だんなは覚えていた。

「あれなら盗人は、大福帳だと間違うかもしれない。あれを手にして、見つかったと言えば、きっと隠した所へ、飛んで行くよ」

その時が、長崎屋の大事な大福帳を、取り戻せる好機だ。勿論《もちろん》若だんなは頑張るし……あまり動き回ると叱《しか》られるから、屏風のぞきにも助力を頼んでいた。

「本当は虎《とら》さんか熊市《くまいち》さんが、上手く怪しい動きに気がついて、捕まえてくれたらいいんだけど」

そうなれば宿の長《おさ》が決まり、春一達もほっと出来る。紅松屋へも、大福帳を借りた恩を、返せるというものであった。

「ねえ、兄や」

ところが。若だんなが一所懸命語ったというのに、兄や達の機嫌は悪かった。

「若だんなは、休んで下さるのがお仕事です」

きっぱりと、佐助が言い切る。横で仁吉も、渋い顔を見せてきた。そもそも猫又二人が競っている時に、若だんなが横から手を出し、それを邪魔するのは妙だ。そう口にしたのだ。

「あ、やっぱりそう言われたか」

若だんなが素直に返したので、横にいた春一と紅松屋が、首を傾げる。

「分かっていて、それでも若だんなは、事に首を突っ込んだんですか」

仁吉の眉間《みけん》にくっきり、皺《しわ》が寄った。

「何を隠しているんですか」

「あの……分かっちゃったか」

黙り続けてはいられないと知って、若だんなは渋々、無茶の訳を語り出した。

「金次がねえ。七之助さんに化けて貰った妖達を、また呼んだんだ。きっと、また何かしでかす気だ。恐《こわ》いんだよ」

仁吉が目を細めた。

「そして、こんな事を言うと、後で金次と兄や達が揉《も》めそうで、それが一番恐かった」

若だんなとしては、猫又の所で揉め事を止め、全《すべ》てが目出度く終わってくれたら、大層ありがたかったのだ。

「兄や達と貧乏神の大喧嘩なんて、考えるのも嫌だから」

「……金次は、喧嘩の元を作っちゃ、駄目だったんですよ」

やはり、仁吉の声が低くなってきたから、若だんなは溜息をつく。

「金次ときたら、まず部屋のことで、猫又達と諍《いさか》いをしたよね。そして腹の虫が治まらず、小乃屋の七之助さんを巻き込んで、長選びに割って入っちゃったんだ」

猫又達をからかう為《ため》だ。

だが、そうやって金次が楽しんでいる途中、今度は誰かが大福帳を盗み、猫又の長選びを止めてしまった。

「金次ときたら、今は虎さん達より、邪魔をした盗人の事を、怒ってるに違いないよ」

貧乏神の、虎の尾を踏んだのは誰か。考えてみれば、恐ろしい話であった。若だんなはそれ故《ゆえ》、自分も動きだした訳だ。

「金次の事も春一さんの事も、虎さん達の事も、早く片付けたかったんだ。放っておくと、事が段々、恐くなっていくみたいだったから」

だから大福帳の餌《えさ》で、一気に事を片付けようとしたと、若だんなは一所懸命、兄やへ言ってみた。

「それで動いたんだ。ごめんなさい」

仁吉は、心底困った顔をしていた。

「今回の件ですが、若だんなが、私と佐助に何とかして欲しいと言ったのなら、頷きました。ですが」

自分から動くと、二人に止められる事は、若だんなにも分かっていた筈《はず》だ。

「だから、黙って事を進めましたね？」

そう言われて、若だんなは首をすくめる。

「ずっと家から、出てはいないよ。こんな騒ぎの時でも、寝ていなきゃ駄目？」

外はまだ明るい。今、一人寝ているのは、何とも辛《つら》い。若だんながそう言うと、兄や達は少し顔つきを柔らかくした。すると。

そこへ、「きゅい、きゅわ」と鳴きつつ鳴家《やなり》達が帰ってきたのだ。そして一番、一番と嬉しげに言い始めた。

「お前さん達、何か見つけたのか？　何が一番なんだ？」

佐助が身をかがめて問うと、戻って来たのが一番だと、畳に小さな足を踏ん張り、鳴家達は胸を張っている。

「なあに？　ああ、鳴家は、上手い場所を思いついたんだね？」

若だんなは優しく問い、小鬼らの話を聞き始めた。

6

奉公人らが探し尽くし、人を替えてもう一度探した後、主《あるじ》の藤兵衛は皆を、一番蔵から引かせた。するとその後蔵の内で、虎と熊市が鉢合わせをしたのだ。

「何でお前がここに来たんだ。ここは、この虎が探すんだ！」

そういう虎の手には、小さすぎる大福帳が握られている。若だんなが考えた通り、虎は一番蔵に、罠《わな》を仕掛けにきたのだ。

「蔵はこんなにきちんとしているのに、虎だと荒らしそうだな。この蔵は、熊市が探した方がいいのさ」

そう返した熊市の手にも、古い本にしか見えない大福帳が握られている。

二人が土間の一階に立ち、ぐるりと辺りを見回すと、土間には荷や、母屋の店で扱う品が沢山置かれていた。しかも、どれもきちんと整えられ、手を付けるのも憚《はばか》られた。全部に札が付けられ、品名と量が分かるようにして置かれている。

「うへえ」

唯一《ゆいいつ》、きちんと定まっていないのは、そこいらをうろついている鳴家達だけであった。家を軋《きし》ませる小鬼《こおに》はどこにでもいて、今も蔵内を沢山、動き回っている。

「こんな場所に大福帳があったら、とうに見つかっているよなぁ」

大福帳は子供の腕程も長さがある上、厚く、結構重い代物なのだ。着物の胸元へねじ込む訳にはいかない。大振り袖《そで》に入れても、重くて一目で分かるに違いない。

「こうなると、妖が疑われるのも、仕方ないだろうな」

静かな蔵内で黙っているのも憚られて、虎が話し出す。すると熊市も、口を開いた。

「ああ。そして帳面がどこにあるのか、このまま分からないでは拙《まず》いぞ」

長となる勝負に勝てなかったと、宿へ知らせるのは辛い。だが、しかし。大福帳を探して競い、それを見つけられなかったというのは、もっと辛い。

「まるで、己は馬鹿《ばか》だと言っているみたいではないか」

熊市が嘆いた。それではこれから、宿の長だと言いづらくなる。横で虎も頷いた。

「熊市さん、このままでは宿に帰れぬよな」

「ああ、帰れぬ」

「東海道を下るときは、自信に満ちあふれていたのだが。しかし江戸とは、恐い所だな」

「おれもそう思うぞ」

二人は古い本を置くと、互いに向き合い、揃って大きく溜息をついた。

途端、横で鳴家達が「ぎゅいぎゅい」と騒ぎ出したのだ。鼠《ねずみ》でもいたのか、床で声を上げているので、虎と熊市が、渋い顔を向ける。

すると。

「あれ……？」

二人は同時に、思わぬものを見つけたのだ。大きな帳面が、床のど真ん中に落ちていた。何故《なぜ》今までそこにあったのを、誰も見つけなかったのか、不思議な程に目立っている。

二人で駆け寄ると、鳴家が周りから散る。ひっくり返したところ、帳面の表に、間違えようもない文字が、書かれていた。

「……大福帳だ」

「何で、こんな所にあるんだ？」

「大福帳だ」

「ここは、さっきも見た筈ではないか」

「でも、大福帳だ！」

目の前にあるものは、見間違えようも無いものだった。自分達がこしらえた品とは、全く違う！

二人の声が揃う。蔵内に響いた。

「見つかったっ。大福帳だっ」

表から、大きな声が聞こえてきた。

金次が呼んだ猫又に獺、狸は、それぞれどこかへ散った。蔵へ向かった者もいたし、母屋へ足を運んだ者もいた。鳴家達が大勢、離れから屋根伝いに走り、一番蔵へと消えていく。金次はそれに目を向けてから頷いた。

「さぁて、大福帳が盗られた時にいた者達が、今、皆、揃っているな」

ならば、盗人はこの中にいるはずであった。金次は頷くと、ゆっくりと中庭の隅に立ち、耳を澄ませてみる。盗人は、大福帳を探すふりはするだろうが、実は探したりはしない。この中で妙な動きをしたものがいたら、金次はそいつを見張る気であった。

しかし庭は随分と寒く、金次は直ぐに、ぶるりと身を震わせる。

「長崎屋に来てから、つい寒さを忘れちまってるね。あたしゃ不吉な貧乏神なのにさ」

寝場所、居場所は長く、吹きっさらしの寺の床下だった。神社の軒下や木の上というのも、いつもの話だった。

それが六畳間に暮らし、今は火鉢と鉄瓶、湯飲みを持っているので、いつも温かい茶を飲むようになった。おまけに、夜は布団にくるまり、ぐうぐうと寝ている。今更ながらではあるが、考えてみれば不思議で仕方がない事だった。

「時は皆の上を過ぎる。それと一緒に、変わって行くことがあるんだな」

今日とて、いつも手代《てだい》達がしっかり守っていた長崎屋に、何者かが入り込んだとしか思えぬ有様なのだ。こんな事も起きるのかと、金次はいささか驚いている。

「もし若だんなに何かあったら。その後の事は、考えるのも恐いねえ」

若だんなに甘い事でそれは有名な長崎屋夫婦が、店を畳みかねない。

「そうなったら、元の吹きっさらしに戻るだけだが」

ふと、今だと結構寒く感じるかなと、思ってしまった。何となく、そんな風に思えてしまう己が意外で、金次は顔を顰《しか》める。

すると。

突然、大きな声が中庭に響いたのだ。

「見つかったっ。大福帳だっ」

途端、多くの者達が、声のした一番蔵へと向かう。足音が聞こえている。金次は耳を澄まし……その中に、乱れた足音が混じっていることを、ちゃんと掴《つか》んだ。一つ、別の方へと向かっている。

「この足音が行く先は……三番蔵か」

調べ尽くされた一番蔵に、今更何かがある筈がなかった。そして、その事を承知している誰かが、一番蔵で声が上がったのに、三番蔵へ向かっているのだ。

怪しい。大いに怪しい。

「見つかった大福帳とやらは、どんな品物なのやら」

三番蔵の前へ行くと、鍵が外れている事を知った。足音の主は、既に中へ入ったものと思われた。

「盗人か。やれ、恐いねえ」

中を確かめるため、金次は静かに、戸へ手を伸ばす。ところが。

「ひゃっ」

思わず短い悲鳴を上げたその時、金次は間一髪、振り下ろされた何かを避《よ》けていた。大きく体が傾《かし》ぎ、思い切り膝《ひざ》を突いてしまう。男の顔を隠す手拭いが、目に入った。

「しまった、盗人は、まだ蔵内へ入ってなかったのか。油断しちまった」

言い訳を思いついても、手拭いを顔に巻き付けた相手が、止まってくれる訳もない。こういうとき、貧乏にするぞと祟《たた》っても、一向に役に立たなかった。

「祟った後、あたしが消し飛んで消えたら、どうなる？　そいつは祟られるのか、助かるのか？」

金次にも分からない問いが、思わず口を突く。答えなど、返ってくる筈も無かった。金次も知らない事なのだ。

だが、その時。

「そんなこたぁ、分からなくてもいいっ。金次は消えないんだから」

威勢の良い言葉と共に、その場に現れた姿が、格好良く辺りをなぎ払う。途端、金次を襲った手拭い男が、奇妙な声を漏らしつつ倒れ込んだ。

「へへっ、若だんなが言った通りだよ。金次は恐いし凄いが、時々間が抜けるってな」

金次の眼前で、恐れ気もなくそう言ったのは、離れの主の一人、屏風のぞきであった。見れば若だんなが後ろにいて、泣きそうな顔でこちらを見てきている。付喪神《つくもがみ》はちょいと首を傾げた後、倒れている手拭い男の顔から、手拭いをむしり取った。

「あんれ？」

だが、直ぐに眉《まゆ》を顰《ひそ》めていた所を見ると、男の素顔を見ても、誰だか分からなかったらしい。そういえば屏風のぞきは知らないのだなと、金次は、小声で笑った。

「そいつは、あたしが呼んだ妖の一人だ。猫又、獺、狸の内の、猫又だ」

最近知り合ったばかりで、きちんと名を聞いた事も無かったと、金次はつぶやく。

「おやま。七之助さんに化けてた妖の一人なんだ」

伸《の》しはしたものの、考えていなかった顔が現われて戸惑い、屏風のぞきは眉根を寄せている。若だんなが横に来て、猫又を見下ろした。

「金次を襲ったこの猫又が、きっと長崎屋の大福帳を盗ったんだよね。でも、どうしてだろう？　何で金次を襲ったの？」

この猫又は、長崎屋と何の縁があるというのか。若だんなは三つの問いを重ねたが、当人は伸びているから、勿論返事などしない。

「さっき、見つかったと騒いでた大福帳は、紅松屋さんから借りたものなんだ。見つかったって言われれば、本当かどうか、盗人が隠し場所へ確かめに行くと思ったんで、やってみた」

若だんなが考えた通り、盗んだ当人が現れてくれたはいいが、盗人は大福帳を守るより、行き会った金次を襲う方を選んだので、一騒ぎになった。しかし長崎屋の内の話であったから、屏風のぞきも若だんなも、駆けつける事が出来たのだ。

「さて、本物の大福帳はどこにあるのかしら。猫又がこっちへ来たって事は、三番蔵に隠してあるのかな」

若だんなが蔵を見つめ、金次は探してみようと口にする。それから貧乏神は、ふと空を仰いだ。

「貧乏神に、助けてくれる知り合いがいても、いいんだろうか」

この問いに、若だんなより先に、屏風のぞきが答える。

「いいんじゃないか？　だって殴られたら痛いぞ」

若だんなが、横で楽しげに笑った。

7

それから暫《しばら》く後、主の藤兵衛が店奥で、長崎屋の奉公人達へ、心配事が無くなったと告げた。

まず、長崎屋の大福帳が見つかった事。

次に、それを見つけたのは、若だんなであること。

帳面は、何故か三番蔵にあったこと。

多分荷を動かしたとき、間違って移ったのだろう事を告げたのだ。大福帳が置かれる筈もない三番蔵だから、探す時も目が行かず、見つからなかったのだと言葉が括《くく》られた。

大騒ぎにはなったが、無事に事は済み、店には何の損もなかった。そして、大勢で探し物をしたのはご苦労な事であったから、今日は夕餉《ゆうげ》に一品お菜を増やすと、藤兵衛は付け加える。すると、特に食べ盛りの小僧達から、嬉《うれ》しげな声が上がった。

増えた手間の分、夕餉が楽しみになったから、皆、その後考えるのはお菜のことで、母屋《おもや》では大福帳の話をする者も、直ぐにいなくなる。そしてその様子を、落ち着いた顔で眺めてから、やがて兄や達は離れへと戻った。

すると。

今日は離れの障子戸がしっかりと閉められていた。二人が中へ入ると、反物のように長い手拭いで、ぐるぐる巻きに縛られた男が、部屋の内に転がっている。それを妖達が取り囲み、兄や達が現れるのを待っていたのだ。

大福帳の事が終われば、それで途切れた猫又の長選びも、そろそろ答えを出さねばならない。よって離れには、虎と熊市もいた。それ故に、行司の春一と紅松屋も座っている。

若だんなは長火鉢の側から顔を上げ、仁吉と佐助へ言った。

「この御仁が、大福帳を盗ったんだ。お江戸の猫又だそうだよ。名は、くろ」

聞いた事がないと、佐助が思わず口にしたところ、部屋の隅で金次が笑う。

「前々からこいつを知ってる者は、ここにはいないんだ。つい先日、同じ猫又だというんで、町でおしろに声を掛けたんだとか」

その縁で、一軒家に住む金次と繋《つな》がり、今回、七之助に化けられる者が欲しいとの話に乗って、くろは長崎屋へやってきた。そして猫又の長選びを上手く使い、塀の内に入り込むと、蔵から帳面類をごっそりと持ち出した。そうやって長崎屋に迷惑を掛けたのだ。

「こいつは昔、店で飼われていたんだそうな。だから大福帳などが無くなると、店が困る事を、知ってたみたいだな」

今日の金次は、今までで一番声が低い。離れを冷やしつつ、金次は尻の先で猫又くろを突いた。

「おい、まだ話してないことが、あるだろうが。何で長崎屋で盗みを働いたんだ？　あたしに殴りかかったのは、どうしてだ？」

すると。金次を見たくろは、ぐっと顔を顰めた。金次を睨《にら》むと、恨みの先にあるのは、目の前の貧乏神だと言い切ったのだ。

「ほうっ、あたし？」

「我の育った家を返せっ。猫又がいる店を祟ったら、反対に祟りを受けたって、不思議じゃなかろう」

どうやら貧乏神に気に入られ、このお江戸から消えてしまった店に、くろはいたらしい。だが。

「ならば、あたしを殴りたいのは分かる。でも何で、長崎屋の大福帳が消える事になるんだ？」

訳など、部屋内の面々には摑めず、皆はただ、手拭いで巻かれている男を、戸惑いと共に見下ろしている。くろは、更に言いつのった。

「我のいた店は、恐ろしく長生きな猫の年を、気にしないでくれたのだ。だからのんびり、安心して暮らしていたのに」

なのに、百年も前の火事の後。

「ある日主人が、貧乏神に見込まれたって、口にしてた」

それがどういう意味を持つ言葉なのか、あの日のくろにはまだ、分からなかった。しかし直ぐに、身に染《し》みる事となったのだ。

「まず、店が立ちゆかなくなった。もう食べさせる力がないと、我は家から出された」

猫又になっていたから、一人生きてゆくには困らなかったが、主達の事は酷《ひど》く気になった。すると隠居も主も気落ちしたのか、移り住んだ長屋であっという間に病を得て、亡《な》くなっていったのだ。

「思い知らせてやらねばならない。何としても貧乏神に、思い知らせてやらねばならない！」

それで江戸の貧乏神に縁のものは、何でも探してきた。百年、忘れもせずに探した。

すると最近、猫又、天狗《てんぐ》、付喪神、河童などの噂《うわさ》から、貧乏神が金次と名のっているることを摑んだ。何と一軒家に住み、世話をしている家主は、長崎屋である事も探し当てたのだ。

「金次の住んでいる家は、新しいんだと。安楽なせいか、昼間っから碁など打っているんだと」

貧乏神を迎えている長崎屋も許せないと、くろは言った。

「貧乏神、お前、黒滝《くろたき》屋の名を覚えているか？　それとも祟りすぎて、忘れちまったか？」

すると。金次はきっぱりと言った。

「覚えてない」

何しろ……そんな店を祟った事は、なかろうからだ。

「は？　今更言い訳をするのか？　それとも、新しい家から追われるのが、恐いのか？」

金次が益々《ますます》、不機嫌になる。

「あたしは貧乏神、人を貧乏にしたからって、恨まれる筋合いはないね。それがあたしなんだから」

ただ。数が多く面倒くさいから、金次は火事場で、店を祟るような事はしないのだ。

「はぁ？」

「一気に財の多くが、燃えちまう。そこから立ち直れるかどうかは、店の蓄えと、主の腕次第だな」

火事場には、貧乏神が口出しするまでもなく、様々な波乱がある。だから金次は、わざわざその場へ行ったりしなかった。百年前も、同じだ。

「潰《つぶ》れる店も多い。火事の後立ち直れず、店がもう駄目だと思ったら、店主は言うかもな。〝貧乏神に見込まれた〟って」

金次が実際、関わり合っておらずとも言う。まあ貧乏神とは、そういう者であった。

「……」

「多くの店を祟ってきた。貧乏神を恨んでいる奴《やつ》も、いるだろうさ。だがなぁ、お前さんの恨みだけは、お門違いだ」

長崎屋から盗み、同じ猫又の長達に迷惑をかけ、そのせいで、手拭いの売買がまだまとまらず、春一や紅松屋も困っている。くろは、祟られた側だと己を哀れんでいるが、なに、周りへ災いをまき散らす事は、貧乏神の弟子のようだと言い、金次は口の端を引き上げた。

「あんたも、恐いよぉ」

くろの顔が、段々と畳の方へ向いてしまった。すると。ここで若だんなが、戸塚宿の長の件で行司をしている、猫又の春一へ顔を向けた。そして、こう言ったのだ。

「春一さんは一度、宿の長の勝負を変えました。一番蔵から消えた帳面を、探し出した者が長となる。そう決めた訳です」

だが、大福帳は長崎屋の大切な品であったから、若だんなが先に見つけ出してしまった。だから。

「どんな勝負をするか、また変えませんか？　出来たらこの場に、相応《ふさわ》しいものに」

「えっ……？」

離れに集まった妖達皆が、戸惑った顔つきとなる。若だんなは笑った。

「とにかく、戸塚宿の長は、決まった方がいい。それに長が決まれば、春一さんの店も、助かるでしょうし」

春一は頷くと、寸《すん》の間《ま》黙って考えた。何度か若だんなへ目を向け、辺りを見回した後、くろへ目を落とす。そして、にこりと大きく笑ったのだ。

「分かりました。そして、決めました」

春一はそう言うと、戸塚と藤沢の猫又へ、新たな問いを向けた。

「大福帳の件は、若だんなが事を収めました。ですが、まだ、くろという猫又をどうするか、その件が残ってます」

人ではないのだ。百年前の恨みを話し、岡っ引きを呼ぶわけにはいくまい。

「こちらのくろを、この後どうするのがいいか。お二人にはそれを考えて頂きます」

宿の長ともなれば、揉め事を収める役割も、求められるに違いない。その力量を示せと、春一は言った訳だ。

「おおっ、こりゃ立派な問いだ」

妖達が頷《うなず》き、二人の猫又は急ぎ、くろの先々を思う事になる。やがて、先に口を開いたのは、熊市であった。

「くろは同じ猫又だ。きつい事は言い難《にく》い。それに貧乏神を恨んだのは、思い違い故だしな」

よって、だから。

「迷惑をかけた者達へ、くろは謝ること。そして、二度と長崎屋へは近づかぬこと。つまり、江戸から出て行くんだな」

ただ、くろを見張る者はいない。甘いが、それが己の考えだと熊市は言う。それから、虎の方を見た。

すると虎の考えは、熊市とは少しばかり違ったのだ。

「まあ、謝るのはいいとして。くろが馬鹿な事に走ったのは、他にする事が無かったからだろうと思う」

ずっと生まれ育った店にいたので、それを失ったら、その事が酷く応《こた》えたのだろう。こだわり、恨みから離れられなかったのだ。

「ここいらで、他の生き方をしてみた方がいい。元の主達とて、とうに別のものに生まれ変わっておろうさ」

だが己で変われるのなら、くろは今回、貧乏神相手に馬鹿はしなかった筈だ。だから。

「くろは、この虎が戸塚へ連れて行こう。江戸から大きく離れて、大勢の猫又と知り合えば、別の暮らしも見えてこようさ」

それが、虎の答えであった。

「と、戸塚？　遠いんですか」

くろは手拭《てぬぐ》い巻にされたまま、身を起こすと、目をぱちぱちとさせている。すると春一は、直ぐに笑った。そして、くろがどちらの話に耳を傾けたか、比べるまでもなかったと言い、勝負の結果を出したのだ。

「戸塚宿の長は、虎とする。なお、熊市も良き藤沢宿の長であれば、時々、猫じゃ猫じゃの集まりを任せること」

「お……おおっ」

二人の猫又は、一寸《ちょっと》目を見合わせた後、ぷいと他を見たが、またお互いを見る。それから頷き合うと、二人でくろの手拭いを解《ほど》きにかかった。

そして虎達は、行司をこなした春一へ言う。

「今回は立派な行司、ありがたき事であった。よって約束通り、この先は猫又が、青竹屋の手拭いを贔屓《ひいき》にしていこう」

「この熊市も、約束する。江戸の猫又達も、この話を承知する筈だ」

「何と、ありがとうございます」

「これで、この紅松屋も安心いたしました。病ではありますが、心安らかにいられます」

紅松屋が目に涙を浮かべ、若だんなが笑って、一つ案を出した。

「どうせ猫又さん達とつきあっていくなら、まずは虎さんや熊市さんなどの、猫の柄を出したらどうでしょう」

猫好きは多いのだ。すると、妖達が次々と、考えを披露する。

「猫じゃ猫じゃ踊りの柄も、手拭いにしてはどうかな」

「屛風《びょうぶ》のぞきさん、それはいい考えです。あたしは子猫の柄も、欲しいです」

手拭い染屋達は大きく頷き、猫又達は己の姿が世に出るのかと、大いに張り切る。

「そういう事であれば、また江戸へ来ねばならぬな。うん、虎手拭い。良いではないか」

「熊市手拭いは、何色で染めるのかな?」

事に決着がつき、長崎屋の離れは手拭いの事で、わいわいと話が続いてゆく。くろが最後に、一つ問いを口にしたが、それだけは答えられた者がいなかった。

「ところで、分からない事があります。この長崎屋は、貧乏神が日頃いるのに、何で貧乏にならないのでしょうか」

「……さあ」

誰も分からないから、仕方がない。

「まあ、大福でも食べながら、ゆっくり考えて下さい。椿餅《つばきもち》もあります」

若だんなが、兄《にい》やが運んでくれた菓子を勧めると、離れの皆がわっと手を伸ばす。

紅松屋がそれを口にしながら、己は、あの世に行く日が近いが、出来たら猫に生まれ変わりたいと言い出した。

すると。春一が、紅松屋の事は、花になっても虫になってもきっと探すと言った。そして本当に、紅松屋の子猫を見つけたら、きっと猫又になるよう一緒に暮らすという。

「いつか揃《そろ》って、戸塚にも行きますよ」

虎達が頷き、紅松屋に約束だと言う。すると手拭い染屋は目をうるませ、もう病も恐ろしくはないと、震える声で口にした。

親になりたい

1

江戸は通町《とおりちょう》にある廻船問屋《かいせんどんや》兼薬種問屋《やくしゅ》、長崎屋《ながさきや》は、近在《きんざい》にも知られた大店《おおだな》だ。

その内、薬種問屋の方は、跡取りの若だんなに任せているのだが、しょっちゅう寝こんでいて、店表にいない事の方が多い。つまり若だんなは、いつも奥にある離れで、薬湯と共に暮らしているのだ。しかもそこには、薬の山だけでなく、こっそり一緒に暮らす、怪しい者達がいたりする。

ある日のこと。

若だんなが今日も寝付いているので、静かであった離れに、表から犬の鳴き声が聞こえてきた。

「おんや、野良犬《のらいぬ》でも店先に、紛れ込んだのかね」

母屋《おもや》の方を向き、そう漏らしたのは、怪しき面々の一人、付喪《つくも》神《がみ》の屏風《びょうぶ》のぞきであった。長崎屋は、先代の妻おぎんが大妖《たいよう》だった為《ため》、若だんなの側《そば》にはもうずっと、様々な妖《あやかし》達がいた。

すると、その時。若だんなと屛風のぞきが、突然揃《そろ》って声を上げた。

「うわっ」

「ひえっ」

ぼそっという音と共に、何かが障子戸の紙を突き破って、離れの寝間に飛び込んで来たのだ。若だんなの布団《ふとん》に落ちたものだから、上で寝ていた小鬼《こおに》達が飛び起きて逃げ、側で薬湯の用意をしていた兄《にい》やの佐助《さすけ》は、眉《まゆ》をつり上げる。

「何事だ」

兄やが急ぎ戸を開けた途端、若だんなも妖達も、長崎屋の中庭を見て魂消《たまげ》る事になった。昼時の静かだった庭は、とんでもない様子になっていた。母屋にある台所の土間から、物がどんどん投げ捨てられていたのだ。

「あれまぁ」

目を見開いた若だんなの前で、茶碗《ちゃわん》が降っている。焼き魚も降る。漬け物までが落ち、若だんなは兄やの佐助と目を見合わせた。鳴家《やなり》達は卵焼が中庭に転がったのを見つけると、その姿が人には見えない事を幸い、大急ぎで拾いに行った。

「これは何としたことか。見てきます」

佐助が直《す》ぐに母屋へと飛んで行く。残った離れの面々は興味津々《しんしん》、戸の陰から、茶碗や食べ物が転がった庭を見つめた。

すると、突然ぴたりと物が飛ばなくなった。

「おや？　佐助が止めたのかしら」

首を傾《かし》げた途端、中庭に面した台所の土間から、今度は茶碗の代わりに、子供が飛び出してくる。芥子坊主頭《けしぼうずあたま》の小さな子で、裸足《はだし》で庭へ駆け出たが、直ぐに着物を摑《つか》まれ、抱え上げられる。摑んだのは佐助であった。

「やーっ、だっ。犬、やっ」

若だんなはその幼子を見て、大きく目を見開いた。子は三つくらいで、若だんなは見覚えがない。やだと言い続けるだけで、まだ多くは話せないようだ。

「おやま、どこの子かしら」

「やだ、やーっ」

子は凄《すご》い勢いで両手両足を振り回したが、何しろ摑んでいるのは大男の佐助だ。逃げられないと分かった為か、子は更に大声でわめき出した。

するとそこへ若い男が急ぎ現れ、佐助へ頭を下げる。そして子を抱きかかえた。

「三太《さんた》、暴れては駄目だよ。もう恐《こわ》い犬はいない。今日は大人しくしていると、おとっつぁんと約束しただろう？」

「おや、あの若い男が、子の親なのか？ ……へえ、そりゃまた妙な」

離れの障子戸に隠れつつ、妖達は親子を見つめ、首を捻《ひね》る。長崎屋の客のようだが、子連れで商いの話に来たとは思えない。二人は何者かと皆が言うと、小鬼が何匹か、急ぎ母屋の仲間の所へ飛んで行った。

「旦那《だんな》さんか、おかみさんの知り合いかな？ でもこの屏風のぞきは、あんな顔、知らんぞ」

長年長崎屋にいる付喪神が首を振ると、他の妖も顰《しか》め面《つら》を浮かべる。

「きゅい、鳴家も知らない」

「あの男の店を、潰《つぶ》した事はないねえ」

「金次《きんじ》さん、あのお人、私がいる神社へ、お参りに来た事もありません」

貧乏神、鈴彦姫《すずひこひめ》が言う間に、母屋に行った鳴家達が戻ってきた。そして若だんなの側へ寄ると、揃って胸を張ってから、取って置きの話を口にしたのだ。

「きゅい、男の人とその子供、お客。お見合いに来たんだって」

「お、お見合い？」

これは思いの外の話で、離れの皆は驚き、鳴家達に目を集める。小鬼らは益々《ますます》反《そ》っくり返り、何匹かは後ろへ転んでしまったが、話は続いた。

「鳴家や、あの男の人はだあれ？　誰とお見合いに来たの？」

「きゅわ、男の人、柿《かき》の木屋さん。小さい、煮売り屋さん。煮売り屋さんの子、一緒」

「きゅげ、お見合いするの、おようさん。おようさんて……誰？」

すると、この問いの答えは、若だんなが知っていた。若だんなは笑みを浮かべると、母屋へ目を向ける。

「おやま、おようは子供がいるお人と、見合いをしたんだ」

「およう？」

若だんなは小首を傾げる小鬼へ、おようの事を話す。おようは長崎屋の若い女中で、女中頭となったおくまが鍛えている奉公人であった。

「きゅんげ？」

「一度嫁いだけど、長崎屋へ帰ってきたんだ。でもおくまは、おようをまた、嫁がせようと思っているらしい」

妖達は暴れる子へ、また目を向ける。そして揃って、渋い表情を浮かべた。

「見合いに来た日に、あの騒ぎは拙《まず》いわな。……あの子供、置いてくる事が、出来なかったのかね」

屛風のぞきの一言に、若だんなも気遣わしげな目を、散らかった庭へ向ける。これから所帯を持とうという相手に、こうも利《き》かん気な子がいたのでは、確かに、見合いがどうなるか心許《こころもと》なかった。

子供は、父親が現れ、宥《なだ》めているのに、まだ落ち着かない。すると、思わぬ者が現れ、散らかった場を仕切り始めた。

「柿の木屋さん、これはまた……大事になっちまいましたね」

母屋の土間に、おくまが顔を見せたのだ。後ろに、見合い相手のおようがいて、今日は明るい色の着物を着ているのが見えた。

すると柿の木屋が急ぎ、佐助やおくま達へ頭を下げ、子供の不調法を謝る。

「大事な日に、せっかく用意して下さった心づくしの昼餉《ひるげ》を、台無しにしちまいました。息子の不心得、申し訳ありません」

ただ。ここで柿の木屋は、幼い子を庇《かば》った。

「三太は犬がとても苦手なんです。だから吠《ほ》え声を聞いて怯《おび》え、騒いじまった。堪忍《かんにん》しておくんなさい」

父親は生真面目《きまじめ》に、頭を下げる。きちんと謝られ、おくまは頷《うなず》いたものの、しかし子供へ目を向けると、一つ溜息《ためいき》をついた。

そして少し話があるから、土間の奥、台所の板間へ座ってくれと、親子へ声を掛ける。今も暴れている三太を母屋へ上げる気には、まだなれない様子であった。

おくまは静かに話し始めた。

「柿の木屋さん、先日仲人《なこうど》さんが、うちのおようへ、お前様との縁談を持って来てくれました。正直に言いますと、おようにとって、そりゃありがたい話でした」

おようには既に親がおらず、おくまが親代わりになって、長崎屋から一度縁づかせた。しかし不幸にも子が出来ず、三年で離縁となっている。跡取りを欲しがった婚家を、出されてしまったのだ。

「でも今回、柿の木屋さんは、その事を承知の上で、嫁にと言って下さいました」

既に跡取りの三太がいるので、子が出来なくとも気にしない。それより、料理上手のおようが来てくれれば、煮売り屋の店は助かる。それに三太はまだ小さいので、母が出来れば嬉《うれ》しいと、柿の木屋は言ってくれた。仲人は、そう伝えてきたのだ。

「こんないい話はない。仲人さんはそう言ったし、おようも喜びました。でもね」

おようは持参金もない、出戻りなのだ。何だか話が上手《うま》すぎて、おくまは却《かえ》って心配になった。

「で、今日は見合いの代わりに、長崎屋へ来て頂いたんです」

柿の木屋には、まだ幼い子がいる。縁組みしてやっていけるかどうか、親子とおようは会っておくべきだと、おくまは考えたのだ。

「来て頂いて、良かったですよ」

三太はまだ三つであったが、とにかく強烈な子であった。若い頃、若だんなの乳母をしていたおくまでも、相手をするのに困ったのだ。

「今、大人しくしていたと思ったら、次の間には癇癪《かんしゃく》を起こしちまって」

暴れる。嚙《か》む。騒ぐ。投げる。言う事をきくものではなかった。しかも父親の柿の木屋はそんな子を、強くは叱《しか》れずにいたのだ。

「こんな様子じゃあ、若い娘に、なさぬ仲の母になれとは、とても言えませんよ」

おくまは渋い顔だ。

だがここで思わぬ声が、おくまを宥めた。何とおようが、柿の木屋が怒らないか、気を遣い始めていた。

「お、おくまさん、そこまで言わなくても」

何とおようは、今回の縁談が好ましいらしい。

「あたしは子が出来なかったんです。なのに、縁談相手のお子に、不満を言っちゃいけないって思うんです」

しかしそれを聞いたおくまは、口をへの字にした。そして柿の木屋の眼前であるのも構わず、びしりと言い返した。

「ようさん、言いたかないけどね。あんた、ちゃんとやっていけるか考えず、目の前の縁談に飛びついて、どうするんだい」

二度目の縁だからこそ、慎重にならねばならないのだ。もし今回の話をしくじったら、三度目はぐっと難しくなる。

「だから、黙っておこうかと思った話も、これから聞かせます。まあ、逃げちゃ駄目だったら。おようさん、あんたの縁談じゃないか」

のぞき見をしていた離れの面々が、ざわめいた。

「おや、おくまさんは、わざと聞こえるように、話してるね。ありゃ縁談相手の男にも、腹の内を聞かせる気なんだよ」

金次が口の端を釣り上げたとき、

「実は」と、おくまは先を続けた。今回の縁談相手について、おくまは少しばかり噂《うわさ》を拾っていたのだ。

「あら柿の木屋さん、身を引かなくたっていいですよ。お前様は、ええ、とても良い方だと言われてましたよ」

だが。子の三太については、思わぬ話ばかりが、おくまの耳に入ってきていた。

「思わぬ話？」

若だんなと妖達は、今や揃って障子の前に貼《は》り付いている。

「実はね、おようさん。柿の木屋さんはまだ一度も、おかみさんを貰《もら》ってないそうよ」

「えっ？　でもこうして跡取りの子が、おいでじゃないですか」

この話には、さすがにおようも驚いた顔になる。目を逸《そ》らした柿の木屋を見てから、おくまは言葉を続けた。

「こちらの三太さんですがね、貰ったお子なんだそうです。川端で拾ったんだとか」

つまり柿の木屋は、まだ妻も決めない内に、跡取りを貰っていたのだ。おかげで店の近所では、随分とあれこれ噂が流れたらしい。

「子供は捨て子じゃなく、本当は柿の木屋さんの実の子だって、話がありましたね」

母親は名を出せない相手だったので、わざと捨て子を拾った事にしたと、周りは思った訳だ。更に。

「そのせいか、柿の木屋さんは子供に甘すぎる。おかげで三太坊は、とんでもない我《わ》が儘《まま》坊主になったという話も、くっついてました」

三太は近所の子らと、よく喧嘩《けんか》をするらしい。そしてそんな日は、決まって気味の悪い事が起きるのだそうだ。

「そりゃあ喧嘩で負けた子が、勝手な事を言ってるんでしょうけどね。でも三太坊に、あれこれ噂があるのは、本当なんですよ」

よっておくまは今日、不安を抱えつつ、柿の木屋親子と会ってみたのだ。すると。大事な席に用意したご馳《ち》走《そう》を、三太は庭へばらまいてしまった。

その上、父親は三太を叱れずにいる。

「そんな風だから、柿の木屋じゃ、子守っ子も満足に頼めないって話でした」

よって柿の木屋は真面目だが、縁談は回せない。そういう仲人が多いと、おくまは聞いたのだ。

離れで話を漏れ聞いた妖達は、納得の顔で頷き合う。

「おやおや。それで出戻りで、子の出来なかったおようさんに、縁談が来たんだね」

若だんなは益々、気を揉《も》み始めたが、しかし、おくまのびしっとした話は続く。

「おようさん、あんた三太坊が暴れても、本当にちゃんと世話出来るかい？　世間からあれこれ言われても、おっかさんとして受け止められるの？」

もし母になるのなら、今日のように、とんでもない粗相をしても、おようが庇ってやらねばならない。三太を信じねば駄目なのだ。

「まったなしだ。明日……いや今日から直ぐ、それが出来るのかい？」

正面から問われて、おようは一瞬、言葉に詰まってしまった。すると柿の木屋はうな垂れ、疲れたのか黙った三太を、ぐっと抱きしめる。

「嫁を貰うより、養子を取るのが先でした。だから、あれこれ噂されてるのは知ってます」

三太は落ち着かない子なので、余計であった。おかげで三太には、遊び相手が出来ない。子供らにからかわれては、暴れる。最近は、町で何か奇妙な事が起きると、何でも三太と絡《から》めて、噂されるようになってきていた。

「でもね、三太はうちの子です。そりゃ、川端で拾った子ですが……縁あって、柿の木屋にきたんだ。私の跡取りです！」

大事な子だと、柿の木屋は言い切った。そして、おくまとおようへ目を向ける。

「実は私も幼い頃、親に捨てられた覚えがありましてね」

火事から親と逃げた時だ。火が迫り、大勢が小さな橋に詰めかけた時、柿の木屋は犬に吠え掛かられ、欄干の隙間《すきま》から川へ落ちてしまった。だが親は気づかなかったのか、無理と思ったのか、助けてくれなかった。それきり自分の前には、現れなかったのだ。

しかし、随分流された先で杭《くい》に引っかかった柿の木屋は、幸運にも助かった。それで、杭近くの町内に預けられ、その内奉公に出て一人で暮らした。

「泣けるほどに寂しかったですよ」

酷《ひど》く苦労もしたとつぶやく。だから！　同じような火事騒ぎが起きた時、川端で捨てられ、犬に吠えられていた三太を、柿の木屋は目ざとく見つけたのだ。そして、迷わず引き取った。

「何としてもこの子には、私と同じ思いをさせたくないんですよ。絶対に嫌だ」

それが元で、己《おのれ》に嫁が見つからないというのなら、悲しいが仕方がない。柿の木屋はそう言い切ると、三太の手を摑み立ち上がった。

「えっ、急に、見合いは終わるんですか？」

およう は慌《あわ》てたが、おくまはそっぽを向いている。柿の木屋は、物が散らばった中庭をもう一度見て、片付けると言ったが、おくまがそれを止めた。

「お招きしたのは、こちらです。片付けはしておきますから」

すると親子はまた、深く頭を下げる。そして食べ物の中を通って、横の木戸から出ていってしまった。

離れの妖達は顔を見合わせた後、呆然《ぼうぜん》としているおようを、皆で見つめていた。

2

四半時ほど後の事。中庭が綺麗《きれい》になった後、佐助が薬湯とお八つを持って、離れへ帰ってきた。すると驚いた事に、一緒に、おようがやってきたのだ。

若だんなは急ぎ身を起こすと、話をするために頑張って、苦い薬湯を飲み、己で分厚い綿入れを着込む。妖達は影内へ隠れたが、それでも興味津々、若だんな達の話に耳を傾けているのが分かった。

兄やは影へ苦笑を向けてから、おようと共に、若だんなの布団近くに座る。すると、まずはおようが語り始めたのだ。先程の騒ぎは離れへ筒抜けであったから、若だんなは直ぐ話を了解した。

(驚いた。おようは、柿の木屋さんとの縁談を何とかしたくて、私の所へ来たみたいだ)

おようは着物の膝《ひざ》を握りしめ、若だんなを真っ直ぐに見てくる。そして……きっぱり言った。

「若だんな、あたし、今度の縁談を受けたいと思ってるんです」

天井が、きゅいきゅいと軋《きし》む。

「おようさんは、あの凄い子、平気なのかな？」

「三太坊はまだ小さいです。その内きっと、もっと大人しくなりますよ」

おようはそれを願っているかのように、強く言った。若だんなが、おくまの考えを問うと、おようは泣きそうな顔になる。

「一旦《いったん》、破談にした方がいいって言われました」

良い縁談には、思えないそうだ。しかし。

「あたし、また所帯を持ちたいんです」

働くのを厭《いと》いはしないが、一人で一生やっていける気はしない。おようの二親《ふたおや》はもういないから、このままでいるのが恐かった。

「贅沢《ぜいたく》を言わなきゃ、おくまさんがまた、何か縁を見つけてくれるかもしれませんが」

ただ。おようは子が出来なかった。そんなおなごを嫁にしてもいいというお人には、多分、大きな子がいるだろう。だが。

「あたし、自分で子を育ててみたいんです」

無理だと言われ、亭主も家も失ってしまった日から、おようは子を持ちたいと願っていたという。

「おくまさんが、あたしを案じてくれてる事は、分かってます。身内がいないあたしにとって、そりゃありがたいお人です」

だが、それでもおようは子が欲しいのだ。それに……それに。おようはここで何故《なぜ》だか真っ赤になると、若だんなの前へ寄った。

「せっかくの話も、このままじゃ立ち消えです。あたしはさっき、母屋で泣きべそをかいてました。そうしたら」

その時たまたま、おかみのおたえが台所へ現れたのだ。三太が台所の器を派手に壊したので、それを確かめに来たらしい。奉公人であるおようの、縁談絡みで起きた事だ。おようは泣き顔のまま、慌てておかみへ謝った。

そして……もう縋《すが》るような思いで、誰かあの三太坊を、大人しく出来るお人はいないものか、おたえへ問うたのだ。

すると。

「おかみさんは首を傾げてから、こう言われたんです。〝相談出来る相手がいるとしたら、一太郎《いちたろう》かしらねえ〟って」

「はあ？」

およう の話が、まさか自分に行き着くとは思わず、若だんなは魂消た声を出した。

「私に、おくまを宥めて欲しいのかい？」

おくまは若だんなの乳母なのだ。だがおようは、首を横に振った。

「おかみさんは、あの三太坊が人並みに暮らすすべを知ってるのは、若だんなくらいだろうって、そうおっしゃいました」

というより、もし若だんながどうにも出来ないのなら、三太はずっとあのままだろうと、おたえは一人頷いたのだ。

「おかみさんも、他の縁を探したらとおっしゃいました。でもあたしは、母になりたい」

だから。

「若だんな、お願いします。あの三太という子を、どうにか大人しくさせて下さい！」

「きゅい」「ぎゅわ」「ぎゅんいーっ」

ここで大きく天井が軋み、若だんなは思わず佐助を見た。だが、妖達も驚いたこの話に、横にいた佐助が、否《いな》と言わなかったのだ。

（おや……おっかさんから来た話なんで、佐助は駄目だって言わないのかな）

ならば。驚きが少しずつ収まってくると、若だんなはぐっと背筋を伸ばしてみる。

（驚くような話だけど。でもこれは、外出をする、良い機会かもしれない）

最近兄や達の心配の仕方は、恐いほどになってきているのだ。以前なら、屏風のぞきを身代わりに、表へ勝手に出歩く事もあったのに、それが難しくなってきている。その上時々、鳴家が潰れるのを心配しなくてはならないほど、夜着が重ねられるのだ。

（それに、あの三太って子……）

——やはり止《や》めましょうと兄やが言い出す前に、若だんなは急ぎ頷いた。

「分かった。私なら暇があるからね。だから柿の木屋さんへ行って、もう一度縁談を考えてくれるよう、話してみるよ」

おようは長崎屋の奉公人だし、おくまの心配も分かる。頑張ってみると若だんなが言うと、やはり心配が募るのか、隣で佐助が眉間《みけん》に皺《しわ》を寄せ口を尖《とが》らせていた。

だが。ここで若だんなはおようへ、しっかりと一つ言い置いた。

「ただね、小さな子供が絡んだ話だもの。注文通りにはいかないかもしれない」

その時はおようも、縁が無かったと諦《あきら》めてはくれないか。

「それでいいかな？」

するとおようは、何度も頷いた。若だんなに迷惑をおかけしますと、ちゃんと謝ってもきた。そして驚いた事に、離れに来る前に書いたと、文《ふみ》を一巻き取り出し、若だんなへ託したのだ。

「三太坊が大人しくならなかった時は……これを柿の木屋さんへ、お渡し下さい。あたしの気持ちです」

それからもう一度、深く頭を下げると、おようは台所へ戻っていった。すると、それと入れ替わるように、いつもの面々が顔を出してくる。

「きゅい若だんな、煮売り屋さんへいくの？」

「佐助さん、おたえ様がよくお許しになりましたね」

顔を見せた鈴彦姫がそう言った途端、佐助が横で溜息を漏らした。

「百回目が過ぎたから、一回は外へ出さなきゃと、おたえ様はおっしゃってな」

「百回目とは、何ですか？」

妖達が揃って、きょとんと顔を見合わせる。すると佐助がやっと、少し笑った。

「若だんなが今年になって、いい加減出かけたいと言った、泣き言の回数だそうだ。

今朝方、おたえ様に会った時の愚痴で、百回目になったんだとか」

　大事な息子が、その内、ふさぎ込みそうだと言い、おたえは苦笑を浮かべていたのだ。ならば。

「気鬱《きうつ》になるより、若だんなに、おようの困りごとを何とかして貰った方がいい。おたえ様は、そうおっしゃったんですよ」

　そして多分、若だんなにしかやれない事もあろうと、付け加えたのだ。

「あ……確かに」

　若だんなは、百回目の愚痴と聞き顔を赤くしたものの、しかし直ぐに頷いた。おたえが、今回の話に若だんなを関わらせたのは、気晴らしの為だけではないと分かったからだ。

　何故なら。

「柿の木屋さんの三太坊……あの子、妖に違いないもの」

「え……ああ、そうみたいですね」

　自分達も妖だからか、長崎屋の皆は、それが何かという顔で、若だんなを見てくる。若だんなは、金次へ苦笑を向けた。

「金次だって、隣の一軒家へ移った時、勝手が違って、大分苦労してたじゃないか」

人と妖は違う。つまり三太は元々、人の暮らしから、大いに外れた者なのだ。だから、小さな子なのに、周りと揉める。三太は毎日を楽しめず、癇癪を起こしているのではと、若だんなは思うのだ。

「妖が人に化け、町中で暮らしているんだ。あの子、毎日が大変だろう。長く町中にいるうちの妖達だって、結構ひやりとする事をやるもの」

すると、若だんなの言葉を聞いた面々が、揃って不思議そうな顔つきになった。

「きゅい、若だんな、そう？」

「おい、あたしは完璧《かんぺき》だよ。何たって相手を貧乏にするために、人とは濃く関わってるからね」

「俺はずっと、この離れで暮らしてるんだ。勿論《もちろん》、人らしいさ」

屛風のぞきがそう言うのを聞き、若だんなは一瞬、天井を向いてから、笑った。

「なら、あの子が今の家で暮らしていけるように、皆も手を貸しておくれ」

拙い事に、父親の柿の木屋さえ、子が妖だと気づいていない。いや教えても、信じるとは思えない。妖達と若だんなが、手を差し伸べるべきなのだ。

途端、長崎屋の面々が、張り切り出した。

「仕方がないねえ、この金次が手伝おうか」

若だんな一人に苦労させていると、また寝こんで、なかなか碁の相手をしてもらえないからと、貧乏神が言う。横から付喪神や小鬼が、一緒にやると言いだした。

「きゅい、鳴家が一番、役に立つの」

「勿論、あたしがいなきゃ駄目さ。人の振りをどうやるかなんて、教えられないよ。ちっさい小鬼が、何を言うっていうんだ？」

屛風のぞきが鳴家達にがぶりと嚙まれ、悲鳴を上げる。佐助は一寸眉尻《ちょっとまゆじり》を下げたが、しかしぐっと言葉を飲み込み、珍しくも心配を並べなかった。しかしその代わりに、なるだけ暖かい若だんなの着物を出しつつ、一つだけ口にする。

「若だんな、忘れないで下さいまし。妖達は、人とは違います。それを人に合わせようなんて、そもそも難しい事ですよ」

「そうだね」

若だんなが頷くと、佐助は若だんなが歩かずに済むよう、舟の手配をしに出た。妖達も支度を始め、ちょいと人の姿に化ける。そして柿の木屋へ付いて行くのに、何故だかお菓子を、袖《そで》に入れたりしていた。

3

若だんなと佐助、それに妖達は、堀川を舟で、柿の木屋近くへ向かった。目指すのは神田でも東の方、日本橋を北へ渡り両国橋へと向かう辺りで、堀沿いに町屋がびっしりと並んでいた。大通りから外れた細めの道にも、商いをする小店が多く見受けられる。

道には多くの振り売り達や、武家、おなごらが、数多《あまた》行き交っている。通町よりは小店が多いが、賑《にぎ》やかな辺りであった。

「さあ、我ら妖達が、ちょいと力を見せる時が来たかねえ」

屏風のぞきは、張り切って上機嫌で、舟から脇《わき》に見える家々へ目を向けている。だが、佐助は堀川から岸へ上がると、直ぐに眉を顰《ひそ》めた。並ぶ長屋の先、煮売り屋柿の木屋がある筈《はず》の辺りに、何故だか人が集まり、騒ぎになっていたのだ。

「これは何としたことか」

皆で歩み寄り、集まっていた者達の一人に、それとなく騒動の訳を聞く。すると前にいた端布《はぎれ》売りの男が、気味悪そうに柿の木屋へ目を向けてから、事情を語ってくれた。

「最近この辺りで知らない男が、子供に声を掛けてるんだとさ」

柿の木屋の三太について問われただけで、何が起きた訳ではなかった。しかし、知らない男は何度か現れたものだから、子供より親達が、うなじの毛を逆立てたのだ。

「三太坊の事を聞くんだから、知り合いかも知れない。ある大工の親はそう考えて、柿の木屋へ行ったんだと」

ところが、だ。子を連れて柿の木屋を訪ね、親が柿の木屋と話していると、子が店先で急に怯えた。

「何でも、さ。柿の木屋の前にあった床机《しょうぎ》の影が、動いたっていうんだよ」

さすがに信じられるような話ではなく、大工は、丁度店へ出てきた三太へ、悪戯《いたずら》でもしたのではと問うた。柿の木屋が怒って口喧嘩になり、その声で近所の者達を集めてしまった。話は妙に広がりよじれ……、他の親も集まって、人だかりが出来てしまった訳だ。

「おかげで、あの始末さ」

若だんなは話してくれた振り売りに頭を下げると、店を見て溜息をついた。

「ありゃあ。あれじゃ煮売り屋の商いは、あがったりだ」

一寸眉尻を下げた若だんなは、妖の皆と、柿の木屋へ歩んでゆく。すると、またしても驚いた事に、集まっていた者達と柿の木屋は、既に諍《いさか》いなどしていなかった。騒いでいるのは小さな坊主達で、双方の親がそれを押さえ込んで、溜息をついていたのだ。

「三太、違う。誰も三太を怒っちゃいない。ああ分からねえか。だからその、泣くな」

すると泣き止み、今度は喚《わめ》きだした幼子を見て、柿の木屋は肩を落とす。ここで側に居た坊主頭の子が、恐い声を出した。

「三太が悪い。三太がいると、影が動く」

そう言うと、三太の着物を邪険に引っ張ったものだから、親に見つかり怒鳴られた。

「ぎゃーっ」

「ふえーっ」

煮売り屋には子供の泣き声が満ち、皆、気になった男の事を、話すどころではなくなっていた。佐助が、一つ首を振る。

「大騒ぎですね。放っておいたら、こちらの用も話せないようだ」

苦笑を浮かべると、兄やは煮売り屋の前にあった床机へ、突然拳固《げんこ》を落とした。どんっ、と、腹に響く音が轟《とどろ》き、途端、柿の木屋は静かになる。その間に佐助がすかさず、店主へ言葉をかけた。

「ちょいとごめんなさいよ。柿の木屋さん、長崎屋の者ですが」

うちの若だんながおいでですと言うと、柿の木屋が驚いた顔になったので、囲んでいた大人達の輪が崩れる。商いの用でもあるのかと、客が来たのを機に、皆、店から離れていったのだ。

後に、ほっとしたような柿の木屋が残され、頭を下げてきた。

「こいつは、騒がしいところをお見せしちまったようだ。ああ、お前さんは長崎屋でお会いした、手代《てだい》さんでしたね」

佐助に会釈《えしゃく》をすると、柿の木屋は何のご用でしょうかと、若だんな達の方へ顔を向ける。若だんなは一寸迷ったものの、おようから文を預かってきたと言い、最初に柿の木屋へ差し出した。

「おや、いいのかい？　三太坊が大人しくならなかった時はと、おようさん、言ってなかったっけ？」

屏風のぞきが問うてくると、何故か横から金次が返事をする。

「あのなぁ、おなごが縁談相手へ、わざわざ文を書いたんだ。読んで貰いたいに、決まってるじゃないか」

「あ、そうか」

柿の木屋は押し頂くように受け取ったが、三太が文へ手を伸ばすものだから、直ぐには読む事にならない。若だんなは、暫《しばら》く三太の面倒を見るから、文をゆっくり読んでくれないかと声を掛けた。

「柿の木屋さん、出来たらおようへ、一筆返事を書いて貰えると嬉しいんだ。あの子、一所懸命それを、書いたと思うんだ」

「そいつは……助かります。あの、店は一旦、閉めておきますんで」

小さな煮売り屋は、いつも一人で商っているのだろう、しばし休む事もあるようで、主《あるじ》はあっさりと表の引き戸を閉める。そして柿の木屋が一人奥へと入ったのを見て、置いていかれた三太は口をひん曲げ、急いで後を追おうとした。だが、それを若だんながが横から止める。

「三太坊には、ちょいと話があるんだよ。ねえ、そこの上がり端《はな》に座ってくれないかな」

途端、三太は若だんなの手を噛もうとして……口を開けたまま、動きを止めてしまった。若だんなの袖口から小鬼達が顔を出し、三太へひょいひょいと手を振っていたからだ。

「なに？　なに？」

三太が手を伸ばすと、小鬼達は袖から土間へ出て、子供に近づいたり離れたり、直ぐに遊び始める。それを見て、屏風のぞきが断言した。

「小鬼が見えてるな。やっぱりこの子、妖だ」

「さて、何者でしょうね」

万物を知る白沢《はくたく》、仁吉《にきち》の方が来ていれば、名が分かったかと、佐助が顔を顰めている。

「名前よりも、とにかく無茶をしないよう、まずは言い聞かせないと」

三太に妙な噂があるから、柿の木屋は今日も騒ぎになっていたのだ。

「このままじゃ、店が危うくなるかもしれないもの」

すると頷いた妖達は、余人のいなくなった柿の木屋の中で三太を取り囲み、大真面目に妙な事を言い出した。

「きゅい、鳴家がお手本。子供は遊んで、お菓子、食べるの。沢山、食べるの」

「おかし？」

三太が首を傾げ、横から屏風のぞきが、慌てたようすで口を出す。

「小鬼の阿呆《あほう》が。おい坊主、人とは上手く、付き合うんだよ。それにはな、まず……嚙んだり、急に叫んだりしないこった」

「……こった？」

三太が反対側へ首を傾げたので、次は金次が話し出した。貧乏神は珍しくもきちんと、妖《あやかし》の心得を語る。立派な妖であれば、人と安易にぶつかったりしないこと。正体を覚られないこと。要するに、騒ぎは禁物であると話したのだ。

三太は、金次をじっと見つめた。

「きん、もつ？」

若だんなは不安になり、一旦、皆の話を止める。

「えーっと、三太坊。皆が何を話してるか、分かってるかな？」

言い聞かせようにも話が伝わらないとは、思っていなかったのだ。ここでまた、大いに奇妙な返答が来てしまう。

「わ、かって？」

「わあ、どうしたらいいものやら」

若だんなが頭を抱え、長崎屋の面々も顔を見合わせる。その時であった。

「きゅんいーっ」

鳴家が突然声を上げ、若だんなの袖内へ、飛び込んできたのだ。

「どうしたの？」

皆が驚いている間に、佐助が動いた。煮売り屋の内を一またぎにし、引き戸を開ける。途端、影がさっと表の地面を動いて消えた。

「な、何だ、ありゃ」

すると三太が戸口へ寄って来て、しきりと表を見ている。訳を問うても、首を傾げているから、自分でも外が気になる訳が、よく分かっていないのだろう。

「今の影って、騒いでた大工の子が見たものだよね？　あれ、妖だろうか」

若だんなが妖らを見ると、皆は一瞬、目を見合わせる。佐助が地面を見ながら言った。

「人ならぬ者だと思いました。が、それ以上は、分かりません」

「三太が気にしてたな。あっちも三太を気にしてるみたいに思えたけど」

ならばと、若だんなが言う。

「影内にいるのは、三太の実のお父さんかも。三太を探してるとか……違うかな？」

若だんなが、期待を込めて皆をみる。だが妖達は、首を傾げた。

「妖に、父親ねえ。いたっけ？」

自分には、そんな者の覚えはないと、金次は言う。小鬼達も、揃《そろ》って「きゅい」「きゅわ」と鳴きつつ、「親？」と戸惑っている。

「付喪神《つくもがみ》には、いねえな」

屏風《びょうぶ》のぞきは断言した。何しろ器物が百年の時を経て、妖と化したものなのだ。確かに父など、いようはずもなかった。

「ならあの影、誰なのかしら」

答えを見つけられずにいると、その内奥から柿の木屋が戻って来た。見れば柿の木屋は、目を赤くしている。涙が滲《にじ》んでいるように見えた。

「おんや、目に埃《ほこり》でも入ったのかね」

妖達が、きょとんとした顔で見つめると、主は顔まで赤くして、若だんなを見てきた。

「あの、おようさんからの文、拝見しました。その、その……」

柿の木屋は一寸言葉に詰まり、話す代わりに文を見せてきた。要するにおようは、三太が周りからどう言われようが、腹をくくって母親になると、そう伝えてきたらしい。

柿の木屋の目が、一層赤くなる。

「長崎屋で会ったのは、優しげで小さな娘さんでした。息子の事をちょっと言われただけで、男の私が逃げたのに。なのに」

およう は見合いの短い間に、苦労するに違いない義理の息子と、大変な近所の付き合いを引き受けると、決めてくれたのだ。

「親代わりのおくまさんに、何度も止められたと書いてありました。それでも見合い後、何とかならないか、色々考えていたそうで。おようさん、自分でも変だなと思ったみたいです」

つまり。

「惚《ほ》れたから、側に置いて下さい。文で、そう言ってくれました」

男として、もの凄《すご》く己が情けなかったと、柿の木屋が漏らす。柿の木屋とて、おようとの話を、良い縁だと思っていたのだ。実は長崎屋へ行く前に、遠くからちょいと、おようを見てもいたらしい。だから長崎屋へ来てくれと言われた時は、一番いい着物を着ていった。なのに。

「三太の事を言われた途端、腰が引けてしまいました。情けないです」

柿の木屋はここで、三太を見つめた。そして、おようさんが、おっかさんになってくれる。いいかなと、息子へ問うたのだ。

「およう、さん？」

三太は名が分からないのか、覚えていないのか、首を傾げている。その小さな体を抱きしめると、柿の木屋はきっぱりと言った。

「三人で暮らしていこう。おとっつぁんも、あのお人に惚れたんだ」

長崎屋のお人から反対されたら、店からおようを連れだし、柿の木屋まで逃げるのだと、店主は若だんな達の前で堂々と言った。佐助は片眉を引き上げ、金次と屏風のぞきが、面白そうに笑い出す。

「だから若だんな、よろしくお願いします」

「えっ？」

若だんなは、驚いて一瞬、黙り込んでしまった。それから皆を見た後、困ったように柿の木屋へ言う。

「私が今日こちらへ来たのは、その、三太坊と話してみようと思ったからで」

少しでも、坊が周りと上手く折り合いがつくように出来れば、いいなと思ったのだ。

ところが。

「三太坊を、皆とどう馴染《なじ》ませたらいいのか、まだ分かりません。もし今のままなら、おようとの縁談は無理だ。おくまはそう、思っているようなんですが」

なのに、その無理な縁談が、目の前でまとまりかけていた。

「きゅんい？」

袖の内から声がしても、誰も気にする者はいない。若だんなが、柔らかく笑った。

「さてさて、どうしたものか」

世の中と上手くやるのは、若だんなでも難しくて、時々困る。すると周りにいた妖達が、軽く、明るく、困るくらいあっさりと答えを出してしまった。

「若だんな、三太坊の事は、今はどうにもなりゃしねえ。困って悩んでも、なるようにしかならねえよ。仕方なかろうに」

貧乏神が笑いながら言い、小鬼達が頷《うなず》く。付喪神と佐助が、苦笑を浮かべていた。

「縁談の方は……出物、腫《は》れ物、所嫌わずってぇ言うからな」

「まあ、止めたって、止まるもんじゃないでしょう」

ふふふと笑い声がして、ははは と別の声が重なり、妖達が笑う。その中で柿の木屋が、足を踏ん張って大きく頷いた。

若だんなは、三太の事を何とかしにきて、縁談の方を、まとめてしまったと知った。

4

世の中には、やってみれば何とかなることも、結構あるらしい。

若だんながしでかした事を知ると、おたえが笑い、おくまは驚いた後……不承不承、承知した。藤兵衛《とうべえ》が、嫁入りの道具を用意した。

そして小さな煮売り屋、柿《かき》の木屋とおようの祝言《しゅうげん》は、柿の木屋の店で、近所の者達を呼び、早々に行われたのだ。

その祝言は近所の者達から、思った以上に歓迎されたらしい。とにかく三太が大人しくなるのではと、皆は期待したのだ。

祝言から暫く後、若だんなが大人しく離れで大福を焼いていると、猫又《ねこまた》のおしろが現れた。そして、猫の姿で柿の木屋の様子を見てきたと、後日の事を話してくれた。

「夫婦は仲むつまじく、煮売り屋稼業《かぎょう》に精を出していましたよ」

大福を貰ったおしろは、深く頷く。元々柿の木屋は評判が良かったので、品数も増えた今、繁盛《はんじょう》しているらしい。

「三太坊の方は……とりあえず、今日は近くの子らと遊んでました」

大して喋《しゃべ》らなくとも、子供は遊べるのだ。

「三太坊より小《ち》っさくて、言葉の遅い子だって、一緒に遊んでますからね。子供なんて、そんなもんですよ」

「そうか。やっていけるもんだねえ。あの子、話さないままだし、大人しくなったとも思えないけど」

妖らが笑い出した横で、若だんなは大福を上手に焼き、皿へ置いてゆく。

「俺にも、もう一個くれ」

屏風のぞきが嬉《うれ》しそうに貰うと、鳴家《やなり》がそれを素早く、半分ほど囓《かじ》っている。横でおしろが今回の件を、昔話のようにまとめた。

「昔昔、困ってる煮売り屋へお嫁さんが来て、揉め事が何とか収まりました。お終《しま》い」

「きゅい、短い」

「何で、昔昔なんだ？」

「あら金次さんも、来てたんですか。話しやすいんですもん。おようさんが、幸せになるといいですねえ」

とにかく、物語のようにすっきりとはせずとも、これで柿の木屋の件は収まったと、妖達は納得顔であったのだ。今回若だんなは寝込みもしなかったので、事は目出度く終わったとされた。

「きゅい、大福、もう一個」

「はいはい」

妖達は皆、自分の言葉こそが役に立ったのだと、得意顔であった。そして離れでのんびりと、昼下がりのひとときを過ごしていた。

ところが。

「若だんな、若だんな。柿の木屋が大変です！」

それから三日もしない内に、柿の木屋の件は、また、思いもしない方へと動いた。離れへ飛び込んできた白い猫へ、屏風のぞきに鳴家、金次、仁吉、若だんなが、一斉に目を向ける。

「おしろ、どうかしたの？」

若だんなが急いで、水の入った湯飲みを差し出すと、人の姿になったおしろは、ぐっと一杯飲み干す。その間に若だんなが、横から問うた。

「もしかしたら、三太坊がまた、無茶をしたのかい？」

義理の母が出来ても、妖の子は、急には落ち着かないに違いない。しかし、おしろは首を横に振った。

「いいえ、騒ぎの元は、坊じゃないんです。いえ、関係はありますけど」

柿の木屋は妻を得て、繁盛していた。するとその話を耳にしたのか、店へやってきた者がいたのだ。

「何と、自分が父親だと名のる男が、現れたんですよ」

「は？　三太坊のおとっつぁんが、柿の木屋へ来たの？」

皆驚き、顔を見合わせる。若だんなは火鉢の横で戸惑った。

「あれれ？　妖は親の事など知らないって、皆、言ってなかったっけ？」

「でも、現れちまったんですよ」

おしろによると、その父を名のった男は、己の名を〝猪助《いのすけ》〟だと言っているらしい。ただ。ここでおしろが、何故だか声を落とし、長火鉢を囲んでいる屛風のぞきや小鬼、それに仁吉を見てから、小声で語った。

「そしてね、その猪助って男、偽物《にせもの》なんですよ！」

「きゅげ？　何で？」

「妖である三太坊の父親なら、妖でしょう？　なのに猪助は、どう見ても人なんですもの」

しかも幼い三太の父親にしては、かなり年が上だ。四十も半ばに見えるのだ。

「まあ、子を持つのは無理って年じゃ、ないですけど」

しかし柿の木屋も近所の者達も、三太が妖である事など知らない。よって男が本物の父親ではない事も、分からない。だから、年の合わない猪助を胡散臭《うさんくさ》く思いつつも、追い払えずにいるのだ。

若だんなは困ったように、皆の顔を見た。

「変な事になったねえ。でもその〝父親〟猪助さんとやらは、どうして柿の木屋へ行ったのかしら」

近所の人達が知っていたようだから、三太が貰《もら》い子だということを、承知している者は多かったろう。だからその話を使って、偽の父親だと騙《かた》る事は、出来なくはない。

「でも、そんな事をして、どうするのかしら。柿の木屋さんは、小さな煮売り屋だよね？」

表長屋にある小店《こだな》で、例えば盗人が入り込んでも、大枚持ち出せるような店ではなく、訳が分からない。仁吉も珍しく、首を傾げた。

「三太が女の子であったら、連れだして売る気かと、心配になるところですが」

癇癪《かんしゃく》持ちと評判の男の子では、攫《さら》いにきた訳でもなかろう。

「ぎゅわ、変」

「その男、柿の木屋で父を名のった後、どうしたんだい？」

「さあ。偽父の話を知って、直《す》ぐに長崎屋へ来たものだから」

「まだ、分からないか」

となると、その後が知りたくなる。若だんなが腰を浮かしかけたのを見て、仁吉が渋い顔つきとなった。

「若だんな、先日出かけたんです。暫くは離れでゆっくりなさるとの、約束ですよ」

浮かれて無理をすれば、仁吉が布団《ふとん》へ放り込まなくとも、直ぐに寝付く事になる。そう言われて、若だんなは座り直したが、それでもそわそわと表へ目を向けた。

「でも気になるよねえ。その猪助さんの事とか、柿の木屋の今とか、知りたくないかい」

すると妖達が、嬉しげに言い出した。

「ああ、若だんな。また俺達の力が借りたいっていうんだね。まあ、この屏風のぞきは、頼りになるからな。うん、そうなんだ」

仕方がないから柿の木屋へ行って、様子を見てくると言うと、付喪神は鼻を天井へ向ける。すると鳴家達が、自分達こそ一番役に立つのだと、張り切って言い出した。

「だからお団子、ちょうだい。沢山、お団子」

「あたしは羊羹《ようかん》の方がいい。いや、ちょいと柿の木屋を貧乏に出来たら、もっといいんだが」

「金次、そいつは駄目だよ」

若だんなは慌てて、紙入れから幾らか取り出し、柿の木屋からの帰りに、三春屋《みはるや》で菓子を買っておいでと、屏風のぞきに渡す。

妖達は嬉しそうに出て行き……幾らもしない内に、屏風のぞきと小鬼が先に、目を輝かせながら帰ってきた。

「いやぁ、柿の木屋の近所は、今、噂《うわさ》で盛り上がってるぜ。面白いったら」

若だんなの側《そば》へ座り込み、屏風のぞきは話しつつ、小鬼らと団子や羊羹、饅頭《まんじゅう》を広げる。

「きゅいきゅい。煮売り屋、大繁盛！」

「柿の木屋は今、客が途切れる間が無い程だった」

屏風のぞきによると、繁盛の訳は猪助だという。三太の父親だと言いだした男は、わざわざ店の縁者だと、言いふらしているのだ。だが、育ててくれている夫婦に悪いから、三太を取り上げたりはしないと言ったらしい。

しかし、そうなると自分は寂しい。よって近くの長屋へ越し、店を手伝うとも言った。そして本当に近所へ越してくると、勝手に毎日、柿の木屋へ通っているという。

「は？　猪助さんというお人は、柿の木屋で働いてるの？」

若だんなが驚くと、付喪神が深く頷いた。

「もっとも、料理は大して出来ないって事なんだ。それで、勝手に三太坊の面倒をみたり、家の用をやってるのさ」

三太に突然父親が湧《わ》いて出たおかげで、この先どうなるのかと、物見高い客らがやってきて、店は繁盛している訳だ。

「だけどさ、猪助さんは、三太坊の父親じゃあないよ」

若だんなが首を傾《かし》げた。人なのだ。違う筈であった。

「一体、これからどうなるんだろう。柿の木屋の夫婦は、どうするつもりなのかしら」

「さあねえ。でも誰にせよ、近所で暮らすのは止められないぜ」

人ごとだからか、屛風のぞきは楽しげだ。

「煮売り屋夫婦は、三太を可愛《かわい》がってる。猪助が本当の親でも、今更渡したかぁないだろうしなぁ」

すると、ここで若だんながふと、以前の噂を思い出した。

「そういえば、前にあった心配事だけど。柿の木屋の近くで遊んでいた子が、男に声を掛けられたって話、あったよね？」

もしかしたらその男が猪助で、柿の木屋へ声を掛ける機会を、待っていたのだろうか。仁吉が眉を顰める。

「もしその男が猪助なら、前から三太の周りを、うろついてた事になります。狙《ねら》いは、何なのでしょうか」

人にせよ、妖にせよ、訳が知れない事は、不安の元であった。

「おようは今、困ってるだろうね」

若だんなが表へ目を向け、また腰を浮かした、その時だ。眉間に皺を寄せた仁吉と若だんなの前へ、今度はおしろと金次が、飛ぶような勢いで帰ってきたのだ。

そして、若だんなが茶を淹《い》れてくれるのも待たず、二人は急いで話し出した。要するに、小鬼や屏風のぞき達が帰った後、柿の木屋の騒ぎはまたまた、大きく動いたのだ。

「屏風のぞきから、柿の木屋には、沢山客が来ていたって聞いただろう？」

柿の木屋は小さい店だから、多くの客が来ると、表の戸などは開けっ放しだ。すると。

「若だんな、店の表に一つ、床机が出してあったのを覚えてるかい？　今日な、何故だかその床机の影が、また動いたのさ！」

表にいた客が悲鳴を上げ、皆、影から大急ぎで離れたのだ。

途端、客の誰かが騒ぎ出した。

「三太は、やっぱりおかしいって言ったのさ」

誰の言葉かも分からない。だが声にあおられ、大人達が、三太を摑《つか》もうと手を伸ばした。三太は悲鳴を上げ、表へ逃げ出す。すると何人もが、小さな姿を追った。三太が金切り声を上げ、大人達も大声を出し、柿の木屋の前が一気に剣呑《けんのん》な気に包まれる。

だが。ここで体を張って、三太を庇《かば》った者がいたのだ。おしろが大きく頷いた。

「何と、猪助だったんですよ！」

人であるから猪助は、妖三太の父親ではない。間違いなく偽物だ。なのに猪助は三太を抱きあげると、自分の後ろへ隠した、そして、いきり立っている客達へ、雷のような声で喚いたという。

「小さな子供に、何しやがるっ。大の大人が、どういう気だっ」

店の前が一気に静まった。するとそこへ柿の木屋が店から駆け出てきて、三太は父親の懐《ふところ》へ飛びつく。

「な、何があったんですか」

主が呆然《ぼうぜん》とした顔で問うた時には、床机の影はとうに動かなくなっていた。怪異が収まってしまえば、後に残るのは、大人がしでかした情けのない行いばかりだ。

「長屋の皆は、さすがに気恥ずかしくなったようだね。慌《あわ》てて柿の木犀に頭を下げると、皆、床机を薄気味悪そうにみつつ、店を後にしたという訳だ」

金次がそう話を締めくくり、おしろが頷く。屏風のぞきが首を傾げ、ひとこと言った。

「あれ……猪助は何で三太を庇ったんだ？」

猪助は、必死で三太を守ったらしい。越した先、己の近所の面々と、いきなり角突き合わせたのだ。

「何でだ？ あいつ、偽物の親父《おやじ》だよな？」

この問いには離れの誰一人、返事が出来なかった。

そして何故《なぜ》、床机の影が動いたのか、その事も分からない。若だんなは黙ったまま暫く、考え込んでいた。

5

翌日の事。若だんなはまた舟を仕立て、神田の柿の木屋へ、おようを訪ねる事にした。伴ったのは兄《にい》やの仁吉と鳴家達、それにどちらも居残るとは言わなかった、屛風のぞきと金次だ。

「若だんな、きっと今晩辺りから、熱が出ますよ。寝こみますよ」

町の間を行く舟の上で、仁吉が不吉な言葉を口にする。若だんなは頑固に言った。

「だって……私が離れにいたままじゃ、仁吉は柿の木屋へ行ってくれないんだもの」

仁吉は、万物を知る白沢だ。だから小さな三太が何者であるか、仁吉なら、一目で分かる筈なのだ。

「それが分かれば、三太の周りで動く影が何ものか、知る事が出来るかもしれないし」

ついでに猪助の本心まで、たどり着ける事もあり得るのだ。とにかくもう放ってもおけず、若だんなは表へ出てきた。

「そう上手《うま》く、いきますやら」

大いに疑っている仁吉を引っ張り、若だんなと妖達は岸へ上がり、とにかく柿の木屋が入っている表長屋へ向かう。すると若だんな達は、柿の木屋の店先で、まず三太を連れた男を見かけた。

「あれが猪助だ」

金次が告げると、仁吉は直ぐに、男がただの人であると断言した。そして。

「さて三太坊の方は、妖で間違いないですね。だから、やはり親子ではありません」

そして、仁吉が一寸言葉を切り、すっと目を細めて子供を見つめる。

「……おやおや」

それから屛風のぞきの方を見ると、あの子供はお仲間、付喪神であろうと言ったのだ。

「付喪神？　それにしちゃ、何とも幼い感じがするが」

横で金次が驚いたのもどうりで、付喪神は器物が百年の時を経て、妖と化したものだ。仁吉は頷くと、多分三太は大きな付喪神の一部、壺《つぼ》や絵に描かれていた幼子が、転がり落ちたものではなかろうかと口にした。

「落ちた一かけゆえ、一人前に語る事が叶《かな》わないのでしょう」

若だんなはここで、柿の木屋の前に置かれた床机へと、目を向ける。

「ということは、三太へ寄って来ている影というのは、もしかして」

欠け落ちた己の一片を探している、付喪神なのだろうか。「ああ」と言って、金次も頷いた。

「そういやぁ柿の木屋は、三太を火事の後、拾ったって言ってたな」

ならば急ぎ火から逃げる時、多分、大八車か何かで乱暴に運ばれ、三太は付喪神の本体から、落ちてしまったのかもしれない。そして、元々が童の姿であった為《ため》、子供と思い込んだ柿の木屋が、拾ってしまったのだ。屏風のぞきも頷く。

「なるほど。大元の付喪神は、影の内から三太を探しに来たはいいが、動くのを見つかり気味悪がられた。そういう訳だったんだ」

おお、仁吉に来て貰って良かった。すっきりしたと言いかけて、しかし屏風のぞきは顔を顰《しか》めた。若だんなも困ったように眉尻を下げ、柿の木屋の前にいる男へ目を向ける。

「じゃあ、妖ではない、あの猪助は誰なんだろう」

そしてそして、この一見奇妙な結論を、三太を可愛がっている夫婦に、何と言って告げれば良いのだろうか。

「三太は、絵か絵付きの壺、でなきゃ皿だろうって言うのか？　信じるかな？」

それどころか柿の木屋夫婦は、大事な子を、迎えに来た付喪神へ返す事も嫌がるだろう。しかしそれでは三太も、一部が欠けたままになる大元も、困ってしまう。若だんな達は目を見合わせ、呆然としてしまった。

「きゅべ、信じない」

「おようの縁談が、いつの間にこんな困りごとに、化けてしまったんだろう」

すると妖達は、三太へ語ったように、若だんなへも教えを垂れてきたのだ。

「ま、妖は、化ける事も多いからな」

「きゅんい、金次、なにそれ？」

「若だんな、放っておくのが、一番じゃないかねえ」

屏風のぞきがあっさり言うが、若だんなは頭を抱えた。そうやって知らぬ振りをしていたら、事はもっとこじれそうに思えたからだ。

「私は、この件を何とか終わらせたいんだ。出来るのかしら」

若だんなが柿の木屋を見つつ、困ったように言う。このまま店を訪ねて、一体何が出来るのか。答えを思い浮かべられず、若だんなは立ちすくんでいるのだ。

「ああ、簡単には終わりそうもない。体が冷える。離れにいれば良かったです」

仁吉が、渋い顔つきで言った。

ところが。若だんな達がどうすべきか迷っている間に、事は思いがけない形で進んでしまった。柿の木屋の辺りに、空を渡って、半鐘の音が聞こえてきたからだ。

緩く一つ、区切って打つ鐘の音であったから、近火ではない。そして江戸では火事が本当に多かったから、遠くでの出来事に、若だんな達は慌てたりしなかった。

だが。半鐘の音が聞こえた途端、柿の木屋の横手から、大きな鳴き声が上がったのだ。

「ばうっ、わうぅっ」

鐘の音に釣られたのか、犬の遠吠《とおぼ》えが響き渡る。途端、若だんな達の前の道を、影が滑るように横切り遠のいて行った。

「うわっ、あれが噂の影か？」

皆で驚いていると、三太が突然、その影を追うように駆け出した。するとその三太を、どこからか現れた犬が追い始める。影と三太は、犬に追われる形で、店から遠のいた。

「三太っ」

驚いたのは猪助で、直ぐに跡を追った。

「そういえば三太坊は拾われた時、犬に吠えられてたって、柿の木屋さんが言ってたっけ」

ここで若だんなは急ぎ、柿の木屋へ声を掛けた。店内から夫婦が飛び出してきて、必死に子の名を呼んだ。

「三太、三太坊! 止まれ。犬は嚙《か》みつきゃしないからっ」

柿の木屋までが走り出したのを見て、若だんなも後へ続こうとする。だがそれを、仁吉が止めた。

「若だんな、今から走って追っても、追いつくのは難しいです。追うのなら、舟で行きましょう」

「あ、そうか!」

堀川沿いから離れてしまうと、跡を追えないが、確かに走るよりは、ずっと早いに違いない。若だんなは余り走れないから、尚更《なおさら》であった。

「追うなと言われるより、ありがたい」

急ぎ乗ってきた舟へ移ると、妖達も後に続く。小鬼が道の先へ目を向け、あっちへ走った、こっちの道へ抜けたと、柿の木屋の跡を追った。

すると。

若だんな達はじき、堀川沿いを走る柿の木屋に追いつき、声を掛けた。すると、柿の木屋の不安げな声を、若だんな達は耳にする事になった。

「ああ、何か嫌だ。このまま走って行くと、堀川へ行き着くんだ。三太を拾った辺りが、見えてくる」

あの日はもっと近場で火事があった。やはり犬の吠え声が聞こえていたと、柿の木屋は言う。息を切らせているのに、それでも喋らずにはいられない様子であった。若だんなは前を行く犬や猪助に、目を向けた。そして、その前に居るはずの影へ、考えを向ける。

「仁吉、影は……つまり三太の本体は、絵じゃないかもしれないね」

もし、付喪神が紙で出来ていたとしたら、川縁《かわべり》は恐《こわ》い場所の筈《はず》なのだ。屏風のぞきとて、今は力を込めて舟縁を握りしめている。

「だけど、さ。もし、壺や絵皿など、水に強いものだったら、どうだろう？」

妖は己の一部、三太を取り戻したいが、上手くいかずに困っていた筈だ。妖であれば、人前で妖だと分かってしまうのは拙《まず》い。恐れられ、打《ぶ》ち壊されるかもしれないからだ。

つまり、三太を取り戻したいとしたら。

「水の内へ入るかもしれない」

仁吉も頷いた。

「川に流された形にすれば、三太が居なくなる言い訳が出来ますね」

するとここで屛風のぞきが、三太はそろそろ戻らなくては、危なかろうと言いだした。

「あたしは自分の屛風の一部が、どこかへ消えちまったら、酷《ひど》く困るがね」

「でも、柿の木屋さんは……」

若だんなが言いかけると、金次がぴしりと言った。

「おいおい、このまま元に戻れなかったら、三太坊だって、無事じゃいられないかも知れないぜ」

付喪神の身が欠ければ、人ならぬ者と化している力が、弱まりかねない。この世に留まれず、いつの間にやら消えてしまった妖とて、今までに数多《あまた》いた筈なのだ。

「三太坊は大元から離れちまった方だ。本体より、更に危なかろうが」

若だんなは歯をくいしばると、付喪神の言葉に頷く。だがそれでもまた、柿の木屋へ目を向けもした。

言葉が出て来なかった。

（でも、今の三太坊には二親がいるのに……）

親子は、引き離される運命なのか。これが正しいと、思いつく答えが見つからない。この後ゆっくり考えても、きっと分からないのではと思う。三太と柿の木屋、双方に嬉しい明日の形が、若だんなには分からなくなったのだ。

「どうしたら……」

迷っている所に、また猪助の声が聞こえてくる。

「三太坊、止まっとくれ。三太坊。その先は危ないんだよ。川に落ちたら着物が水を吸っちまう。直ぐに底へ引き込まれちまうぞっ」

川を甘く見ないでくれ。頼むから、頼むから。猪助の声は悲鳴のようで、必死の響きがあって、若だんなや妖達が目を見合わせる。すると後ろを走る柿の木屋の顔が、何故だか段々と、強《こわ》ばってきたのだ。

若だんなは眉《まゆ》を顰《ひそ》めた。

「猪助さんもまた、妙に川を怖がってるみたいだね。どうして……」

半鐘の音は遠ざかりはしたものの、続いている。そこに、また犬の遠吠えが聞こえた。

途端！　影が堀川へ滑るように消えた。それを三太が追う。

その時。

「ひいいいっ」

辺りに響き渡る大声を上げたのは、猪助であった。

「坊っ、行っちゃあ駄目だっ、坊っ」

猪助はわめき散らしつつ、己も川へと駆けて行く。

「探したんだっ、何度も探したんだっ」

「えっ」

若だんな達は、その大声に驚き、猪助を舟から見つめる。柿の木屋も、食い入るように見ている。四十も半ばの男は、もう夢中で喚《わめ》いていた。

「でも……あの火事の時、皆、逃げてた。死にものぐるいだったんだ」

その最中、猪助は気がつくのが遅れた。一人息子が橋から転げ落ちた事を、寸《すん》の間《ま》分かっていなかったのだ。

喚く。嘆く。

「荷物も何もかも放り出した。でも、でも」

火は迫ってくる。他にも川へは色々落ちていた。川は濁り、浮いていないものは見えない。その内猪助は、逃げてくる者達に橋から押し出され、息子からどんどん離されてしまった。

「探した。本当だ、本当なんだっ」

「……猪助さん？」

もしかしたら、もしかして。若だんな達は皆、岸をゆく男を見つめた。猪助は親だと名のったが、もしかしたら三太の親だとは、言ってなかったのかもしれない。それにやっと、今頃気がついた。

「ということは……」

昔、火事場で親を失ったと言っていた者がいたではないか。だから、三太だけは守ると、柿の木屋はそう決めたのだ。

だから、だから！　猪助も今度こそ、孫を失いたくないと、心に決めているに違いない。

「猪助さん、危ないっ」

若だんなが舟から叫んだ。猪助は三太の後を追って、桟橋から思い切り川へと飛込んでいた。

「ひええぇっ」

屏風のぞきが魂消《たまげ》た声を出した時、二人の後を、今度は柿の木屋が追った。もの凄く恐い顔つきを浮かべていた。

「また、勝手に行くのかっ」

その声を残し、煮売り屋までが川へと飛び込む。水しぶきが上がった事に気がつき、岸にいた人達が悲鳴を上げた。騒ぎとなり、人が集まってくる。

三太と、それを追う二人の姿は、水に潜ってしまい、直ぐに見えなくなった。

「柿の木屋さんっ、猪助さんっ」

仁吉が竿《さお》を操り、流れの先へ舟を向けた。

6

三太はその後見つからず、堀川で溺《おぼ》れた事になった。

しかし、柿の木屋は猪助を摑んで、水面に浮いてきた。長崎屋の面々は、二人を舟へ引っ張り上げる事が、出来たのだ。

そして。

水に潜りもせず、走りもしなかったのに、騒動に行き合ったせいか若だんなは、随分高い熱を出し、一月寝こんだ。

おかげで少々遅くなったが、三太が消えた日から随分経《た》ったある日、河童《かっぱ》の大親分、禰々子《ねねこ》手下の河童が、堀川から大きな壺を、夜の内に拾ってきてくれた。

そこには唐子《からこ》が何人も描かれており、若だんな達が壺を磨き、縁側で干すと、絵の内の一人が時々動き回っていた。

「ああ、この壺にいるのが、三太に間違いないよ」

ほっとすると、佐助がその内、元の持ち主を探してこようと言う。長年壺を大事にして、付喪神にまでした持ち主が、どこかにいるはずなのだ。

「そうか。三太にとってその家が一番、安心できる居場所かもしれないね」

さすがに、長屋には置く場所もないような大きな壺で、柿の木屋には持って行けない。若だんなはそれがいいと頷いたが、しかし気になる事は、もう一つ残っていた。

「猪助さんと柿の木屋さん。あの後、どうなったのかな」

臥《ふ》せりつつ考えたが……多分猪助は柿の木屋の父御ということで、間違いはなかろうと思う。

だが。

「柿の木屋さんは親のこと、どう思っているのかしら」

寝床の内から問うと、兄や達は肩をすくめ、上手くいくことばかりではないですよと、あっさり言った。

「……そうか」

しかし、これればかりはどうする事も出来ず、若だんなはまたしばし、大人しく寝ていた。

そして更に一月も経った頃。何とか部屋内で過ごしている若だんなの元へ、おしろが、ある噂を持ち込んできたのだ。若だんなや佐助、金次、屛風《びょうぶ》のぞき、小鬼達を前に、口にした話は、あの柿の木屋の事であった。

「三月前、付喪神《つくもがみ》の三太坊が、亡《な》くなった事になりましたよね。そして猪助さんですが、今でも柿の木屋へ通ってるんですって」

勿論《もちろん》柿の木屋は煮売り屋だし、猪助は独り者だ。だから煮豆や握り飯を購《あがな》いに行っても、不思議ではない。

ただ。

「柿の木屋さん、猪助さんには酷く愛想がなかったんですよ。三太坊を助けられなかったんで、お互いしこりがあるのだろうって、近所じゃ噂になってたんです」

ところが。

目をきらりと輝かせると、皆の注目をたっぷりと浴びてから、おしろはこう切り出した。

「あのね、おようさんに、赤ちゃんが出来たんですって」

「えっ？」

これは驚きの話題で、若だんな以下、全員が目を丸くする。おしろはその間に悠々と、話を続けていった。

「おようさんの前の亭主だけど、早々に貰った次のおかみさんにもまだ、子供はいないみたいです。まあ、嫁《か》して子が出来なきゃ、嫁が悪いって言われちまうもんですけど」

とにかくそれで、柿の木屋の夫婦は三太を失った痛手から、ぐっと救われたようだ。するとと他を思いやる余裕が、柿の木屋には生まれたらしい。幸せでいると、金が余っている時と同じく、何事にも融通が利《き》くのだ。

「それで、お菜を買いにいく猪助さんと、柿の木屋さんは、話すようになってきたって事です」

これで無事に赤子が生まれれば、親子のわだかまりはもっと、消えて行くのかもしれない。猪助は、近くの長屋で居職《いじょく》をしているというし、煮売り屋柿の木屋は、夫婦で忙しい。その内、親へ子守を頼む日も、来るのかもしれなかった。

ここで佐助が、深く頷く。

「小さい子は、よく病に罹《かか》りますからねえ。となると目が離せない。親が商いをしている家は、大変です」

長崎屋のように大店《おおだな》であれば、子守や女中が付くが、柿の木屋ではまだ、そうはいかないだろう。

「その子育ての大変さが、柿の木屋さんの気持ちを、段々緩めていくかもしれませんね」

二人目、三人目が生まれれば、尚更頼る手が欲しくなる。親は大変だ。日々必死なのだと、若だんなを育てたも同然の佐助が、頷きつつ言った。おしろが笑う。

「おようさん、今度こそ親になれそうで。良かったですねえ」

すると鳴家が「きゅい」と鳴いて、首を傾《かし》げる。

「親、大変。なのに親、なったら良いの？」

親のいない妖《あやかし》達が問う。佐助が、それでも親になりたい者は多いと言うと、妖達はやはり、少しばかり首を傾げていた。

「親？」

若だんなが小鬼の頭を、優しく撫《な》でた。

りっぱになりたい

1

江戸は通町《とおりちょう》にある廻船問屋《かいせんどんや》兼薬種問屋《やくしゅ》、長崎屋《ながさきや》の若だんな一太郎《いちたろう》は、今日、若だんなの弔《とむら》いに来ていた。

勿論《もちろん》、亡《な》くなったのは、長崎屋の若だんなではない。茶問屋《ちゃどんや》の大店《おおだな》、古川屋《ふるかわや》の息子、万之助《まんのすけ》が、帰らぬ人となったのだ。

古川屋は、長崎屋から幾らも離れていない通町沿いの店だから、主《あるじ》同士は結構付き合いもある。よって父藤兵衛《とうべえ》は知らせを聞くと、若だんなを連れ直《す》ぐに古川屋へ向かった。親戚《しんせき》の面々は早、店へ顔を見せており、藤兵衛は顔見知りへ頭を下げる。

「この度は……」

親の後ろで挨拶《あいさつ》をしつつ、自分のひ弱さを思うと、若だんなはこみ上げてくる思いに、なかなか声が出なかった。主の遠縁である手代《てだい》末三《すえぞう》が座敷へと案内してくれると、万之助は既に北枕《きたまくら》に寝かされ、布団《ふとん》の向こうに両の親が添っていた。奥に見える屏風《びょうぶ》は逆さになっており、その前にある台に、線香や花が置かれている。

(あ……布団の上に、小刀が置いてある)

座敷からはいつもの日々が、既に消え去っていた。

藤兵衛と共に、若だんなが古川屋の夫婦へ、きちんとお悔やみを述べると、二親《ふたおや》は頭を下げ、若だんなへ目を向けてくる。そして、涙をこぼし始めた。

「一太郎さんは万之助と、二つしか年が違わないですよね。あの子の病が良くなったら、もっと仲良くなって頂けると思っていたんですが」

言われて、若だんなもただ頷《うなず》く。ずっと長崎屋の薬を買って貰《もら》っていたので、万之助と若だんなは顔見知りであった。もっとも、どちらも年中具合が悪かったから、友として遊ぶという話には、ならずにいたのだ。

若だんなは、万之助へ出す薬を作りつつ、仁吉《にきち》が顔を顰《しか》めていた事を覚えていた。

「万之助さんは、多分生まれつき、心の臓が良くないようです」

だから、医者の源信《げんしん》も出来るだけの事はしているが、すっきり治るという事がなかった。若だんなのように、生きるの死ぬのという騒ぎこそ少なかったが、万之助は少しずつ体を損ねていったのだ。

そして……別れの日を迎えてしまった。

ここで、古川屋のおかみが堪《こら》えきれず、声を上げて泣きだしたものだから、番頭が主と共に、部屋から連れだしてゆく。すると部屋の外から先の手代が声を掛けてきて、藤兵衛はそちらへと向かった。若だんなはしばし、万之助と二人、部屋に残されることになった。

(葬儀は大概急なものだ。古川屋の中も今、ざわめいてるな)

若だんながまた万之助へ目を向けた時、袖《そで》の内から、ひょいと姿を現した者がいた。長崎屋に巣くっている妖《あやかし》、鳴家《やなり》が二匹、人がいなくなったのを幸い、布団の上へ飛んで降りたのだ。

「こ、これ。今日は布団で遊んじゃ駄目だよ」

北枕で寝ているのは死者なのだ。若だんなは慌《あわ》てて止めたが、小鬼《こおに》達はどちらも、きょとんとした顔になった。

「きゅんげ？」

何しろ二匹は、長崎屋と縁の深い、人ならぬ者であった。つまり幽霊とも近しく、眼前の者が死んでいるからといって、何故《なぜ》遊んでいけないのか、とんと分からないらしい。

ふかりとした布団の上から、万之助の冷たい頬をぽんぽんと叩《たた》き、鳴家達は遊ぼうと言って死者を誘う。若だんなが慌てて捕まえようとしたところ、後ろから笑い声が聞こえた。そして小鬼に、遊んでも構わないよと言ってきたのだ。

「でも、そういう訳にも」

言いかけて、若だんなは動きをぴたりと止めた。何故なら……今、話し掛けて来ている者には、人には見えない筈《はず》の妖、鳴家達が、見えているようなのだ。

（え、ええと）

振り向くのが恐《こわ》い気もしたが、そのままでいるのも、また恐い。若だんなは両の手をぐっと握りしめた後、腹に力を込め、そろりと後ろへ目を向けた。

すると。

「ひっ……」

思わず大声を上げそうになって、必死に己《おのれ》の口元を押さえる。若だんなの背後から、亡くなった万之助を見下ろしていたのは、何と、当の万之助自身であったのだ。

「ま、万之助さん」

目を目一杯見開いて、思わずつぶやく。小鬼達は寝ている者と、見下ろしている者、同じ顔をした二人を見て、首を傾《かし》げる。そして何か納得出来ないのか、急ぎ若だんなの袖内へ入ってしまった。

途端、万之助が柔らかに笑う。

「小さいの、かわいいね。何と言う名前なのかな」

万之助は悠々と言い、自分の死体をゆったり眺めている。若だんなは大きく息をつくと、何が起こったのか得心した。

「驚いた。私は万之助さんの霊と、話しているんですね」

すると、亡くなる前よりも余程元気そうな万之助は、若だんなへ興味深げな眼差《まなざ》しを向けてくる。

「驚いたのはこっちだよ、長崎屋の若だんな」

自分と同じく、ずっと寝付いてばかりの、ただの若者と思っていたと、万之助は口にする。なのにいざ死んでみると、魂となった万之助には、あれこれ隠れていた事が目に付いてきたのだ。

「若だんなには何度か会ってるのに、こういう小さな連れがいたなんて、知らなかったよ。しかも、霊となったあたしが見えるようだ」

万之助によると、死んだ後、直ぐに家内をうろついてみたが、万之助に気がついた者はいなかったという。万之助はまた、にこりと笑みを浮かべ、一度若だんなと、じっくり話してみたかったのだと告げてきた。

「何度も長崎屋さんへは行ったけど、あたし達は縁が薄かったものねえ」

「確かに。でも、ですね」

若だんなはここで、溜息《ためいき》をつく。いくら何でも霊と話し込んでいては、少々拙《まず》いのだ。

「だって、誰も万之助さんの事が、見えなかったんでしょう？　なのに私だけ、こうして話していちゃ、騒ぎになってしまいます」

だが万之助は、つれないことを言うと笑っている。それから急に、顔つきを真面目《まじめ》なものにすると、死んだ己の横へ座った。そして若だんなの顔を覗《のぞ》き込むと、何と、頼み事をしてきたのだ。

「若だんな、ちょいとじっくり、聞いて欲しい事があるんだけど」

「あの、さっきから、嫌でも話は聞いてますが」

「きゅい、きゅい」

「今、言ったよね。あたしは弱いばかりの体から離れ、家の内を動いてみたんだ。するとね、若だんなの他にも、嫌でも見えちまったものがあったんだ」

残された二親の嘆きだ。番頭の亀助《かめすけ》や駒吉《こまきち》、親戚筋《しんせきすじ》の手代末三が、二親に付き添って慰めていた。

「あたしはずっと弱くて、散々心配をかけてきた。そのあげく、最後に親を泣かせちまったんだよ」

情けなくて溜息が出た。自分と同じように、寝付いてばかりの若だんなであれば、気持ちを分かってくれるのではないか。そう言われ、若だんなは直ぐに頷く。

するとと万之助は、にこりと笑った。

「それでね、あたしはあの世へ行く前に、親の枕元に立って、一言、言い置いて行こうと思い立ったんだ。生まれ変わったら、〇〇になる。そして今度は立派にそれを勤めて、皆の役に立つって」

だから嘆かないで欲しい。万之助はそう話をしてから、逝《ゆ》きたいのだ。

ただ、ここで万之助は困ってしまった。

「あたしはずっと養生をしてばかり。跡取り息子だったし、働いた事などないんだ」

つまり、世の中には色々な仕事があると、話に聞くばかり。最近は寝てばかりだったから、親の仕事さえ満足には分かっていない。

「よく知ってる仕事と言ったら、長い付き合いの、医者くらいのもんだ。けど正直に言うと、今度生まれ変わったら、医者とは縁の無い一生を送りたいんだよ」

万之助はそれで、先程から悩んでいたのだ。

「しかし親と話す気なら、急がなきゃならない」

今日が通夜《つや》、あすには野辺《のべ》送りの行列と共に運ばれ、万之助は生まれ育った店から出て行く。そして、あの世へ旅立つのだ。

そうなったらもう、この店でうろうろしている事など、許されない。

「その前に、親を安心させなきゃ。だからさ」

万之助はぐぐっと、若だんなへ迫った。

「ここで、こうして話せたのも、何かの縁だ。若だんな、力を貸してくれないか」

「貸すって……どうやって？」

「ぎゅわ？」

若だんなは心底驚いて、万之助を見つめた。人は色々な一生を送るものだろうが、横で死んでいる当人から頼み事をされる者など、そうはいないと思う。

しかも万之助は大真面目なのだ。

「勿論、実際生まれ変わったら、どんな仕事でも真面目にこなせば、周りは認めてくれるだろうよ」

ただそれと、枕元に立った息子の霊が話した時、親が安心する事とは、ちょいとばかり差がある筈なのだ。

「お大名になると言ったり、越後屋《えちご》さんのような、桁《けた》の外れた大商人になると言ってみたって、多分駄目だよね。何だか反対に、親に心配を掛けちまいそうだ」

若死にした息子が、頑張ってなると言ったら、残された親が安心するような仕事。出来る事なら、万之助も心よりなりたいと思う仕事を、思いついて欲しい。目の前の霊は若だんなへ、そう言ってきたのだ。

大いに困ったが、当の万之助は目の前で亡くなっている。もうすぐあの世へ旅立つと思うと、むげに断るのも気が引けた。

「ああ、どうしたらいいのかしら」

若だんなは布団の脇《わき》でもう一度、鳴家達と顔を見合わせた。

2

若だんなが長崎屋へ戻ると、兄《にい》やである仁吉《にきち》は、目を見開いて変わった連れを見た。そして事情を聞くと、溜息をついた。

「若だんなは万之助さんに……というか、万之助さんの霊に、助けると約束されたんですか？」

万之助が何に生まれ変われば、立派だと親に思ってもらえるのか、若だんなは、どうしても思い浮かばなかった。それでも見捨てる事は出来ず、古川屋から長崎屋の離れへ、霊を伴ったのだ。

「うん。だから離れの皆に、考えを聞けたら助かるよ」

「また妙な用を、お引き受けになって」

すると、今日も離れの影内から妖達が現れ、わいわい、きゅわきゅわ、さっそく口出しを始める。

「きゅわ、万之助さん。影が見えない」

「そういやぁ、この霊の兄さん、源信先生と一緒に、母屋《おもや》の薬種問屋へ来てたかね」

屏風のぞきが首を傾げると、横で、貧乏神の金次《きんじ》が口を歪《ゆが》める。

「あのさぁ、ちょいと万之助さんとやらに、聞きたいんだが。来世の仕事は何がいいか、考えてくれと頼むのは勝手だよ」

だが、しかし。その前に大きな問題がある筈だと、金次は言ったのだ。

「万之助さん、あんたは来世も、人に生まれ変われるのかい？」

人以外、例えば草や獣に生まれたら、仕事などする事は無いのだ。途端、離れの中は、数多《あまた》の言葉で溢《あふ》れた。

「あれま、そうですね。万之助さん、狸《たぬき》に生まれ変わるかも知れないんだわ」

「きゅんげ、おしろ、何で狸？」

鳴家が真剣に猫又《ねこまた》へ聞く横で、悪夢を食べる獏《ばく》、場久《ばきゅう》も腕を組んで悩む。

「万之助さんが枕元に立った時、親が、狸に生まれ変わるのを、気にするかどうかは分かりません。けど」

ただ後で、がっかりする事はあり得る。

「杉の木とか、蚊とか、鯉《こい》とか、お饅頭《まんじゅう》に生まれ変わったら、今の親に会うことは難しいです」

若だんなは横で、思わず笑ってしまった。

「場久、お饅頭に生まれる事はないと思うよ。あれ、生きてないし」

しかし、鳥や金魚になる事はあり得る訳で、皆は万之助を見つめた。すると成仏《じょうぶつ》前の霊は、畳から僅《わず》かに浮きつつ、とりあえず親が安心すれば、満足だと口にした。

「何しろ野辺送りは明日で、思い煩《わずら》ってる時は、ないんで。それに何度も生まれ変われば、いつかは人になれるかもしれないし」

第一、悪行などしてはいないから、人に生まれる事はあり得ると、万之助は言う。

若だんなと同じで、病に取っつかれた身は、馬鹿《ばか》をする間もなかったのだ。

「確かに、ねえ」

死にかけて、三途《さんず》の川まで行った事のある若だんなは、深く頷く。するとここで仁吉が、良き案があると言い出した。

「要するに万之助さんは、一に、親御方を安心させたい訳ですよね？」

つまり己の先々よりも、肝心なのは親の気持ちであった。

「え、ええ。確かに」

「ならば事は簡単です。例えば万之助さんに兄御《あにご》がいたとします。は？　妹が一人、いるきりですって？　それは今、関係ないんですよ」

つまり万之助が跡取りではなく、その上丈夫だったとしたら。

「息子にどんな仕事をして貰いたかったか。古川屋さんに聞けばいいんです」

それを聞いた途端、万之助が目を輝かせる。

「そうか、おとっつぁんの望みを聞いた上で、その仕事をしたいと言えば良いんだね。なるほど、それなら確かだ」

しかし、だ。万之助は直ぐに笑みを引っ込めた。霊である万之助自身が、親から話を聞き出す訳にはいかない。

「何度も夢枕に立つのは、変だし」

よって万之助は、若だんなをまた見つめた。

「そういう訳だ、若だんな。悪いけど、もう一度古川屋へ戻って、親が望む仕事を、聞き出しちゃくれないか」

途端、若だんなを働かせるのかと、仁吉が眉間《みけん》に皺《しわ》を寄せる。若だんなが慌てて、今日は通夜ゆえ、古川屋には、これからまた行く事になると言うと、何とか文句を飲み込んでくれた。

途端、横で屏風のぞきや金次達が笑い、妖が、若だんなのお伴をして、直ぐに聞き出してくるから、大丈夫だと言った。

「きゅい、皆で古川屋へ行く。遊ぶ」

「いやぁ、霊と出会っちまったんだもんな。こうなったからには本人の遺体にも、一言挨拶がいるかなと思うし」

屏風のぞきが律儀《りちぎ》に言うと、部屋で浮かんでいる万之助が、丁寧に頭を下げる。横で金次が、機嫌良く恐い笑みを浮かべた。

「ひゃひゃひゃ、通夜だから、あの店には大勢、客が訪れてるだろうね」

ならば、何人かは貧乏に出来るかもしれないから、己も行かねばと貧乏神がのたまう。万之助が、急ぎ金次に迫った。

「古川屋を貧乏にしちゃあ、駄目だよ。そんなことをしたら、死にものぐるいでお前さんを、一緒に冥土《めいど》へ連れて行くから」

金次は幽霊を見て、真剣に首を傾げた。

「はて貧乏神ってぇのは、冥土へ行ったりするのかね？」

「さあ……猫又には分かりません」

「きゅべ？」

妖達は一斉に悩みだしたが、その間に若だんなは雄々しく立ち上がった。そして万之助には時がないからと、早、木戸へ目を向ける。

「じゃあもう一度、早めに古川屋さんへ行ってくるね」

早くも出て行く若だんなの後を、仁吉が慌てて追う。すると人の振りをした妖達と、もう人には見えない万之助が、後から付いてきた。そして、目と鼻の先にある古川屋へ行き着くと……店へ入るなり、皆は揃《そろ》って首を傾げる事になった。それから主を探すより、店の内へ目を向けたのだ。

（おや、先に来た時とは、何か違うような。それに珍しい顔が来てる）

岡っ引き、日限《ひぎり》の親分達が顔を出していたのだ。勿論古川屋は、縄張り内の店だから、親分も顔を見せたに違いない。だが何故だか親分は今日、手下を二人も連れており、若だんな達の目を引いた。

「何かあったのかしら」

途端、人の目には見えない小鬼達が、ひょいひょいと古川屋の天井へ上り、隅の影へと消えて行く。しかし仁吉は、他家の事には興味が無いようで、万之助へ直ぐ、店の奥へ連れて行けと声をかけた。

「若だんな、とにかく古川屋さんとの問答を、早く済ませましょう。体が冷えない内に、離れへ帰らなきゃなりません」

亡くなって間もない故、古川屋は亡骸《なきがら》と共にいる筈で、皆は万之助の部屋へと向かう。ところが、仁吉が一声掛け奥の襖《ふすま》を開けた所、驚く事になった。部屋内には思いの外、大勢の者が集まっていたのだ。

(古川屋さんご夫婦と、番頭さん二人だ。おとっつぁん、町役人の月行事《がちぎょうじ》さんと、裏の大家さんまでいるよ)

「これは失礼いたしました」

弔い中らしからぬ相談事の途中のようで、仁吉は急ぎ襖を閉める。だが直ぐに、部屋から声が掛かった。

「仁吉、一太郎と一緒だね？　なら二人とも、入ってきなさい。聞きたい事があるから」

声は藤兵衛のもので、何やら重い響きを持っている。「はい」と返し、若だんな達が襖を開けると、丁度後ろからもう一人、日限の親分がやってきて、部屋へと入った。襖が閉められ、万之助と妖達を後ろに残す事になったが、廊下で聞き耳を立てている様子が、若だんなには見えるような気がした。

（な、何があったんだろう。万之助さんが亡くなったばかりだっていうのに）

ここで古川屋のおかみが、若だんなを見た。涙が、今にも溢れそうになっていた。

「若だんな、万之助の妹が……お千幸《ちさ》が、家からいなくなっちまったんです。万之助が亡くなった途端、お千幸までが消えるなんて」

若だんな達が顔を強《こわ》ばらせた途端、背後の襖の向こうから、大声が響いてくる。

「お、お千幸がいない？　何でだ？」

（ひえっ、万之助さんたらっ）

若だんなは思わず首をすくめたが、ありがたい事に、部屋内の面々は驚いた様子もない。じき、あの世へ旅立つ霊の声は、姿同様、他の者達には伝わらないようであった。

（た、助かった）

この時古川屋が、お千幸の事を、若だんなに問うてくる。

「若だんなは今日は一度、古川屋へ来て下さいましたよね。その時お千幸を、見かけなかったでしょうか」

「さあ。私は父と、ずっと一緒にいましたので」

若だんなが首を横に振ると、古川屋がうな垂れる。そしてぼそぼそと、何があったか語り出した。

「まず一に、昨日万之助の具合が、急に悪くなりました。それでこの古川屋には昨日の夜から医者など、人の出入りが多かった」

今朝早く、万之助が臨終の時を迎え、店では一層、皆がせわしなく動き回った。正直に言えば朝方、どこで誰が何をしていたか、はっきり言える者はいないらしい。

「その内、親戚や長崎屋さんが来られました」

重い病人がいれば、覚悟はしていただろうが、本当に身内に死なれると、全《すべ》てがあわただしい。とりあえずは、涙を流す間もない忙しさにつつまれている間に、お千幸が居ないことに、気づくのが遅れた。

確かお千幸は、もう子供という年ではない。暫《しばら》く姿が見えないからと言って、いつもであれば、ここで騒ぐ事など無かっただろう。だが万之助が亡くなったばかりであった。　妹が出かける筈も無いと、古川屋が声を震わせる。

「お千幸に、何かあったんだ。違いありません」

「何かとは……」

若だんなは言いかけて、言葉を切った。見れば集まった面々は、厳しい顔つきになっている。若だんなは不意に、言葉の意味が分かった。

(そうか、万之助さんが亡くなった。お千幸さんは、大店の跡取り娘になったんだ)

そして古川屋は、跡取り息子を失ったばかり。残された娘を守る為《ため》なら、大枚を払う事も、厭《いと》わないだろう。

(通夜の慌ただしさを利用し、お千幸さんを攫《さら》った者がいるのかもしれない。おとっつぁん達はそう考えて、集まったんだね)

だから日限の親分が、手下を連れていたのだ。するとその親分が、部屋内の皆へ告げる。

「先程、自身番へ使いをやりました。じき、同心の旦那《だんな》が、こちらへ顔を出して下さいますよ」

ここで今度は藤兵衛が、何か町の噂《うわさ》など耳にしていないか、若だんなへ問うてくる。若だんなは最近、近くの借家の者達とよく話している。若いから、親達とは違う話など聞いてないか、尋ねたのだ。

「剣呑《けんのん》な者の噂など、なかったかい？」

するとこの時、若だんなが口を開く前に、襖の外から密《ひそ》やかな声が聞こえてきた。

「あのぉ、噂の事なら若だんなより、あたし達に聞いて下さいな」

「おや、どなたかな」

一寸《ちょっと》顔を強ばらせた若だんなの前で、大家が急ぎ襖を開ける。そこには妖達と、亡くなった万之助までが堂々と揃っていた。

そして、若だんなの持つ借家の店子と知りあいだと、臆《おく》しもせずに名のったのだ。

3

（うわっ、みんな……大丈夫なのかな）

若だんなは顔を強ばらせ、猫又の尻尾《しっぽ》が着物からはみ出ていないか、屏風のぞきが化け損ねていないか、思わず着物の辺りへ目を向ける。万之助の姿は、見えはしないと分かっていても、それでも目の前にいるから肝が冷えた。

しかし長崎屋の外、一軒家に住んでいるおしろ達は、既にかなり周りに慣れてきているし、日限の親分とも顔馴染《かおなじ》みであった。岡っ引きはちょいと頷くと、金次やおしろの事を部屋内で告げたものだから、若だんなは熱もないのに、顔が赤くなった。

(妖達……近所の皆さんと、どんどん馴染んでいくけど、いいのかしら。その内妖達は、年を重ねた見た目にしなきゃ、拙い事になったりして)

そんな事は考えもしないのか、妖らは臆する様子もない。ここでおしろが、万之助の遺体に軽く挨拶をしてから、最近湯屋で、色々噂話を聞くのが楽しみなのだと、堂々と語り出した。

「それによると、この古川屋のお嬢さんは、そりゃ器量よしだそうで」

「おや、そんな噂が流れてましたか。ええ、うちのお千幸は、間違いなく小町娘ですよ」

それこそ、まだ十三、四の頃から縁談が絶えないと、古川屋は思わずといった様子で自慢する。おしろは頷いた。

「でも、そんなに綺麗《きれい》なお千幸さんなのに、十七の今も、お嫁には行っておられない。ええ、分かってますよ。万之助さんはひ弱だし、兄妹は二人だけ。良縁があっても、古川屋さんは妹さんを嫁に出せないんだろうって、ご近所は話してました」

おしろはここで、金次や屛風のぞきと目を見交わし、ゆっくりと先を口にする。

「あの、お千幸さんですけど。ひょっとしたらご自分で出かけたんじゃないかって、あたし、思ったんですけど」

「は？　今日はお千幸の兄の、通夜なんですよ。そんな時、他出などしませんよ」

明日は野辺送りなのだ。皆、用に追われていると、古川屋は眉間に皺を刻んでいる。

「そうだよ、お千幸は優しい子だもの」

万之助も頷くと、落ち着かない様子で、己の遺体の上を漂い出した。

しかしおしろは、「でも」と言って、考えを引っ込めない。若だんなはその自信のある様子を見て、一寸天井へ目を向けた。すると、「きゅい、きゅい」と家鳴りがしたので、事情を得心する。

（ああ、きっとこの屋の鳴家達が、お千幸さんが出て行く姿を見てるんだね）

妖達は天井へ行った鳴家から、その話を伝え聞いたのだ。つまり、お千幸が自分で表に出たというのは、間違いないらしい。

（こんな時、お千幸さんが店を離れた訳って、何なんだろう）

お千幸はさすがに、事情を話してから、出かけてはくれなかったようで、おしろもその先は語らない。すると、側《そば》へ漂ってきた万之助が、大きく溜息をついた。

「もう、この家にはお千幸しか、いないっていうのに。妹は何で」

「あ……」

するとここで。屏風のぞきが話し出した。

「そうか。万之助さんが亡くなって、お千幸さん、跡取り娘になったんだよね」

「それが、どうしたんですか？」

「藤兵衛さん、お千幸さんは、万之助さんの死を悲しんでると思うよ。ああ勿論」

だが今、不安を抱えている気もするのだ。

「葬式には、身内の方々が来るよな。野辺送りが済んだらこの機会にと、古川屋の、先々の話になるんじゃないかい？」

例えば、お千幸の婿取りの事も、話に出るかと思われた。何しろお千幸の亭主になる者は、先々、この古川屋の主になるのだ。

「お千幸さんも色々、考えたいに違いない」

しかし通夜の日なのだ。多くの客達が来る中、おなごがぼんやりする事など、出来ない話だろう。だから。

「お千幸さんはちょいと表へ出て……気持ちが落ち着かねえんで、なかなか帰れないのかも知れないよ」

「お、おお」

屛風のぞきの言葉を聞き、古川屋は戸惑ったが、おかみはほっとした様子になる。日限の親分は、手下達と共に、ちょいと辺りを見てこようとまで言いだし、月行事も、そうかもしれないと言いだした。

ところが。ここでまた、話の流れを気にしない者が、横から不安をかき立てた。おかげで親分が、座る事になる。

「おい、屛風。その考えは、あり得るとは思うよ。でもなぁ、ちょいと考えが足りないんじゃないか？」

ふふふと言葉を続けたのは金次で、いつものように、周りに遠慮などしない。

「確かにお千幸さんは、己で出て行ったに違いない。だがねぇ、ただ川縁《かわべり》にでも行った訳じゃあるまいよ」

こうして身内が集まっているのだから、姿が見えなくなってから、随分経《た》っているのだろう。考え事をしたいだけなら、とうに戻っている頃だと思われた。

「だってさ、今日は通夜なんだから。忙しいんだ」

それでも戻って来ないのだから、屛風のぞきが言った以外にも、訳があるのだ。するところでおしろが、小さく声を上げた。

「あ、分かった。きっとお千幸さんには、好いた相手がいるんですね」

「は？」

古川屋の夫婦が、驚いて目を茶碗《ちゃわん》のように見開き、他の皆が顔を見合わせる。だが妖二人は遠慮無く、どんどん話を進めた。

「おしろは、鋭いねぇ。つまりだ」

お千幸には、今までに良縁が山とあったという。だが、万之助が生きていた時分に来た話だから、多分その相手は皆、跡取り息子だった筈だ。そして二人は、仲良くなった。

「しかし、だ。こうなったらお千幸さんは、嫁には行けない。婿《むこ》を取るという話になるよな」

だから、もし好いた相手がいた場合、困っているに違いない。

「ああ、どうしたらいいのかと、二人はとにかく、会って話をしたかったんじゃないか」

そういう事であれば、お千幸は通夜であっても、他出しようと思うに違いない。

「ああ、あたしって、冴《さ》えているねぇ」

金次は己の言葉に、大きく頷いた。横でおしろが、手で頰を押さえる。

「まあ、好いた二人が結ばれないなんて、まるで人情本のお話みたいですねえ。お千幸さんは綺麗だって言いますし、相手の殿御も、鯔背《いなせ》な方かしら」

だがここで、古川屋が顔つきを恐くし、妖達を睨《にら》む。

「ちょいとお前さん達、勝手を言わないどくれ。うちのお千幸は親の考えも聞かず、男に会いに行くような娘じゃないんだよ」

若だんなが急ぎ、金次の袖を引いた。

「色恋の話は、金次や屛風……が、考えついた事だろう。証《あかし》があるわけじゃないよね？」

ならば、息子を亡くしたばかりの親の前で、そんなことを言わないでおくれと、若だんなは拝むように言ったのだ。

だが、しかし。妖は妖であった。何故素晴らしい思いつきを止められるのか、人ならぬ連れ達は、全く分からないらしい。

「若だんな、どうして話しちゃ駄目なんだい？　お千幸さんを探したいんだろ？　なら、何があったか、分かった方がいいじゃないか」

娘が男と一緒だと、確かに父親は気にくわないかもしれない。しかし川で溺《おぼ》れたり、どこかへ消えるより、余程安心な話に違いないのだ。

「そうだろ？」

だが。立派な妖の考えに、親はうんとは言わなかった。

「あんたっ、いい加減黙っとくれっ」

怒ったのは古川屋で、いきなり金次の着物を摑《つか》んだものだから、騒ぎになる。

「何するんだっ」

「うちのお千幸は、だらしない娘じゃないっ」

「きゅんげーっ」

「だらしないなんて、誰も言っちゃいないだろうにっ。おい、貧乏にしちまうぞ」

金次が逃げ、万之助が狼狽《うろた》え、大家と親分が慌てて止めに入る。

「古川屋さん、落ち着いて。娘さんが今、誰といるか、誰も本当の事など知りませんよ」

「でも……でも、この金次って男がっ」

怒る古川屋を、霊になった万之助は、止める事も出来ず呆然《ぼうぜん》と見つめている。

すると、その時であった。

騒ぎが聞こえていただろうに、部屋の表から日限の親分へ声が掛かったのだ。知った声だったから、仁吉が襖を開けると、いつもの手下が顔を強ばらせていた。

そして手下は、書き付けのような紙を、親分へ差し出してくる。

「親分、今店の土間に、こんなものが置かれていたそうです」

いつ、誰が置いたものか分からず、店表にいた手代の末三が、拾って読んでみたらしい。途端、大急ぎで近くにいた手下を、呼ぶ事になった。

「何が書いてあったんだ？」

書き付けへ目を落とした親分の顔が、じき、厳しくなる。親分は古川屋へ目を向け、ゆっくりと書いてあったことを告げた。

「誰かが、お千幸さんを攫ったようだ」

皆の目が、書き付けに集まった。

4

「これは……何と」

今まで赤くなっていた古川屋の顔が、急に青くなる。書き付けを覗き込んだ藤兵衛は、三十両と口にした。

「なんと。やっぱりお千幸さんは、攫われてたんだね」

「きゅげ？」

「通夜の内に、それだけの金を出せって書いてあります。で……その後がない。お千幸の事が、書いてない」

娘はどうなるのかと、古川屋が震え始めた。横にいた大家達が、今はしっかりせねばと、古川屋の腕を摑む。藤兵衛はここで、若だんなと仁吉の方を向くと、長崎屋へ帰るようにと言ってきた。

「これは、長い話になるかもしれないからね。一太郎は、戻っていなさい」

体の弱い若だんなでは、この大変な場で力を貸すどころか、倒れて面倒を掛けてしまうかもしれない。親がそう思っていると分かって、若だんなは頷くしかなかった。

ところが。追い払われる格好になった妖達は、納得しない。屛風《びょうぶ》のぞきが声を上げる。

「攫われたってぇのは、おかしいよ。お千幸さんは、己で店から出て行った。そこは違いないんだ」

鳴家達が見ていたのだから。しかし、その事情は言えないし、言っても分かってはもらえないだろう。すると。

「一太郎、皆さんを連れて帰りなさい」

藤兵衛にはっきり言われ、若だんなと仁吉は、まだ話を続けたそうな奴らを、何とか部屋から引っ張り出した。

「とにかく、帰るぞ。皆でだ」

仁吉からびしりと言われ、妖達は表に出たものの、自分達がせっかく教えた事を無視され、揃って不機嫌な顔だ。今日ばかりは、道に居る飴《あめ》売《う》りへも大福売りへも目を向けず、歩きつつ文句を言っている。一人残っても何も出来ないからか、万之助も共に出たが、何度も古川屋を見ていた。

「これだから、人ってぇのは！　見えてない事が、多すぎるんだよ」

「屏風のぞき、きゅべ、きゅべ」

鳴家達も、若だんなの袖内で深く頷《うなず》く。横で金次が一寸、振り返った。

「しかし古川屋へ、何であんな文《ふみ》がきたんだ？　お千幸さんは己で、店から出たんだ。その後、どこかで拐《かどわ》かされたっていうのかね」

確かに大店《おおだな》の娘だから、一人、裕福そうななりで歩いていたら、危ない事もあるだろう。だが。金次はここで、横を歩く若だんなの顔を覗き込んできた。

「でもなあ、そいつは変だって気も、するんだがね。なあ、若だんな？」

意味ありげな問いかけに、長崎屋近くで、若だんなは思わず足を止める。直《す》ぐに意味が分かった。

「そうか……そうだよね。だってお千幸さんは今日、地味な格好をしてた筈だもの。朝、兄の万之助さんが亡《な》くなったばかりだ」

派手な髪飾りも、高そうで目に付く着物も、身につけていた筈は無い。なのにお千幸は表へ出ると、早々に拐かされたのだ。

「今回の人攫い、何か引っかかるね」

すると、横でそのやり取りを聞いていた万之助が、若だんなへ急ぎ訴えた。

「あたしのおとっつぁん達は、その奇妙さを分かってない。お千幸を助けたいんだ。若だんな、直ぐに古川屋へ戻って、今の話をしてくれ」

だが。ここで仁吉が、うんとは言わなかった。若だんなを突然抱え上げると、さっさと長崎屋の暖簾《のれん》をくぐったのだ。若だんなが止めても、仁吉は土間を突っ切り、素早く離れに戻ってしまう。万之助が声を上げた。

「おいっ、行き先が逆だ。酷《ひど》いじゃないか。お千幸を見捨てるのかい」

万之助が大きな声を上げると、兄やは離れで霊と向き合った。

「若だんなを何度も、お前さんの使いっ走りにはさせない。寝こんじまうじゃないか」

　万之助とて、体が弱かった。早、それを忘れたのかと言われ、霊はうな垂れる。

「だってあたしは霊だ。人と話せないんだっ」

　若だんなが助けてくれないと、物も摑めないし、お千幸を救えない。万之助が必死の顔で訴えたが、仁吉は黙っている。ここで、妖達が首を横に振った。

「頼りない兄さんだなぁ。一人じゃ、妹も助けられないのか」

　屛風のぞきがそう言うと、ならば長崎屋の妖《あやかし》達が手を貸してくれと、万之助は言い出した。とにかく万之助に残された時は、明日までなのだ。

　すると長崎屋に巣くう面々は、一寸顔を見合わせた後、大いに気の良い所を見せた。

「仕方がないねえ、ならば手を貸すから、鍋《なべ》と酒を出しとくれ。それが代金だ」

「で、でも……今のあたしには、金がない」

　若だんなが、急いで横から、自分が払うと言ったが、しかし仁吉は溜息をつき、貧乏神に至っては、唇をひん曲げる。

　そして金次は万之助へ、遠慮のない言葉を向けたのだ。

「あのさ、万之助さん。妹が心配なのは分かるが、役に立ってないよ」

　人に頼んだり命じたりするだけで、自分は何一つ成していない。お千幸の事は親も、近所の者達も心配している。だから正直なところ、万之助が消えても、お千幸の運に余り違いはなかろうと、金次は言いだした。

「後は親に任せてさ、万之助さん、さっさとあの世へ行ったらどうだ？」

貧乏神から、遠慮もなにもない本音を言われ、万之助は頭を抱え、しゃがみ込んでしまった。

「あたしは……生まれてきたってぇのに、役立たずで終わるのか」

泣いてはいなかったが、声が細くなっていく。こんな男は、明日でいなくなると、その内、苦しそうに笑い出した。

若だんなが、さっと万之助の側に座った。そして、霊でもちゃんとやれる事はあると、そう言ったのだ。

「万之助さん、お前さんは親の枕元《まくらもと》に立って、来世、何に生まれ変わりたいか、伝えるって言ってたじゃないですか」

ならば。

「お千幸さんの行方を捜して、それを夢の内から、親に言う事は出来ますよ」

「あ、そうか。それなら……出来るか」

万之助は顔を上げると、若だんなへ何度も頷いてみせた。そして、歯を食いしばり顔を前へ向ける。

「そうだ、あたしだって見たり、考えたりは出来るよ」

この世から去るのは、明日であった。まだ間があると、万之助は口にする。

「それに妹の事なら、他の人より少しは知っている」

万之助はしばし考え込んだ。そして、お千幸が突然尋ねていける先を、考えてみると言いだした。

「例えば、どこです？」

若だんなが落ち着いた声で問う。万之助は腕組みをしてから、考えを並べだす。お千幸はまだ十七、ごく近所に住む幼なじみの家以外、行ける先は多くないという。

「例えば乳母の家。でも今は娘の嫁ぎ先へ行ったんで、随分遠くにいるか」

「次に、琴の師匠の家」

「仲の良かった友の、嫁ぎ先。日本橋だ」

「叔母の家が、神田にある」

「それと……以前の縁談相手はどうだろう」

お千幸へは、本当に沢山縁談が来ていたと万之助は言う。中にはまとまり掛けた話もあった。確か、二つくらいは。

「お千幸が喜んでいた縁談も、覚えてる。ああ、相手は誰だったかな」

確か大店の総領息子で、家は糸物問屋か何かだった筈《はず》だ。ここで万之助は表を見ると、今口にした場所に、お千幸が顔を見せていないか、端から確かめてくると言いだした。

「ああ、あたしがいなくなる明日までに、間に合うだろうか。でも、やらなきゃ」

すると、付いて行くと思ったのか、仁吉が若だんなへ心配げな目を向けてくる。しかし若だんなは、霊の万之助ほど早くは動けない。迷惑になるから、離れに残ると言った。

ただし。

「ここにいても、やれることはある気がするんだ」

例えば、拐かしと三十両の話など、しっかり考えてみたかった。若だんなの中では、お千幸の他出と拐かしは、どうも上手《うま》く結びつかないのだ。

仁吉はにこやかに頷くと、ここで妖達へ、万之助へ手を貸さないかと持ちかける。

「お代は鍋と菓子だ。私が用意しておく」

万之助が驚き、いいのかと問うてくる。仁吉はあっさり頷いた。

「お千幸さんを早く見つけ、心残りを無くして、きちんと成仏して貰《もら》わないと」

何しろ万之助は、近所の店の若だんなだ。幽霊にでもなって、万一この長崎屋に居着いたら、大騒ぎになるかもしれなかった。

「仁吉さん、酒も欲しいぞ」

妖達は機嫌良く頷くと、万之助と共に表へ向かう。若だんなは皆を送り出した後、文机《ふづくえ》に向き合い、自分も一所懸命に考え出した。

「そもそも、さ。今回の拐かし、何か妙なんだよ」

一に、古川屋の娘を拐かして、三十両求めるというのは、少しばかり少ない気がすると言ってみる。もし若だんなが攫われた場合、もっとずっと多くの金でも、二親は払いそうな気がした。古川屋も大店だし、お千幸は跡取り娘になった所だ。拐かしたら、大金を求めるのではと思うのだ。

すると若だんなへ茶を淹れつつ、仁吉が首を振った。

「ですが若だんな、古川屋さんは丁度、万之助さんの弔いを行っている所です」

弔いというのは、大層物入りなのだ。特別に必要な品々や、通夜《つや》の振る舞い、僧達への礼、野辺送りに来てくれる者達へ渡す金子《きんす》、それに法事の金などが嵩《かさ》む。だから借金をしてその費用を賄《まかな》う者も、結構いるのだ。

「古川屋さんならば、払いに困る事はないでしょう。ですが、それでも今は、手元にある金が減っている筈です」

三十両と言われれば、直ぐに出せるだろうと仁吉は言う。だが百両、二百両と、お千幸を引き替えにすると言われたら、金を集めるのに、時が掛かりそうなのだ。若だんなは仁吉を見つめた。

「仁吉、三十両なら大丈夫って、よく分かったね」

「そりゃあ若だんな。近所の店ですから。問屋内での話とか、町内の寄進の額とか、懐内《ふところうち》が透けて見える事も、ありますんで」

仁吉は、薬種問屋長崎屋を背負っていると言われる、腕利《うでき》きの手代だから、色々知っているのだろう。だが。

「これだけ近くに住んでいても、私には分からなかった」

お店に幾らの手持ちがあるか、誰もが承知しているとは、とても思えない。

「若だんな？」

仁吉が首を傾《かし》げる横で、若だんなは離れの障子戸を開け、表へと目を向けた。

5

「きゅい、きゅんい」

半時程、後のこと。

離れの若だんなの元へ、小鬼が二匹帰ってきた。そして小さな体で両の足を踏ん張り、得意げな顔で若だんなを見上げてきたのだ。

「きゅわ、若だんな。鳴家《やなり》は凄《すご》い」

万之助と妖達は、表へ出ると早々に、お千幸がどちらの方へ向かったか掴んだのだ。

「はっちょぼり近くの堀、北に行ったって」

「はっちょぼり……お千幸さん、古川屋を出た後、八丁堀にいたんだね？」

「お千幸さんね、近所の烏《からす》が見てたの」

鳴家は深く頷く。そして烏はそれを、堀の大鯉《おおごい》へ話したのだ。

「舟、乗ってたって」

その後、河童《かっぱ》が鯉からその話を聞き、それを町屋の鼠《ねずみ》が知り、向い町の鳴家に話し、ついには通りかかった長崎屋の鳴家が話を聞いたので、大層確かな事であるらしい。

それで万之助と妖達は、揃って北へ向かった。鳴家は知らせに戻ったと言い、小さな拳《こぶし》を振り上げる。

「きゅんいーっ、鳴家、いっちばんっ」

若だんながご褒美《ほうび》に花林糖《かりんとう》を渡すと、機嫌良く若だんなの膝《ひざ》で食べ始める。

すると暫く後、今度は屏風のぞきとおしろが、一緒に帰ってきた。そして若だんなへ、事の続きを告げた。

「小鬼が言ったように、お千幸さんは北へ向かった。で、乳母の家とお琴の師匠の所へは、行ってないと決まったんだ」

屏風のぞきが格好を付けて言うと、横からおしろも喋《しゃべ》り出す。

「それでね、私、万之助さんへ言ったんです。お千幸さんは若い娘。好いている相手といるに違いないって」

「ううむ、おなごはそう考えるんだね」

思わず頷く若だんなの前で、屏風のぞきがにんまり笑った。

「俺達は、おしろの言葉を信じてみたんだ。だから人の姿になり、堀沿いの船着場で聞き込みをしたのさ」

すると、日本橋もほど近い船着場で、船頭達が、万之助も親も知らない事を承知していた。お千幸らしき綺麗な娘が、鯔背な相手と、以前その船着場を使っていたらしい。そして男の方は近くの店の者だったから、名を知られていた。

「おお、その御仁《ごじん》の名は？」

屛風のぞきとおしろは、鼻高々に、その名を告げる。

「糸物問屋塩浜屋《しおはまや》の跡取り、弥曽吉《やそきち》さん！」

船着場でその名を聞いた途端、万之助は何度も頷いたらしい。やはりというか、以前、お千幸の縁談相手だった男であった。

「しっかり者で、いい男なんだそうだ。万之助さんも、似合いの二人だと思ってたとか」

しかし二人は、万之助の容態に振り回されてしまった。お千幸の縁談は、一旦《いったん》まとまったのに、後、白紙に返されたのだ。

「でもな、良い男と小町娘が出会ったんだ。二人は思い思われの仲に、なってたんだな」

その後とうとう、万之助が亡くなった。船頭によると、弥曽吉は今朝方、古川屋の近くまで舟で行ったらしい。屛風のぞきは、大きく頷いた。

「お千幸さんが他出した訳は、決まりだ。恋しい相手、弥曽吉さんから呼び出されたからだな」

その話を知った万之助達は今、お千幸の姿を確かめる為、塩浜屋に向かっている。

屛風のぞきとおしろは、一旦長崎屋へ話を告げに来たのだ。

「金次さんと小鬼達、それに場久さんが、万之助さんに付いて行きました」

ここでおしろが、一寸首を傾けた。

「でもねえ、弥曽吉さんはどうして、万之助さんの通夜の日に、わざわざお千幸さんを呼び出したのかしら。葬儀が終わってからにしても、変わらなかったでしょうに」

弥曽吉は古川屋の側まで来ているのに、万之助に会いに来てはいない。つまり弔いのついでに、お千幸と他出した訳ではないのだ。

すると、先に帰っていた小鬼が、明るく答える。

「きゅい、弥曽吉さん、万之助さんと遊びに来たのかも」

「遺体とか？　恐《こわ》い話だな」

「屏風のぞき、遊ぶの嫌い？」

小鬼が首を傾げた横で、若だんなが腕を組み、つぶやく。

「そう、やっぱり今回の話は、所々が奇妙なんだよね」

一見並の事に見えて、実は得心出来ない事があるのだ。するとこの時また、離れへ帰ってきた者がいた。

「おや、今度は場久が来たよ。お千幸さんが見つかったかな」

若だんなは馴染みの妖に声を掛け……咄嗟《とっさ》に小鬼を拾い上げ、おしろと共に廊下へ逃げた。噺家《はなしか》をしている獏は、万之助と一緒に現れ、何故《なぜ》だか大喧嘩《おおげんか》をしていたのだ。

「退《ど》けっ、あたしはお千幸を取り戻すんだっ」

「落ち着いて下さい。今塩浜屋へ、戻っちゃ拙《まず》い。大騒ぎになってる筈なんですよっ」

しかし万之助は影へ飛び込もうとし、場久は前を塞《ふさ》いで、二人は部屋中を駆け回る。霊の万之助を場久は摑めないし、場久とて人ならぬ者だから、その身で眼前を塞がれると、万之助はそちらへは行けないようであった。

二人は互いを押さえられず、離れの皆は二人から逃げ回った。

「きゅんべーっ」

鳴家が怖がって声を上げると、直ぐに仁吉が飛んできた。そして仲裁に入る代わりに、拳固《げんこ》を握りしめる。

「い、痛ぁ……」

涙目になったのは場久一人で、畳にしゃがみ込んだ。万之助も、仁王立ちになった仁吉に睨まれると、やっと立ち止まる。若だんなは、ようよう訳を問う事が出来たのだ。

「場久、万之助さん、塩浜屋へ行ったんじゃなかったの？　何があったの？」

弥曽吉とお千幸が、どうかしたのだろうか。皆が見つめると、噺家である場久は、しゃきりと顔を上げた。そして、いつも寄席《よせ》で語っている怪談のように、名調子で話し始める。

「ええ、場久の語りでございます。塩浜屋での一時《いっとき》に、しばしおつきあい下さいまし」

屛風のぞきらが長崎屋へ帰った後、万之助と妖らは、舟で神田の塩浜屋へ向かった。

だが塩浜屋は、会った事もない金次や場久らを、店の奥へは通さなかったのだ。

「古川屋の名を出したのに、駄目だったな」

金次が愚痴を言う。しかし邪険にされると却《かえ》って、入れない奥が気になる。つまり場久、金次、万之助の三人は小鬼を連れ、影からさっさと塩浜屋へ入り込んだのだ。

すると。奥で直ぐに、弥曽吉と呼ばれている男を見かけた。

「おお、いい男ですな」

ならば、お千幸も側に居るだろうと、その時三人は言いあった。それで、端から部屋を探してゆこうとした時、主《あるじ》と弥曽吉の、とんでもない話が耳に届いてきたのだ。

「弥曽吉さんはお千幸さんと二人、上方へゆく相談を、親としていたんです」

お千幸は兄の通夜に出ず、弥曽吉は江戸の店を弟へ譲って、それでも二人は一緒になろうと決めたらしい。手に手を取り、二人を引き離す事から逃れようとしていたのだ。

万之助は、恐い顔つきになった。

「あたしの通夜なぞ、どうでもいいがね。しかし弥曽吉さんはお千幸に、親を捨てさせようとしてるのか」

そういう奴《やつ》だから、三十両を寄越せと言ったのだろうと、万之助は怒りを口にする。

しかし先程塩浜屋の影内で、共にいた二人は、違うだろうと口にしたのだ。

「弥曽吉さんは、金に困っちゃいなかろう。家を弟に譲って上方へ行く事を、親も承知みたいじゃないか。路銀くらいは、出してもらえるだろうさ」

「金次さん、鋭いです。この場久も違うと思いますね。だって弥曽吉さんが、古川屋さんから三十両手に入れようとしたら、危ないし、時が掛かります。その間に、お千幸さんを取り戻されかねません」

二人はさっさと、上方へ行きたい筈なのだ。

「おや、本当だ」

万之助は塩浜屋の奥で、寸《すん》の間《ま》呆然としてしまった。

「じゃあ三十両を寄越せと、古川屋へ言ってきたのは、誰なんだ」

場久が首を傾げる。

「そういえばお千幸さんは今、塩浜屋にいるんですよね。だとしたら、そもそもお千幸さん、拐かされちゃいないのでは？」

「そう……そうだよな」

金次と万之助が、目を見開く。

「三十両は、誰に支払うんだ？」

万之助が困り切った、その時であった。当のお千幸が、奥から現れたのだ。

そして、立ちすくんだ。

万之助へ目を向けたまま、呆然として動けなくなったのだ。驚いた事に、明らかに、万之助の霊を見つめていた。

「に、兄さん……？」

兄妹であったから、人には分からない筈の姿が見えたのか。それともたまたま、お千幸が〝見てしまう〟人であったのか。とにかくお千幸の顔から、血の気が引いてゆく。

そして塩浜屋の奥に、悲鳴が響き渡った。

「きゅべっ、恐いっ」

お千幸の大声で鳴家達が魂消《たまげ》、影から転がり出る。そして揃《そろ》って、鳴き始めてしまった。いきなり家中が軋《きし》み始めたものだから、今度は塩浜屋の家人達が驚いて、騒ぎ出す。

お千幸はやはり、万之助の葬儀が気になっていたようで、廊下で泣き出してしまった。通夜の日、家から出て悪かった。古川屋へ帰り、万之助へ謝りたい。弥曽吉へ、お千幸はそう訴えたのだ。その声が、廊下に奉公人達をも集める。

「ど、どうしよう」

場久は咄嗟に何も出来なかったが、金次が動いた。場久の体で行く手を塞ぐようにして、塩浜屋の廊下にあった影の内へ、万之助と場久を落とし込んだのだ。

「あたしは小鬼達を拾っていく。若だんなの所へ戻りな」

そんな声が最後に届き、場久はとにかく万之助を連れ、長崎屋へ帰ってきた訳だ。

「塩浜屋は多分、今、大騒ぎになってます。金次さんは町住まい、一軒家の住人ですから、小鬼を拾う時、奉公人らに見つからなきゃいいんですが」

ここで場久はほっと息をつくと、確かにお千幸を見つけたと、そう言って話を終えた。

すると。長崎屋の離れにいた皆が、一斉に、勝手な事を語り出した。

「お千幸さん、見つかって良かったです。でも、何で通夜の今日、家を出たのか、まだ分からないですねえ」

弥曽吉は、葬儀の後まで待って連れだしても、良かったのではないか。おしろはそう言ったのだ。

「それより三十両は、どうなったんでしょう」

まだ古川屋にあるのでは？　場久は、今し方まで揉《も》めていた霊からそうと聞き、顔を向ける。

「万之助さん、妹さんは無事だったみたいだけど、これで成仏《じょうぶつ》出来ますか？」

攫《さら》われてはいなかったが、どうも万之助の願うように、事は進んでいない。屏風のぞきは、明るく言った。

「明日が近づいてるが、万之助さんはまだ、来世何に生まれ変わるか、思いついてない。成仏はまだじゃないか？」

そもそも、お千幸の事で頭が一杯の親と、万之助はちゃんと別れが出来るのだろうか。問われた万之助は、眉尻《まゆじり》を下げ畳の方を向く。

するとここで、場久が心配をしていた金次が、部屋へと現れた。

「良かった。無事、帰って来られたんですね」

妖達が周りへ集まると、金次は小鬼らを袖《そで》から畳の上へ出し、戻るのが遅れた訳を語った。

「実はさ、万之助さん達が塩浜屋から消えた後、お千幸さんが、古川屋へ帰ると言い張ったんだ」

万之助をちゃんと、あの世へ見送らねばならなかった。それをせず勝手をしたから、兄が迷っているのではないか。お千幸はそう思ったのだ。

「そんな風に言われちゃ、弥曽吉さんだって、寝覚めが悪い」

二人は腹を決め、一転、お千幸の親と話をするため、今、古川屋へ向かっているという。弥曽吉の親、塩浜屋も一緒で、万之助の通夜は、拐かし騒ぎに決着をつける場と、化してしまいそうな気配であった。

すると、若だんなが立ち上がった。

「ならば万之助さん、一緒に古川屋へ行こう」

あれだけ心配したのだ。お千幸さんが店を出た訳を、あの世へ行く前に聞いておきたいだろう。それに。

「今回の件には、引っかかってる事があるんだよ。その訳を、きちんと承知したい」

若だんなは、文机で書いていた書き付けを手に、出かけるよと仁吉へ言い、木戸へと向う。今回は仁吉へ、他出してもいいか、問うたりはしなかった。

仁吉は一つ首を傾げた後、黙って後を付いてきた。

6

主夫婦と、藤兵衛、それに裏の大家と日限《ひぎり》の親分が、古川屋の奥に集まっていた。場所は、万之助の遺体が横たわっている部屋で、屛風側に顔を並べている。

その面々と、遺体を挟んで向き合っているのは、お千幸と塩浜屋の親子、それに若だんなと仁吉だ。若だんながお千幸達の後から古川屋へ顔を出すと、皆は二手に分かれて座り、部屋は静まりかえっていたのだ。

若だんなは直ぐ、何故誰も口をきいていないのかを承知した。

(お千幸さん、きっと家を抜けた訳を正直に語って、親御や万之助さんに謝ったんだろうね)

だがその言葉に、古川屋は魂消た筈だ。攫《さら》われたと思い、息子の通夜さえおろそかになる程、心を痛めた娘は、実は己から家を出ていたのだ。その訳といえば、とうに無いものと決まった縁談相手と、添いたかったからだ。

(そりゃあ本気で心配した分、親は腹を立てるかも)

しかし、黙ってばかりでは、事は進まない。騒ぎの後、初めてお千幸と顔を合わせた若だんなは、にこりと笑みを浮かべた。

「おや、お千幸さん、ご無事だったんですね。良かった」

万之助同様、縁は深くないものの、近所に住む似た歳《とし》の娘だから、顔くらいは承知している。だが、若だんなと仁吉が部屋の端に座ると、古川屋が苦り切った顔つきを、若だんなへ向けてきた。

「これは、長崎屋の若だんな。重ねて来て頂き、本当にありがとうございます。ですがね」

娘と大事な話をする事になったので、少し席を外してはもらえないかと、古川屋は言ってくる。

しかし若だんなは、動かなかった。代わりに胸元から書き付けを取り出すと、目の前の、布団《ふとん》の上へ置いたのだ。そこが一番、部屋内にいる皆の目が、届きやすい場所であった。それに。

「若だんな、構わないからあたしの上に置いちまってくれ。当人がいいと言ってるんだ」

他からは見えないものの、付いてきていた万之助本人の霊が、そう言ったのだ。書き付けには、今、一に古川屋へ伝えるべき事が、短く書かれていた。

〃お千幸さん達は拐かしに見せかけ、親から三十両手に入れようとは、しておりません〃

途端、部屋中の目が、その書き付けに集まる。一番驚いた顔をしたのは、紙に名を書かれた当のお千幸で、若だんなを見て首を傾げた。

「その、三十両とは何ですの？」

この言葉を聞き、今度は万之助の向こうに居た者達が、目を見張る。

「お千幸さん、弥曽吉さんと上方へゆく為《ため》、まとまった金子が欲しかったのでは、ないんですか？」

まずそう問うたのは、藤兵衛であった。お千幸が、訳が分からないという顔をしたので、返事は若だんながする事になった。

「おとっつぁん、三十両を寄越せという文が来たのは、お千幸さんが家を出た後の事です。塩浜屋さんもお千幸さんも、金の話はご存じないと思いますが」

「えっ？」

慌《あわ》てて古川屋が、今日、何があったのかを、順に話してゆく。すると、金の話を聞いた塩浜屋が、若い二人は金子に困ってはいないと、きっぱり言い切った。

「うちの弥曽吉は、縁談が消えた後も、お千幸さんを諦《あきら》めきれずにいたそうです」

そんな中、万之助が亡くなった途端、急ぎお千幸に婿を迎えるという話を知ったのだ。弥曽吉が頷き、己で話し出す。

「古川屋さんも、喪中に婿取りとは、無茶をなさるとは思いました」

だが、跡取りを失った古川屋は、早く安心したいのかとも思った。そうなると、お千幸が縁談を承知したのか知りたくて、もういけない。弥曽吉は急ぎ、古川屋へ行った。そして久方ぶりに、お千幸と話が出来たのだ。

「驚きました。お千幸さんも、手前を忘れずにいてくれたと聞きまして」

ならば時がなかった。お千幸に縁談の話をすると、怯《おび》えた。だから二人は無茶を承知で、今日、決まるかもしれない婿取りから逃げる為、とにかく古川屋を離れたのだ。

家にいたら、お千幸にいつ婿が現れるか分からない。

「それで一旦、二人で上方へでも逃れようと決めました。落ち着いてから、古川屋さんと話しあう事にしようと、思いまして」

だがその為には先立つもの、金が必要だ。だから。

「大急ぎで塩浜屋へ戻った後、親へ事情を話し、頼み込みました。跡取りの座は弟に譲る。この後、何も受け取らぬ故《ゆえ》、路銀だけは用立ててくれないかと」

長男から、いきなりそんな事を言われた塩浜屋は、真実、魂消たらしい。だが、既にお千幸が、家から出てきてしまった。このまま二人を見捨て、心中でもされたら大事になる。

「兄と弟、生まれた順が逆さだと思えば……納得出来ない事もない。ええ、私は弥曽吉に、金を用立てると言いました」

世慣れぬ二人の為、上方の落ち着き先を考えたのも、実は塩浜屋であった。こうなったら、なるだけ事を荒立てないようにしたいと、親は必死だったのだ。

「何と。二人に三十両は、必要なかったのですね。ではお千幸と引き替えに金を得ようとしたのは、誰なんだろうか」

今度は古川屋の側の皆が、眉間《みけん》に皺《しわ》を寄せている。しかも。

「うちはお千幸を今日、明日の内に、縁づかせる気などございませんが」

何しろ古川屋は、葬儀で手一杯なのだ。

「ええっ？」

声を上げた塩浜屋が、弥曽吉に急ぎ、縁談話を誰から聞いたのか確かめる。すると弥曽吉は、お千幸の縁談相手を名のる者から、文を貰ったと口にした。

「もっとも文に、差出人の名は書いてありませんでした。ですが、万之助さんの葬儀の事など、詳しく知っているようだった。それで信じたのです」

古川屋、塩浜屋、双方が顔を突き合わせ、話し合ってみれば、事は互いが信じていたものから奇妙にずれてゆく。若だんながここで、事を順に並べて告げた。

「まず万之助さんが、いけなくなりました」

「次に、弥曽吉さんへ、お千幸さんの婚礼が告げられた」

「弥曽吉さんとお千幸さんが、古川屋から出ました」

「すると古川屋さんへ、お千幸さんを返して欲しくば、三十両寄越せと文が来ました」

ここで何故だか万之助が、部屋からするりと出て行く。若だんなは言葉を続けた。

「古川屋では、お千幸さんが攫われたと、騒ぎになりました」

「一方塩浜屋さんでは、お千幸さんと弥曽吉さんが、上方へゆく話になっていました」

だがその心づもりは、急に変わったのだ。

「お千幸さんが塩浜屋で、万之助さんの姿を見たと、言い出したので」

お千幸は自分の勝手を恥じ、自ら古川屋へ謝りに戻ったのだ。きっと万之助が、妹を守ろうとしているのだと、若だんなは言葉を続ける。

「すると……このように、不思議な行き違いが、色々見えて来た訳です」

「成る程」

部屋内の皆が、やっと声を落ち着かせ、揃《そろ》って頷く。こうやってきちんと並べてみると、今度の一件の狙《ねら》いが、浮き上がってきたのだ。

「三十両。これですな」

古川屋、塩浜屋、双方の者達が頷く。若だんなが話を続けた。

「塩浜屋にいた方々は、そもそもこの金の事は、知らないでいました。そして古川屋さん方は三十両出せば、お千幸さんが助かると思っていた」

だから。

「今回の騒ぎを起こした者は、簡単に三十両を、手に出来る筈だったんです」

そしてその金高は、今直ぐ、古川屋が出せる程のものだった。金を盗《と》ろうとした者は、その事を承知しているのだろうと、仁吉は言っていた。

つまり。

「つまり？」

頭の痛い事を、しでかした者の名が語られるかと、皆が遺体の側《そば》で、若だんなの方へと身を乗り出す。すると。

部屋の外から、家中に響く大声が聞こえてきたのだ。

「ひっ、まっ、万之助が出たっ」

「えっ、誰だって？」

古川屋が立ち上がり、弥曽吉がお千幸を咄嗟に庇《かば》う。

（おや、悲鳴の他に、万之助さんの声も聞こえるよ）

甲高い声は続き、皆が顔色を変えた時、若だんなが問うた。

「古川屋さん、三十両はまだ、こちらの店に置いてありますよね？」

ならば。

「今それを、誰かが盗ろうとしたのかもしれません」

万之助自身が、そう怒鳴っているから、間違いない。古川屋が頷いた時、店の奥でまた、一際《ひときわ》大きく声が上がった。

古川屋が、藤兵衛達が、部屋から急ぎ出て行く。若だんなや弥曽吉達も、思わず腰を浮かし、騒ぎの方へと向かった。

すると。

皆の眼差《まなざ》しの先に、金が散らばっていた。そして、その一部を手にしたままひっくり返り、動けずにいる男がいた。

（古川屋の手代、末三さん……）

末三は、誰もいない部屋の隅を見て、顔を引きつらせていたのだ。その姿が、全《すべ》てを語っていた。

「うちの手代が、主の金を盗ろうと一芝居打った。今回の件は、つまり、そういう事だったんですか？」

古川屋が呆然《ぼうぜん》と、手代を見下ろした。

7

万之助があの世へ向かった後、若だんなはまたもや寝付き、新しい薬湯の味に慣れる事になった。

すると、今日も昼間から寝ている若だんなの所に、お千幸と弥曽吉が見舞いに来てくれた。そして嬉《うれ》しい事があったと、二人は教えてくれたのだ。

「私とお千幸さんですが、一緒になる事になりました」

弥曽吉は長男、跡取り息子であったが、弟が二人もいる。よって本当に跡目を弟へ渡し、お千幸の婿《むこ》に収まる事となったのだ。

「どうせ弟達の婿入り先を、探さねばならないんです。私が養子に行ってもいいでしょう」

双方の親も納得し、今度こそ間違いなく、この縁はまとまるという。若だんなは布団の上に起き上がると、咳《せき》をしつつも、にこやかに祝いを口にした。

「おめでとうございます。これで万之助さんも、あの世でほっとしてますよ」

するとお千幸は、ゆっくり頷いた。

「この度の騒ぎ、無茶をしたと、申し訳なく思ってます。でも私、通夜の日、塩浜屋で本当に兄と会ったんですよ」

そのおかげで、古川屋へ帰らねばと思い立ち、こうして諸事上手くいったのだ。兄には本当に感謝をしていると、お千幸は言う。

「手代の末三も、古川屋で兄を見たと言ったとか。兄は、古川屋を守ったのでしょうね」

「万之助さんは、若くして家から離れねばならなかった。色々心残りも、おありだったんでしょう」

だから。霊となっても精一杯の事をしたに違いない。若だんながそう言うと、お千幸と弥曽吉が、しっかりと頷《うなず》いた。

そして。ここでお千幸が、にこりと笑う。

「そういえば、野辺送りの朝、父も少し不思議な事を、申しておりました」

通夜の晩、うとうととした所、夢枕に万之助が立ったという。そして、来世の事を口にしていったのだ。

「生まれ変わったら、今度は岡っ引きになることにする。古川屋を守ったように、悪い奴を捕まえ、多くの人の役に立つと言ったとか」

父親は何度も頷き、眠りながら泣いたのだそうだ。万之助はその日の内に、あの世へと旅立ったから、もう夢の内でも現れる事はなかった。

「そうですか。万之助さん、岡っ引きになりたいと言ったんですか」

若だんなは頷くと、万之助の岡っ引き姿を見てみたかったと言う。突然現れた顔見知りは、多くの驚きを残し、あっという間に去ってしまった。おかげでまた寝込んだ。なのに若だんなは、もう一度会いたいと思うのだ。

「万之助さん、良い方でした」

対して末三の方は、人の金を狙うという情けない事をしてしまった。万之助が亡《な》くなった時、末三は自分こそが、お千幸の婿になると思った。それが事の大元らしい。

「何しろ親戚筋《しんせきすじ》の者ですし。年も近いからと」

ただ古川屋はお千幸の婿として、もっと頼りになる、年上の者を求めていたのだ。

若だんなが、息を吐く。

「お千幸さんの婿がねとして、今回末三さんの名は、全く上がらなかったとか。それが末三さんの気持ちを傷つけたようですね」

よって末三は、古川屋から金をせしめる事に決めた。そうして金子を持っていれば、その内気にくわない婿が来て、店を辞める事になっても、自分で小店《こだな》を開く事が出来ると思ったらしい。

だから、弥曽吉へ、お千幸が婿を迎えるという文を出した。

そして店内で拾ったと言い、金を出せと己で書いた書き付けを差し出した。

弥曽吉がお千幸を連れだしたら、騒いでいる間に、三十両を失敬出来る。

「末三さんは、単純にそう考えていたようだ」

慌ただしい通夜だから、上手くいくだろうと、高をくっていたのだ。翌日は野辺送りの日だから、ばれはしないだろうと。

お千幸は、静かに首を振った。だが弥曽吉は、今回の騒ぎは、悪い事ばかりではなかったと口にした。この騒ぎのおかげで、二人は添い、一緒に店をやっていく事になったのだ。

「一つの事が、ありがたかったり、困り事だったり。物事は不思議です」

二人はそう言うと、少しだけ話し、早めに帰っていった。若だんなは、これから古川屋を背負ってゆく二人を見送ると、寝床の中で小さくつぶやく。

「万之助さん、早く閊っ引きになれると、いいですね」

なりたいものを見つけた万之助の事を、若だんなは、少し羨《うらや》ましく思った。自分がどうしたいのか、若だんなは未《いま》だ、はっきりと思い浮かべられないでいるのだ。

あの騒ぎから考えているのだが、自分の本心というのは、本当に分かりづらい。

「鳴家や、何が向いていると思う？」

側で遊ぶ小鬼に聞いてみたが、皆は眠くなったのか、半分寝ながら首を傾げている。

その姿を見ていると、若だんなの総身も、眠気に包まれてくる。

（ああ、本当に。私は何になりたいのかな。いや、何になら、なれるんだろうか）

その内柔らかな暖かさに包まれ、若だんなは瞼《まぶた》を、ゆっくり閉じてゆく。

（いつか、ちゃんと分かるのかしら）

そして……ゆったりとしたまどろみに、若だんなは包み込まれていった。

終

若だんなと妖達《あやかし》は、五柱《いつはしら》の御神方に、長崎屋の離れへおいで頂いていた。

そしてそれは、ありがたい事であり、また剣呑《けんのん》な事でもあると、早々に知る事になった。

若だんなは先程、今、来世は何になるべきか、悩んでいると正直に言った。すると稲荷神《いなり》、大黒天《だいこくてん》、生目神《いきめがみ》、比売神《ひめがみ》の市杵嶋比売命《いちきしまひめのみこと》、橋姫の五柱は、先程若だんなへ、こうお告げになったのだ。

「若だんな、我らが帰るまでに、来世何になりたいのか、答えを口にしなさい」

それが神達の気に入ったら、若だんなの望む先の世を、引き寄せてやろうと言われた。ただ神は、今日、長崎屋の離れへ〝呼びつけられ〟、歓待されているとも口にしたのだ。

（私の返答が、得心出来る答えであれば、幸いが降ってくるという）

ただし。

(もし、私が気に入らない返事をしたら、その時はどうなるか……)

剣呑な感じがして、若だんなは既に先程から身構えている。神は祟《たた》る者でもあり、満足のいかない返答は、災難を連れて来るかもしれなかった。

(これは、恐い事になった)

急な話とはいえ、自分の身一つの事であれば、諦め、腹をくくって返事をする。だが、何が起きるか見当がつかないとなると、今、膝《ひざ》の上で機嫌良く、卵焼を食べている鳴家《やなり》達が気になる。離れに集まっている面々に、表へ出ろと言いたくなってくる。

(さて、どう返事をしたらいいのやら)

眼前に五柱がおわすから、仁吉達と話し合う事も出来なかった。若だんなは、ゆっくりと田楽を食べながら、一人、答えを探し続けている。

(兄《にい》や達が、暴れる事になりませんように)

若だんなはここで、五柱の神々に笑みを向けた。

「料理が揃《そろ》い、銘酒も出ております。せっかくですので、お楽しみ下さい」

その言葉を聞き、貴い方々は揃って笑った。

(正答など、ない気がするなぁ)

どうせ生まれ変わるのだからと、立派な事を望む事は出来る。出来るが……多分、そんな答えは、神方の気に入らない気がして仕方がない。

(鼻先で笑われそうだ)

神たる方々が、諾とする答えとは何なのだろうか。拙《まず》い事に相手は神であるから、若だんなが本心を告げなかった場合、見破られてしまいそうであった。

若だんなは鳴家に田楽を分け、その頭を撫《な》でる。

(やっぱり神様って、気軽に会ってはいけない方々なんだね)

五柱と若だんなは、今までに何度か縁があった。それ故《ゆえ》に油断をし、離れへ招いてしまったのだ。しかし。

(気持ちに甘えがあったねえ。こんな話になるとは思わなかったな)

やはり、日《ひ》の本《もと》の神は恐《こわ》い。

だが、この地で生まれたからには、日々、側《そば》におられる方々でもある。

皆が、頼る方々であった。

勿論《もちろん》嫌う事など出来る筈《はず》もなく、若だんな達はこれからも毎年、先々の安寧を、神々に願うのだ。

「きゅんいー」

ここで鳴家達が、神々の膝によじ登っていった。五柱に出された美味《おい》しそうな神饌《しんせん》が欲しいようで、離れの静けさも、恐い話も気にせず、膝から身を乗り出し焼いた鯛《たい》を見つめている。そして、大きな焼き魚など自分では上手《うま》く取れないので、小皿に取り分けて欲しいと、遠慮もなくねだった。

すると。

神様達は、笑いながら鯛をむしって、せっせと小皿へ置いてやったのだ。小鬼達は、魚を嬉しげに食べ、酒を分けて貰《もら》って酔っ払う。鍋の具を食べれば、熱いと言って駆け回った。五柱はそれを、やはり機嫌良く見ている。笑みを浮かべて、悠々と宴を楽しんでいるように思えた。

そして。

(余り時はないよね。ならば……迷っていても、仕方がないか)

若だんなは腹を決めると、正直なところを口にする事に決めた。嘘《うそ》を言えないのであれば、他に話せる事は無い。

ゆっくりと、五柱と向き合った。

「私は……いつかまた、妖達と巡り会いたい。それが一番なんです。ですから」

また一緒に時を過ごせるように、この離れのようなゆとりのある場所を、用意出来る者になりたいのだ。しかし大きな屋敷があっても、色々しきたりがありそうな武家では、困るように思える。

だから。

「また、商人になりたいと思います。そして、一所懸命頑張って、こうして皆と集まれる場を、作れたらと思うんです」

ただ。

「今、私は寝ついてばかり。もし丈夫になれて、ちゃんと働けたら、何をやっても面白いと思う気がします。ですから、これじゃなければ駄目だと思える商いは、なかなか思い浮かばなくて」

だから、つまり。

「生まれ変わったら商人になりたいが、その先は思い浮かばない。それが私の、正直な答えなんです」

若だんなは酒杯を前に、一気にそれだけ言うと、話を終えた。

兄や達は黙って聞いており、その後も、何も言わない。妖達は、揃って五柱を見つめている。そして。

神の名を持つ方々は、しばし互いに目を合わせてから、ゆっくりと若だんなの方を見た。次に、その眼差《まなざ》しを兄や達の方へ向けると、何故《なぜ》か人が悪そうな……いや、神が悪そうな笑みを浮かべたのだ。

それからまず話を始めたのは、大黒天であった。

「おお、若だんなはまたこの妖達と、巡り会う気なのだな」

「そうか、時を越えても、皆が好きなのか」

稲荷神もうんうんと頷《うなず》き、二柱は若だんなの目を見つめる。ならば。

「御身がまた今のような、〃見る者〃として生まれれば、妖達と会うだろうな。ならばこのわし達と、会うことすらあろう。うん、そうなるのも悪くないな」

次に橋姫と比売神が、若だんなを見てきた。そして遠慮なく、互いに話し始める。

「面白い答えですこと」

「何になりたいのか聞いたのに。若だんなが望んだのは、皆が集まれる場所だったとは」

「答えが場所で、いいのでしょうか」

「望む仕事は何かと、聞いた気がしたのですが」

比売神達が、隣を向く。稲荷神らもそちらへ笑みを向ける。皆の目を集めた生目神が、何で己が最後に答えるのかと、苦笑を浮かべた。

「生目神、御身が一番、若だんなと縁が長いではないか」

大黒天に言われ、生目神はすっと目を細めた。そして離れの皆を見てから、若だんなへ顔を寄せる。

「御身の答えは聞いた。つまり皆とまた、こうしていられるよう、商人になって稼ぎたい訳だな？」

ただ。その答えは酷《ひど》く曖昧《あいまい》なものだと、生目神は言った。この世に商人は数多《あまた》いる。先々、もっと色々な商いが生まれ、日の本は商売をする者達で溢《あふ》れるのだ。

「おや、そうなるのでございますか」

若だんなが思わず目を見張ると、生目神は一寸《ちょっと》、しまったとでも言うように、口をつぐんだ。しかし直《す》ぐにまた、話を続けていく。

「となると、だ。先々、若だんなが商人に生まれ変わったら、妖達は見つけるのに苦労するだろうな。ああ、それはそれは、苦労するだろうよ」

下手をしたら、若だんなと同じ世にいるのに、会えないという事もあり得る。何しろこれから、人は更に増えてゆくのだ。

「おや、人も増えるのでございますか」

生目神は若だんなの言葉など聞こえぬふりで、兄や二人へ目を向けた。

「そうであろう？」

言われた途端、仁吉と佐助が唇を引き結んだものだから、神達は揃って、綺麗《きれい》な笑みを浮かべた。そして大層満足そうな顔つきになると、若だんなの方を見る。そして。

「約束だ。その望み、叶《かな》えてやろう」

生目神は言い切った。何しろ若だんなには、色々迷惑も掛けているからと続ける。

「おお、叶えて頂けるんですか？」

「次に生まれる事があったら。若だんな、お主はまた、商人になるだろうよ」

そして。ここで生目神は、楽しげに「ふふふ」と笑った。

「探す方は本当に、大いに苦労する事になる。ああ、無事に会えることを願い、来世も我らに祈るのだな」

しかし。

「今度は、神の方を呼びつけてはならん」

「……」

「あ、あの、それは本当に、申し訳なく……」

若だんなが急いで言いかけた時、気がつけば目の前から、貴い姿は綺麗に消えていた。

「あれま」

「きゅわっ」

いつの間に食べたのか、前に並べていた膳《ぜん》に、料理がない。横に置いてあった角樽《つのだる》が、二つほど消えている。菓子を盛った木鉢もない。

若だんなと妖達は、一瞬顔を見合わせた後、総身から力を抜き、笑い出した。

「ああ、次の世も、皆で集まれそうだね」

「若だんなを見つけるのに、苦労する。とっても苦労する……ですか」

兄や達は渋い顔だが、若だんなが戻ってくると言われたからか、怒りはしない。

「どんなに苦労しても、私と佐助が、きっと探し当てますよ」

「きゅわきゅわ」

「なに、大丈夫さ。この屛風《びょうぶ》のぞきがいるからさ」

若だんなが、にこにこと笑う。庭で古い桜が、葉をざわざわと鳴らす。

やがて長崎屋の皆は、恐くて凄《すご》かった寸《すん》の間《ま》を振り払うように、皆で盛大に飲み食いし始めた。

解説

心地よく秘密めいた物語

東雅夫

本書は、畠中恵の作家デビュー作であり、いきなりの代表作ともなった〈しゃばけ〉シリーズの第十四作として、二〇一五年七月に新潮社から発行されました。その後も『おおあたり』(二〇一六)、最新作の『とるとだす』(二〇一七)と、年に一冊のペースで着実に巻を重ねていることは、〈しゃばけ〉ファンの皆様ならば、「きゅい、知ってるよ!」「きゅわきゅわ」と、シリーズのマスコットである愛すべき鳴家《やなり》たちのように、おっしゃることでしょう。

一作目の『しゃばけ』が、第十三回日本ファンタジーノベル大賞の優秀賞を受賞して刊行されたのが、ちょうど二十一世紀が幕を開けた二〇〇一年の十二月ですから、シリーズがスタートして、まもなく丸十六年となります。

その間にテレビやラジオでドラマ化され、漫画化もされ、さらに最近ではミュージカルとして上演されるなど、今もその人気は衰えを知りません。昨年、第一回吉川英治文庫賞を受賞したことも、記憶に新しいところです。あの〈三毛猫ホームズ〉や〈浅見光彦〉や〈十津川警部〉といった国民的人気シリーズを押しのけこの栄冠は、快挙でありました。

かくも変わることなき人気の秘密は、どこにあるのでしょうか。

私が第一に注目したいのは、作品世界の類稀《たぐいまれ》なる居心地の好《よ》さ、です。

ハイパー虚弱体質の若だんなとお守り役の妖《あやかし》たちが、日々にぎやかに暮らす大店《おおだな》の離れ。

そこは外界からゆるやかに隔てられた、小さいけれど心地よい場所。その中心には、ふかふかぬくぬくの布団《ふとん》と掻《か》い巻き（本書では以前にも増して増量されているようですな）が鎮座して、若だんながいつでも横になれるようにスタンバイされております。

そして周囲には、美味《おい》しそうな和菓子が盛られたお鉢や茶器、碁盤などが常備されているのです。

なんだかもう、それだけでほっこりと寛《くつろ》いでしまうような、羨《うらや》ましいシチュエーションではないですか。

シリーズの新作をひもといたり、旧作を読みかえすたびに、ああ、また懐《なつ》かしい場所に還ってきた……と感じる読者は、少なくないことと思います。

　しかもそこには個性豊かな妖たちが、人間の目を避けて密《ひそ》やかに、わらわらと、入れ替わり立ち替わり集散しているのです。

　米国の作家ピーター・S・ビーグルに『心地よく秘密めいたところ』（一九六〇）と題されたモダン・ファンタジーの名作がありますが、長崎屋の離れもまた、たいそう心地よく、しかも秘密めいた場所です。なにしろ、人に化けた妖や、人の目には見えない妖が、毎日のように屯《たむろ》しているのですから。

　ちなみにビーグル作品のタイトルは、十七世紀英国の詩人アンドリュウ・マーヴェルの恋愛詩「内気な恋人によせる歌」の一節から採られたものですが、その原文は「The grave's a fine and private place」で、要するに「心地よく秘密めいたところ」とは、実は「墓場」のことなのです……ちょいと、ヒヤリとしませんか。

　明朗軽妙な語り口とキャラクターのせいで、あまり意識されませんが、〈しゃばけ〉シリーズもまた、常に「死」と隣り合わせに展開される物語です。

　そもそも主人公の若だんな自体が病弱で、かつて三途《さんず》の川の畔《ほとり》まで危うく行ってしまったことがありましたし（『ちんぷんかん』参照）、基本が捕物帖《とりものちょう》つまりミステリー形式の物語であるため、作中で人殺しや人死にが起きることも珍しくありません（『しゃばけ』冒頭のエピソードなど参照）。死んだ人たちが幽霊となって現われることもあります。

また、多種多様な妖たちも本来、幽明の界《さかい》、すなわちあの世とこの世のボーダーラインを出で入《い》るような存在です。たとえば本書所収の一篇「猫になりたい」に登場する猫又の春一は、かつて人間だったとき、強盗に襲われ落命したのち、ひとり残された弟の身を案じるあまり――

気がつくと春一は、生まれ変わっていた。最初は小さな鳥になって、青竹屋の側へ行ったのだが、店ばかり気にしていたら、あっという間に、烏《からす》にやられてしまった。

「次は朝顔になりました。一年で枯れました」

小さな虫に生まれ変わり、三月《みつき》と持たずに食われた。それから草に二回なり、また虫になり、そして。

「その後、猫になりましてね。急ぎ、青竹屋へ入り込みました」

そうして同家の飼い猫となって、頼りない弟と家業を見守りながら齢《よわい》を重ね、ついに猫又になれたのだと語ります。

絶妙なユーモアを交えてサラリと書かれてはおりますが、これはなんともはや、涙ぐましくも壮絶なエピソードではないでしょうか。

それと同時に、妙に心やすらぐエピソードでもあります。

なぜなら、ひとつの死は、すべての終わりではなく、次の生への始まりであり、しかも切なる思いは絶えることなく未来へと引き継がれてゆくのですから。

いわゆる「輪廻《りんね》転生」という東洋的な死生観・霊魂観を、そこに認めることができるでしょう。

現実の江戸の町にもまた、死は日常にあふれていました。

繰りかえされる大火（『ちんぷんかん』参照）や疫病《えきびょう》による大量死、お産に際して亡《な》くなる嬰児《えいじ》や母親、不慮の事故で亡くなる幼児（本書所収の「親になりたい」参照）も珍しくありませんでした。

〈しゃばけ〉の作者は、そうした当時の過酷な現実からも目を逸《そ》らすことなく、そこに「妖《あやかし》の視点」を導入することで、より深い驚きや感動へとわれわれを誘《いざな》う物語を生み出しています。

それは要するに、視《み》えない世界を意識し、尊重する姿勢です。

日本民俗学の開祖であり、妖怪研究の偉大な先覚者のひとりでもある柳田國男《やなぎたくにお》に「萩坪翁追懐《しゅうへいおう》」（『ささやかなる昔』所収）というエッセイがあります。青年時代に師事師事した桂園派《けいえんは》の歌人・松浦萩坪の想い出を綴《つづ》ったものですが、その中に次のような一節が出てまいります。

時として幽冥《ゆうめい》を談ぜられた事がある、しかし意味の深い簡単な言葉であったから私には遂に了解し得られなかった。「かくり世」は私と貴方《あなた》との間にも充満している、ひとりでいても卑しい事はできぬなどと折々いわれた。

「幽冥」「かくり世」（漢字で書けば「隠り世」）とは、人の目に視えないもうひとつの世界、他界や異界を意味します。視えない世界は実在し、今こうして対坐《たいざ》している私とあなたの間にも充満しているのですよ、と松浦先生は若き日の柳田に説いたというのです。

これって、とっても〈しゃばけ〉的な世界だと思いませんか？

普通の人の目には、ひっそりして無人に見える部屋にも、物見高くて騒がしい鳴家たちが駆けずり回っていたりするのですから。うっかり「卑しい事」などできませんね。

二十一世紀を生きるわれわれが、ともすれば忘れがちな視えない世界――その大切さを折にふれ思い出させてくれる〈しゃばけ〉シリーズが、これからも息長く続いてゆくことを願わずにはいられません。


（二〇一七年十月　アンソロジスト、文芸評論家）

この作品は二〇一五年七月新潮社より刊行された。

畠中恵著　いっちばん

病弱な若だんなが、大天狗に知恵比べを挑む！　妖たちも競い合ってお江戸の町を奔走。火花散らす五つの勝負を描くシリーズ第七弾。

畠中恵著　ころころろ

大変だ、若だんなが今度は失明だって!?　手がかりはどうやらある神様が握っているらしい。長崎屋を次々と災難が襲う急展開の第八弾。

畠中恵著　ゆんでめて

屏風のぞきが失踪！　佐助より強いおなごが登場!?　不思議な縁でもう一つの未来に迷い込んだ若だんなの運命は。シリーズ第9弾。

畠中恵著　やなりいなり

若だんな、久々のときめき!?　町に蔓延する恋の病と、続々現れる疫神たちの謎。不思議で愉快な五話を収録したシリーズ第10弾。

畠中恵著　ひなこまち

謎の木札を手にした若だんな。以来、不思議な困りごとが次々と持ち込まれる。一太郎は、みんなを救えるのか？　シリーズ第11弾。

畠中恵著　えどさがし

時は江戸から明治へ。仁吉は銀座で若だんなを探していた——表題作ほか、お馴染みのキャラが大活躍する全五編。文庫オリジナル。

畠中恵著
たぶんねこ
大店の跡取り息子たちと、仕事の稼ぎを競うことになった若だんなだが……。一太郎と妖たちの成長がまぶしいシリーズ第12弾。

畠中恵著
すえずえ
若だんなのお嫁さんは誰に？ そんな中、仁吉と佐助はある決断を迫られる。一太郎と妖たちの未来が開ける、シリーズ第13弾。

畠中恵
柴田ゆう著
しゃばけ読本
物語や登場人物解説から畠中・柴田コンビの創作秘話まで。シリーズのすべてがわかるファンブック。絵本『みぃつけた』も特別収録。

畠中恵
高橋留美子ほか著
しゃばけ漫画 ―仁吉の巻―
高橋留美子ら7名の人気漫画家が、「しゃばけ」の世界をコミック化！ 若だんなや妖たちに漫画で会える、夢のアンソロジー。

畠中恵
萩尾望都ほか著
しゃばけ漫画 ―佐助の巻―
「しゃばけ」が漫画で読める！ 萩尾望都ほか豪華漫画家7名が競作、初心者からマニアまで楽しめる、夢のコミック・アンソロジー。

中田永一・白河三兎
岡崎琢磨・原田ひ香著
畠中恵
十年交差点
感涙のファンタジー、戦慄のミステリ、胸を打つ恋愛小説、そして「しゃばけ」スピンオフ！ 「十年」をテーマにしたアンソロジー。

畠中　恵著　アコギなのか　リッパなのか　—佐倉聖の事件簿—

政治家事務所に持ち込まれる陳情や難題を解決するは、腕っ節が強く頭が切れる大学生！「しゃばけ」の著者が贈るユーモア・ミステリ。

畠中　恵著　さくら聖・咲く　—佐倉聖の事件簿—

政治の世界とは縁を切り、サラリーマンになる。そう決意した聖だが、就活には悪戦苦闘!? 爽快感溢れる青春ユーモア・ミステリ。

畠中　恵著　つくも神さん、お茶ください

「しゃばけ」シリーズの生みの親ってどんな人？　デビュー秘話から、意外な趣味のこと、創作の苦労話などなど。貴重な初エッセイ集。

畠中　恵著　ちょちょら

江戸留守居役、間野新之介の毎日は大忙し。接待や金策、情報戦……藩のために奮闘する若き侍を描く、花のお江戸の痛快お仕事小説。

畠中　恵著　けさくしゃ

命が脅かされても、書くことは止められぬ。それが戯作者の性分なのだ。実在した江戸の流行作家を描いた時代ミステリーの新機軸。

星　新一著　ボッコちゃん

ユニークな発想、スマートなユーモア、シャープな諷刺にあふれる小宇宙！　日本ＳＦのパイオニアの自選ショート・ショート50編。

宮部みゆき著

本所深川ふしぎ草紙

吉川英治文学新人賞受賞

深川七不思議を題材に、下町の人情の機微とささやかな日々の哀歓をミステリー仕立てで描く七編。宮部みゆきワールド時代小説篇。

宮部みゆき著

かまいたち

夜な夜な出没して江戸を恐怖に陥れる辻斬り〃かまいたち〃の正体に迫る町娘。サスペンス満点の表題作はじめ四編収録の時代短編集。

宮部みゆき著

幻色江戸ごよみ

江戸の市井を生きる人びとの哀歓と、巷の怪異を四季の移り変わりと共にたどる。〃時代小説作家〃宮部みゆきが新境地を開いた12編。

宮部みゆき著

初ものがたり

鰹、白魚、柿、桜……。江戸の四季を彩る「初もの」がらみの謎また謎。さあ事件だ、われらが茂七親分——。連作時代ミステリー。

宮部みゆき著

堪忍箱

蓋を開けると災いが降りかかるという箱に、心ざわめかせ、呑み込まれていく人々——。人生の苦さ、切なさが沁みる時代小説八篇。

宮部みゆき著

孤宿の人（上・下）

藩内で毒死や凶事が相次ぎ、流罪となった幕府要人の祟りと噂された。お家騒動を背景に無垢な少女の魂の成長を描く感動の時代長編。

なりたい

新潮文庫　は－37－15

平成二十九年十二月一日発行

著者　畠《はたけ》中《なか》恵《めぐみ》

発行者　佐藤隆信

発行所　株式会社 新潮社

郵便番号　一六二―八七一一
東京都新宿区矢来町七一
電話　編集部(〇三)三二六六―五四四〇
読者係(〇三)三二六六―五一一一
http://www.shinchosha.co.jp

価格はカバーに表示してあります。

印刷・大日本印刷株式会社　製本・憲専堂製本株式会社

ISBN978-4-10-146135-9 C0193

山本周五郎著

五瓣の椿

自分が不義の子と知ったおしのは、淫蕩な母と相手の男たちを次々と殺す。息絶えた五人の男たちのそばには赤い椿の花びらが……。

山本周五郎著

日日平安

橋本左内の最期を描いた「城中の霜」、武士のまごころを描く「水戸梅譜」、お家騒動をユーモラスにとらえた「日日平安」など、全11編。

山本周五郎著

小説日本婦道記

厳しい武家の定めの中で、夫や子のために生き抜いた日本の女たち――その強靱さ、凜とした美しさや哀しみが溢れる感動的な作品集。

山本周五郎著

ながい坂（上・下）

下級武士の子に生れた小三郎の、人生という〝ながい坂〟を人間らしさを求めて、苦しみつつも着実に歩を進めていく厳しい姿を描く。

山本周五郎著

人情裏長屋

居酒屋で、いつも黙って飲んでいる一人の浪人の胸のすく活躍と人情味あふれる子育ての物語「人情裏長屋」など、〝長屋もの〟11編。

山本周五郎著

樅ノ木は残った（上・中・下）

毎日出版文化賞受賞

「伊達騒動」で極悪人の烙印を押されてきた原田甲斐に対する従来の解釈を退け、その人間味にあふれた新しい肖像を刻み上げた快作。

池波正太郎著

忍者丹波大介

関ケ原の合戦で徳川方が勝利し時代の波の中で失われていく忍者の世界の信義……一匹狼となり暗躍する丹波大介の凄絶な死闘を描く。

池波正太郎著

闇の狩人（上・下）

記憶喪失の若侍が、仕掛人となって江戸の闇夜に暗躍する。魑魅魍魎とび交う江戸暗黒街に名もない人々の生きざまを描く時代長編。

池波正太郎著

忍びの旗

亡父の敵とは知らず、その娘を愛した甲賀忍者・上田源五郎。人間の熱い血と忍びの苛酷な使命とを溶け合わせた男の流転の生涯。

池波正太郎著

真田太平記（一〜十二）

天下分け目の決戦を、父・弟と兄とが豊臣方と徳川方とに別れて戦った信州・真田家の波瀾にとんだ歴史をたどる大河小説。全12巻。

池波正太郎著

谷中・首ふり坂

初めて連れていかれた茶屋の女に魅せられて武士の身分を捨てる男を描く表題作など、本書初収録の3編を含む文庫オリジナル短編集。

池波正太郎著

剣客商売① 剣客商売

白髪頭の粋な小男・秋山小兵衛と巌のように逞しい息子・大治郎の名コンビが、剣に命を賭けて江戸の悪事を斬る。シリーズ第一作。

恩田陸著

球形の季節

奇妙な噂が広まり、金平糖のおまじないが流行り、女子高生が消えた。いま確かに何かが大きく変わろうとしていた。学園モダンホラー。

恩田陸著

六番目の小夜子

ツムラサヨコ。奇妙なゲームが受け継がれる高校に、謎めいた生徒が転校してきた。青春のきらめきを放つ、伝説のモダン・ホラー。

恩田陸著

不安な童話

遠い昔、海辺で起きた惨劇。私を襲う他人の記憶は、果たして殺された彼女のものなのか。知らなければよかった現実、新たな悲劇。

恩田陸著

ライオンハート

17世紀のロンドン、19世紀のシェルブール、20世紀のパナマ、フロリダ……。時空を越えて邂逅する男と女。異色のラブストーリー。

恩田陸著

夜のピクニック

吉川英治文学新人賞・本屋大賞受賞

小さな賭けを胸に秘め、貴子は高校生活最後のイベント歩行祭にのぞむ。誰にも言えない秘密を清算するために。永遠普遍の青春小説。

恩田陸著

私と踊って

孤独だけど、独りじゃないわ——稀代の舞踏家をモチーフにした表題作ほかミステリ、SF、ホラーなど味わい異なる珠玉の十九編。

上橋菜穂子著

狐笛のかなた

野間児童文芸賞受賞

不思議な力を持つ少女・小夜と、霊狐・野火。森陰屋敷に閉じ込められた少年・小春丸をめぐり、孤独で健気な二人の愛が燃え上がる。

上橋菜穂子著

精霊の守り人

野間児童文芸新人賞受賞
産経児童出版文化賞受賞

精霊に卵を産み付けられた皇子チャグム。女用心棒バルサは、体を張って皇子を守る。数多くの受賞歴を誇る、痛快で新しい冒険物語。

上橋菜穂子著

闇の守り人

日本児童文学者協会賞・
路傍の石文学賞受賞

25年ぶりに生まれ故郷に戻った女用心棒バルサを、闇の底で迎えたものとは。壮大なスケールで語られる魂の物語。シリーズ第2弾。

上橋菜穂子著

夢の守り人

路傍の石文学賞・
巖谷小波文芸賞受賞

女用心棒バルサは、人鬼と化したタンダの魂を取り戻そうと命を懸ける。そして今明かされる、大呪術師トロガイの秘められた過去。

上橋菜穂子著

虚空の旅人

新王即位の儀に招かれ、隣国を訪れたチャグムたちを待つ陰謀。漂海民や国政を操る女たちが織り成す壮大なドラマ。シリーズ第4弾。

上橋菜穂子著

神の守り人

（上 来訪編・下 帰還編）
小学館児童出版文化賞受賞

バルサが市場で救った美少女は、〈畏ろしき神〉を招く力を持っていた。彼女は〈神の子〉か？ それとも〈災いの子〉なのか？